Gabriele Raspel

Franziska und ihre Männer

Gabriele Raspel

Franziska und ihre Männer

rosenheimer

Titelbild: Bildagentur Mauritius, Paolo Tiengo
Satz: Buch-Werkstatt GmbH, Bad Aibling
Druck und Bindung: Wiener Verlag, Himberg
Printed in Austria

ISBN 3-475-52903-3

1

Es war ein ganz gewöhnlicher grauer Spätwintertag, als sie Lusenau, den heiteren Fremdenverkehrsort im Bayerischen Wald, erreichten. Mit einiger Erleichterung – ihre Freundin Eva hatte die Strecke von München nach Lusenau in gewohnt halsbrecherischem Stil zurückgelegt – nahm Franziska die vertraute Silhouette des Ortes wahr. Sie hatte nicht die leiseste Ahnung, dass diese Fahrt erst der Beginn von weiteren – weit aufregenderen – Abenteuern war, die sie heute noch zu überstehen hatte.

Nachdem sie die Glasfabrik mit dem Kunsthandwerkerzentrum zu ihrer Rechten hinter sich gelassen hatten, warf sie einen neugierigen Blick auf den Gasthof *Zur Post* zu ihrer Linken, dessen vorbildliche Restaurierungsarbeiten beendet waren und dessen beinahe zweihundert Jahre alte Fassade dem Kenner jetzt bewies, dass es sich hier nicht um einen x-beliebigen Gasthof, sondern um ein erstklassiges Fünf-Sterne-Hotel handelte. Sie bogen rechts ab in die Bergstraße, die am Kirchplatz endete, dessen Kirche mit dem alten Friedhof und den verwitterten Steinen in mittäglicher Stille vor ihnen lag. Vorsichtig manövrierte Eva den LKW in die schmale Sackgasse, die zum Haus führte. Kurz darauf stiegen sie aus dem roten Pick-up – jenem aus dem Jahr 1953, dem von Eva wie ein Augapfel gehegten Gefährt, um das die halbe Dorfjugend sie brennend beneidete. Für Franziska handelte es sich bei diesem Fahrzeug jedoch um einen schlichten, ein wenig altersschwachen LKW, in dem sich all jenes Kleinzeug verstauen ließ, das sich noch in letzter Sekunde angesammelt und keinen Platz mehr im großen Umzugswagen gefunden hatte.

»Franziska, ich kann leider nicht bleiben, ich muss gleich weiter. Frau Friedl ist heute nur bis Mittag im Geschäft.« Eva warf mit einem satten Knall die Tür des Autos zu.

»Macht nichts, das Schlimmste haben wir hinter uns«, entgegnete Franziska mit einem Seufzer, »ohne deine Hilfe hätte der Umzug viel länger gedauert, Bernd hat sich geweigert, mir auch nur ein bisschen zu helfen.«

»Dieser Stoffel! Er ist unmöglich«, schimpfte Eva.

Franziska verzog das Gesicht: »Seit wir uns getrennt haben, benimmt er sich, als hätten wir uns nie gekannt, so als hätten die letzten fünf Jahre für ihn nicht existiert«, klagte sie. »Ich versteh ihn nicht. Wahrscheinlich hat Lea ihre Finger dabei im Spiel gehabt, ehrlich gesagt, ich kann es ihr nicht verdenken. Vielleicht wäre ich genauso.«

»Unsinn, was sollte sie dagegen haben, wenn ihr Freund seiner Ex-Freundin beim Auszug hilft? Kann ihr doch nur recht sein«, entrüstete sich Eva, warf schwungvoll ihre feinen, blonden Haare zurück und nahm mühelos je eine der riesigen Reisetaschen. Obwohl sie über einen Kopf kleiner als Franziska war und wahrscheinlich nur die Hälfte dessen wog, was Franziska auf die Waage brachte, war sie ausgesprochen zäh und verfügte über Bärenkräfte, wie Franziska schon oft festgestellt hatte, ohne sonderlich darüber erstaunt zu sein. Sie kannten sich, seit sie gemeinsam den Kindergarten besucht hatten, und eigentlich gab es nichts in Evas Leben, was Franziska noch hätte in Erstaunen versetzen können.

Sie zuckte gleichmütig die Achseln, nahm schweigend die restlichen zwei Gepäckstücke und ging dann, gefolgt von Eva, zum Haus. Das schwere Holztor mit der abgeblätterten Farbe quietschte leicht in den Angeln, als Franziska es umständlich öffnete. Vorsichtig stiegen sie die feuchten, bemoosten Stufen hinunter in den Hof. Nachdem Franziska die zweiflügelige Haustür mit dem altertümlichen Schloss geöffnet hatte, empfing sie der vertraute und, nachdem das alte Haus einige Wochen leer gestanden hatte, jetzt leicht modrige Geruch, der dem winzigen Erdkeller unter der Diele entstieg. Das Haus lag oberhalb von Lusenau, gleich gegenüber der alten Schule, die jedoch den Erfordernissen der gewachsenen Schülerschar nicht mehr standhielt und in der sich nun die Bücherei befand.

Sie hängte ihren Mantel in die schmale Garderobe unter dem tief gezogenen Dach, die gegenüber dem viereckigen Vorraum mit der alten, längst stillgelegten Feuerstelle lag. Nachdem sie sich herzlich von Eva verabschiedet hatte, trug sie die Reisetaschen nach oben und fand nach kurzem Suchen die Keksdose sowie ein Pfund frischen Kaffee. Mehr brauchte der Mensch nicht für den Anfang, dachte sie vergnügt, ging die Treppe wieder hinunter und öffnete rechts die Tür zum Wohnzimmer. Eine in die Jahre gekommene Eichentür mit bleiverglastem Fenster trennte den lang gestreckten Raum mit dem offenen Kamin und dem Sofa davor von der Küche.

An diesem grauen Märztag war es nasskalt. Der Schnee, der nach einem milden Dezember und nur wenig kälteren Januar und Februar erst im Spätwinter gefallen war, hatte sich schnell in eine schwere, graue Masse verwandelt, die das Skifahren selbst auf den Loipen nicht mehr zuließ, und obwohl das Schmuddelwetter ihrer guten Laune nichts anhaben konnte, fröstelte sie ein wenig. Der Böhmwind, wie er früher genannt wurde, jener kalte Wind, der vom östlichen Grenzkamm des Bayerischen Waldes herüberwehte, ließ den Regen, der unverhofft eingesetzt hatte, vernehmlich gegen die kleinen Sprossenfenster trommeln. Sie würde sich eine Tasse Kaffee kochen, ehe sie eine Liste der Dinge schrieb, die sie heute noch einkaufen musste. Sie öffnete die Keksdose und atmete genüsslich den Duft nach Zimt ein, der dem Zuckerguss der köstlichen Plätzchen entströmte. Dann nahm sie den Kessel um Wasser aufzusetzen.

Plötzlich hielt sie abrupt in der Bewegung inne. Durch die offen stehende Küchentür war eindeutig das Drehen des

Schlüssels in dem alten rostigen Haustürschloss zu hören. In der Stille des weitläufigen Hauses klang dieses sonst so vertraute Geräusch jetzt jedoch wie das schmerzhafte Knirschen zerbrochenen Glases zwischen den Zähnen. Ein unangenehmes Kribbeln kroch langsam ihren Nacken hoch. Sie stellte vorsichtig den Kessel auf den Herd, drehte den Kopf Richtung Wohnzimmer und lauschte mit angehaltenem Atem. Als sie kurz darauf das harte Drehen des Sicherheitsschlüssels im Zusatzschloss vernahm, war klar, dass sie sich nicht getäuscht hatte.

Schlagartig wurde ihr in dem großen stillen Haus bewusst, dass sie allein war. Das Grundstück um das Haus war riesig und die Nachbarn erschienen ihr mit einem Mal meilenweit entfernt. Ihr Herz begann wild zu klopfen.

Niemand außer ihr besaß einen Schlüssel vom Haus, nicht einmal ihr Bruder, es konnte sich also nur um einen Fremden handeln.

Trotz ihrer Angst und der lauernden Gefahr war es ihr unmöglich, einfach passiv zu warten. Es drängte sie, die Dinge in die Hand zu nehmen. So leise wie möglich und mit weichen Knien ging sie auf Fußspitzen ins dämmrige Wohnzimmer. Verflixt, warum musste sie auch ausgerechnet heute ihre Pumps tragen? War sowieso eine Schnapsidee bei diesem Wetter, aber ihre Turnschuhe waren verschollen und andere Schuhe hatte sie beim besten Willen in dem Tohuwabohu nicht ausfindig machen können. Entschlossen streifte sie sie von den Füßen und ergriff im Vorbeigehen die solide, schmiedeeiserne Kaminzange. Langsam strebte sie der dunklen Wohnzimmertür zu, die sie von der Diele und dem Einbrecher trennte. Die Kälte der Sandsteinplatten unter ihren bloßen Füßen ließ sie erzittern – möglich, dass ihre Furcht dieses Zittern noch verstärkte. Als sie die Tür zum Vorraum erreicht hatte, atmete sie einmal tief ein, dann riss sie sie beherzt mit einem Ruck auf.

Vor ihr war ein Mann, beinahe einen Kopf größer als sie, kräftig, mit breiten Schultern, der sie verblüfft, und, wie sie zu ihrer Genugtuung feststellte, leicht erschrocken, anstarrte. Dunkle Haare, vom Wind zerzaust, umrahmten feucht sein Gesicht. Gekleidet in abgetragene, an den Oberschenkeln durchfeuchteten Jeans, schwarzem Rollkragenpullover und Wildlederjacke wirkte er zwar nicht ungepflegt, aber auch nicht übermäßig vertrauenswürdig. Graue Augen und ein energischer Mund mit vollen Lippen beherrschten ein durchschnittliches Gesicht ... wäre da nicht diese feine Narbe gewesen, die von seiner äußeren linken Augenbraue tief hinunter bis fast an den Mundwinkel reichte. Die Narbe ließ ihn zwar ein wenig bedrohlich, zugleich aber auch ziemlich interessant und, ja, es war nicht zu leugnen, eindeutig attraktiv erscheinen.

»Suchen Sie etwas? Vielleicht kann ich Ihnen ja dabei helfen«, unterbrach sie das kurze stumme Starren, bemüht, ihrer durchaus nicht zarten Stimme einen noch energischeren Klang zu verleihen – mit kalter Ironie rettete sie sich normalerweise über Angstgefühle hinweg und diesmal hatte sie wahrhaft Angst. Dieser Angst Herr zu werden, gelang ihr jetzt zwar leider nicht zu ihrer vollen Zufriedenheit. Wie sie aus langjähriger Erfahrung jedoch wusste, merkten Außenstehende ihr niemals an, wenn sie innerlich vor Angst verging. Das war durchaus von Vorteil, fand sie und hoffte, dass auch diesmal ihr Gesicht ihren inneren Zustand nicht verriet.

Sein Blick wanderte sekundenlang an ihr auf und ab und unwillkürlich verstärkte sie den Griff um die Kaminzange.

»Hallo«, überging er äußerlich gelassen ihre spitze Bemerkung, »darf ich fragen, wer Sie sind?«

Seine ebenfalls zur Schau gestellte Coolness erzürnte und reizte sie nicht wenig. Sie hob kühl eine Augenbraue – auch das beherrschte sie gut. »Vielleicht verraten Sie mir zuerst, wer Sie sind!«

»Mein Name ist Daniel Föhr und ich bin Mieter dieses Hauses.«

Einen Moment war sie perplex angesichts der Lüge, die so glatt über seine Lippen kam. Sie legte alle Arroganz, zu der sie in dieser Situation fähig war, in ihre Stimme – und sie konnte arrogant klingen und aussehen, wie man ihr dann und wann offenherzig klargemacht hatte. »Und ich heiße Franziska Moss und bin Eigentümerin dieses Hauses.«

Triumphierend bemerkte sie, dass ihn diese Tatsache – die ja eigentlich gar nicht so weit hergeholt war – geschlagen zu haben schien, denn er schwieg eine Sekunde verblüfft. Dann nickte er bedächtig und erwiderte ernsthaft: »Natürlich, jetzt erkenne ich die Ähnlichkeit mit Helga.«

»Ph, das ist ja wohl ...« Sie spürte das kalte Eisen der Kaminzange in ihrer Hand und runzelte erbost die Stirn; sie sah mitnichten wie ihre Mutter aus, im Gegenteil, sie kam eindeutig auf ihren Vater – wie jeder, der nicht blind war, erkennen konnte. Und da er zweifellos keine Tomaten auf den Augen hatte, überführte ihn diese Bemerkung unzweideutig als Lügner. Was bewies, dass auf sympathische Stimmen auch kein Verlass war.

Ehe sie zum vernichtenden Rückschlag ausholen konnte, fuhr ihre linke Hand, einem inneren Befehl gehorchend, hoch. Dabei zitterte sie nur minimal, was er hoffentlich nicht bemerkte, und, auf sein Gesicht deutend, fragte sie mit belegter Stimme: »Säbel oder ...«, Messer hatte sie sagen wollen, schluckte dieses gefährliche Wort jedoch in letzter Sekunde hinunter und presste stattdessen hervor: »oder Florett?«

»Snowboard«, antwortete er, nachdem er begriffen hatte.

Das Schweigen, in das sie einen Moment verfielen, schwoll in Franziskas Ohren zu einem Dröhnen an, während die unsichtbar rotierenden Rädchen ihrer Gehirne – bei ihm nicht weniger als bei ihr, wie sie unschwer feststellen konnte –, sich mit dem Problem befassten, was als nächstes zu tun war. Als jedoch seine Augen zu dem bedrohlich aussehenden Instrument in ihren Händen glitten und sie erkennen musste, dass sich daraufhin sein Grinsen noch verstärkte, milderte das empfindlich ihre Sicherheit, ihn bezwungen zu haben. Schlagartig kam sie sich ziemlich albern vor, was durch das Fehlen ihrer Schuhe noch verstärkt wurde.

Sie hob den Kopf ein wenig höher und straffte den Rücken, mit einsneunundsiebzig nicht eben klein und vermisste angesichts seiner stattlichen Größe dennoch die fehlenden Zentimeter ihrer Pumps. Immer noch auf der Hut erwiderte sie gereizt seinen jetzt offen zur Schau getragenen amüsierten Blick. Na ja, wenigstens wirkte er nicht gemeingefährlich. Dennoch, ein simples Lächeln – selbst ein ironisches, wie dieses hier – ließ jedes Gesicht sympathischer erscheinen und schließlich gab es auch gut aussehende Einbrecher.

»Entschuldigen Sie«, begann er jetzt ernster werdend, »Sie scheinen mich für einen Eindringling zu halten. Haben Sie nicht gewusst, dass ich heute einziehen würde?«

»Einziehen ...?« Das wurde ja immer schöner, was ließ sich dieser Schauspieler denn noch einfallen? Fassungslos schüttelte sie den Kopf und ließ dabei langsam – und wie sie hoffte, von ihm unbemerkt, die rechte Hand mit der Zange hinter ihrem Rücken verschwinden.

»Ich bin im Besitz eines unterschriebenen Mietvertrages, den ich mit Ihrer Mutter abgeschlossen habe. Sie scheinen darüber nicht informiert zu sein. Wenn Sie erlauben, dann setzen wir uns hin und klären erst einmal, was überhaupt los ist«, nahm er die Sache mit Entschiedenheit in die Hand.

Franziska, nach der Trennung von Bernd sensibilisiert gegen Bevormundungen aller Art, musterte ihn kriegerisch, sah dann aber ein, dass ihr im Moment wohl nichts anderes übrig blieb, als auf diesen Vorschlag einzugehen.

»Ich weiß zwar nicht, wie Sie mir das mit dem Mietvertrag erklären wollen, aber bitte«, sagte sie frostig, gab widerwillig die Wohnzimmertür frei und ließ ihn vor sich her gehen. Sicher war sicher. Im Wohnzimmer legte sie die Kaminzange so unauffällig wie möglich wieder an ihren Platz und zog dann ihre Schuhe an.

In kritischen Situationen half es, mit dem Gegner zu speisen, um ihn müde und träge und somit gefügig zu machen, das war schon immer so. Da ihr das Vorsetzen eines Mittagsmahls ein bisschen übertrieben schien und sie zu dem nichts zu essen im Haus hatte, musste eine Tasse Kaffee reichen. Nachdem sie den Wasserkessel auf den Herd gestellt hatte, wies sie mit der Hand zu dem stattlichen Eichentisch, an dem ihre vierköpfige Familie früher spielend mit zahlreichen Freunden Platz gefunden hatte und an dem selbst dieser stämmige Mann allein beinahe verloren wirkte. Während sie den Kaffee aufbrühte, begann er zu erzählen.

»Das kann nicht wahr sein«, presste sie schließlich fassungslos hervor, als er geendet hatte.

»So wahr wie ich hier sitze«, bekräftigte er sachlich, zog den Mietvertrag aus der Brieftasche und deutete auf die Unterschrift: »Hier, sehen Sie selbst.«

Die großzügig weite Handschrift ihrer Mutter war unverkennbar. »Ich glaub es nicht!« Franziska war völlig geschockt. Wie konnte ihre Mutter ihr das antun. Fassungslos stellte sie mit einer heftigen Bewegung die Kaffeekanne auf den Tisch und versuchte, die grässliche Tatsache zu verdauen. Die Tatsache, dass ihre Mutter für die Dauer eines Jahres eine Hälfte des Hauses an diesen Mann vermietet hatte. Ein ganzes Jahr. An diesen Mann. Und das jetzt.

Franziska, der die Trennung von Bernd sehr zugesetzt hatte – wie ihrer Mutter sehr wohl bewusst war – erschien der Gedanke, einen Mann momentan in nächster Nähe ertragen zu müssen als der reinste Horror. Dieser Mann stürmte wie selbstverständlich hier herein und ließ ihre Pläne für die Zukunft mit einem Mal wie ein zerbrechliches Holzhaus in einem Tornado zusammenstürzen.

»Wie viel Uhr ist es jetzt in Australien?«, fragte sie mit harter Stimme.

»Keine Ahnung.« Daniel Föhr nahm den Kaffee und goss ihn in die zwei Becher.

Franziska beobachtete ihn dabei mit einer Miene, die in nichts zu dieser harmlosen Tätigkeit passte.

»Wo sind die Löffel?«, fragte der Fremde.

»Drüben, dritte Schublade rechts«, erwiderte sie düster, nahm dann den Löffel entgegen und schaufelte geistesabwesend den Zucker in ihre Tasse und goss reichlich Milch hinein. Sie trank einen Schluck des köstlichen Gebräus und blickte dabei auf die riesige Bahnhofsuhr an der gegenüberliegenden Wand. »Viertel nach eins, plus neun Stunden, das heißt Viertel nach zehn in Viktoria. Ich muss telefonieren.« Sie stand vom Stuhl auf und ging ans Telefon, das auf dem in mutigem Rosa gestrichenen Küchenbuffet stand. Ihre Mutter hatte es in einer Nacht-und-Nebel-Aktion eigenhändig gestrichen und sie bestand darauf, die Farbe als Toskana-Rot zu bezeichnen, und nur sie allein wusste, was diese schrille Beleidigung des guten Geschmacks mit der Toskana zu tun hatte. Franziska, die sich an die Farbe mittlerweile gewöhnt hatte, wählte die Nummer in Australien und wartete mit zusammen gekniffenen Augen, dass jemand abhob.

»Mama?« Sie nahm den Hörer in die andere Hand und ihre Miene wurde, falls möglich, noch eine Spur finsterer.

»Ich bin's. Ja, ja, mir geht's gut«, sagte sie ungeduldig und dann: »Mama! Ich bin im Haus und Herr Föhr steht hier vor mir und hat den Mietvertrag von dir in der Hand. Kannst du mir das bitte mal erklären?« Während sie mit schmalen Lippen der Stimme ihrer Mutter lauschte, nahm sie aus den Augenwinkeln wahr, dass der Fremde seelenruhig den Kaffee trank, so als sei er seit Urzeiten hier zu Hause und dazu ohne Umstände ihre leckeren Plätzchen aß, was ihrer Laune nicht förderlich war. »Ach das Geld ...! Du wusstest doch, dass ich meine Ruhe brauche. Und dass ich das Büro nutzen möchte. Ich kann nicht arbeiten, wenn er das besetzt. Ist dir das eigentlich klar?«, bellte sie ins Telefon. Und nach einem kurzen Moment: »Wie nett, ich bin somit mehr oder weniger seinem Wohlwollen ausgesetzt. Also Mama!« Sie lehnte sich gegen das Küchenbuffet und kreuzte die Beine, während sie ungeduldig den Worten ihrer Mutter lauschte. »Was interessiert mich das, ob er nett ist und dringend einen Platz brauchte. *Ich* brauche das Haus.« Sie trommelte nervös mit der rechten Hand auf das Buffet. »Woher willst du wissen, wie viel Platz ich brauche? Das find ich so unmöglich von dir. Du kannst ... Was ...? Die Leitung ist sehr wohl in Ordnung«, rief sie erbittert in den Hörer. »Ich höre dich so klar und deutlich als stündest du neben mir! Mama? Verdammt!« Mit einem vernehmlichen Knall warf sie den Hörer auf den Apparat. »Jetzt hat sie doch tatsächlich aufgelegt!«, stieß Franziska zornbebend hervor.

Sie ging an den Tisch und ließ sich auf den Küchenstuhl fallen. »Will mir weismachen, dass die Leitung gestört war.« Sie schwieg einen Moment atemlos und, wie so häufig, geschlagen durch die Spitzfindigkeit ihrer Mutter. Sie trank vom süßen Kaffee und ließ ihre Augen blicklos über den Steinboden gleiten.

»Wie geht es ihr?«

»Hm?« Franziska sah hoch und schaute in seine graugrünen Augen, in denen jetzt leiser Spott zu lesen war. »Tz, wie soll es ihr gehen? Gut, natürlich. Denk ich jedenfalls. Gestern ging es ihr noch blendend. Und sie hat *gewusst,* dass Sie heute hier aufkreuzen. Und sie wusste, dass ich ebenfalls heute einziehe. Ich könnte sie ...!« Die Euphorie, die sie den ganzen Morgen über gespürt hatte, war ganz und gar verschwunden. Der Schreck, den sein plötzliches Erscheinen ausgelöst hatte, und die beunruhigende Tatsache, es hier mit einem Mitbewohner zu tun zu haben, ließen sie einerseits vor Wut schäumen und bewirkten zugleich, dass sie sich müde und ausgelaugt fühlte.

»Beruhigen Sie sich, das kriegen wir schon irgendwie hin.«

Seine Stimme, die klang, als müsse man ein überdrehtes Kind besänftigen, machte sie noch eine Spur gereizter. »Beruhigen?«, sie spuckte das Wort beinahe hervor, »Ich *brauche* die Räume! Ich brauche das Büro und ich brauche auch den Lagerraum daneben. Und vor allem brauche ich meine Ruhe!«

Er stand auf, trat an eines der Fenster und blickte in den Garten. »Dieses Haus ist groß genug für uns beide, so dass wir uns für die begrenzte Zeit hier einrichten könnten ohne einander zu stören. Sehen Sie«, er drehte sich um und betrachtete sie vom Ende der Küche aus, »ich benötige vor allem ein ruhiges Domizil. Ein Büro, in dem ich ungestört arbeiten kann, und einen Raum zum Schlafen. Ihre Mutter vermietete mir die unteren Räume, das heißt das Gartenzimmer, das Wohnzimmer, die Küche und das Büro.«

Das Gartenzimmer war ein großer Raum, der früher den Freunden und Verwandten der Familie zur Verfügung gestanden hatte, die gern und zahlreich zu Besuch gekommen waren. Es besaß ein eigenes Bad und einen separaten Eingang, so dass die Gäste sich ungezwungen und unabhängig von der Familie bewegen konnten. »Die oberen Räume stünden zu Ihrer Verfügung. Die Küche ist riesig, mit dem Kochen werden wir uns sicherlich arrangieren und das Wohnzimmer bietet ja wohl genug Platz für eine Großfamilie.«

»Aber ich brauche das Büro«, herrschte Franziska ihn an, mit ihren Nerven nahezu am Ende.

Einen Moment betrachtete er sie abschätzend. »Das Büro war der Grund, weswegen ich überhaupt auf den Vorschlag eingegangen bin, dieses Haus zu mieten.« Er setzte sich wieder zu ihr an den Tisch und nahm einen Schluck Kaffee. »Und was halten Sie davon, wenn wir es gemeinsam nutzen? Ich bin Architekt, gerade dabei, mich selbstständig zu machen, das heißt, ich hab nicht viel Publikumsverkehr. Ich meine, auch in diesem Punkt könnten wir uns arrangieren.«

»Was? Sie sind Architekt?«, stieß sie hervor, plötzlich kalkweiß im Gesicht.

»Ja und? Was ist daran so Besonderes? Ist doch schließlich ein ehrenwerter Beruf, finden Sie nicht?«, erwiderte er spöttelnd. »Ich habe eine Standortanalyse vorgenommen und Lusenau ist gerade richtig für mich; geringe Arbeitslosigkeit, rege Bautätigkeit und weit und breit kein Architekt. Was Besseres für einen angehenden Selbstständigen gibt es nicht.«

»Pech für Sie: Ab sofort haben Sie eine Konkurrentin.« Ihre Stimme klang tonlos.

»Was sagen Sie da?« Betroffenheit machte sich in seinem Gesicht breit und auch ihm schien diese Neuigkeit die Sprache verschlagen zu haben.

»Ich bin ebenfalls Architektin.«

Seine Miene wurde zum ersten Mal wirklich hart und nun kam er ihr nicht mehr vor wie Ende zwanzig, sondern schien tatsächlich weit über dreißig zu sein.

»Das ist allerdings ein Problem.«

»Tja, seh ich auch so«, erwiderte sie matt, und da ihr im Moment nichts Besseres einfiel, stand sie erneut auf, ging wieder zum Telefon und wählte mit zittrigen Fingern zum zweiten Mal die Nummer ihrer Eltern in Australien. »Besetzt, sicher hat sie den Hörer danebengelegt!« Sie legte fuchsteufelswild auf. »Wissen Sie, was meine liebe Mutter damit bezweckt? Hm?«

»Was immer es sein mag, ich halte es auf jeden Fall für eine schlechte Idee.«

»Da sind wir ganz einer Meinung. Meine liebe Mutter will mich nämlich ...«

In letzter Sekunde hielt sie inne. O nein, das konnte sie ihm unmöglich sagen. Er musste ja nicht nur ihre Mutter, sondern sie selbst für völlig idiotisch halten. Und dennoch war es so: Ihre Mutter wollte sie verkuppeln!

»Waren Sie auch auf der Abschiedsfeier?«, fragte sie, obwohl sie die Antwort ahnte.

Er stutzte einen Moment. »Die von Ihren Eltern?«

»Ja, klar«, erwiderte sie ungeduldig.

»War ich nicht. Ihre Mutter hatte mich zwar eingeladen und ich hatte auch durchaus vor zu kommen, ich musste jedoch in letzter Sekunde absagen. Aber was hat das jetzt damit zu tun?«

Sie stieß einen zornigen Laut zwischen den Lippen hervor. Da hatte ihre Mutter sich also verrechnet. Sie hatte ihr drei Wochen vor dieser Party allzu deutlich zu verstehen gegeben, dass ein besonders netter und besonders gut aussehender Mann zugegen sein würde, und Architekt wie sie selbst sei er auch. Franziska, die den Braten gerochen hatte, war aus diesem Grund nicht zu der großen Party gekommen. Es war nicht das erste Mal, dass ihre Mutter sie nach der Trennung von Bernd mit Männern bekannt machen wollte, so als habe sie Angst, ihre Tochter sei ohne Mann verloren.

Aber wenn Daniel Föhr nicht zur Party gekommen war, hatte er ihren Vater tatsächlich nicht zu Gesicht bekommen und hatte somit nicht sehen können, wie stark ihre Ähnlichkeit mit ihrem Vater war. Erst am Tag der Abschiedsparty war ihr Vater aus Australien heimgekehrt, wo er sich sechs Wochen um die Einrichtung des neuen Hauses gekümmert hatte.

Dennoch hatte ihre Mutter ihren Kopf durchgesetzt. Wieder einmal. Und dieses Mal schien es wirklich, als sei sie vollkommen verrückt geworden. Franziska ließ sich erneut auf den Stuhl fallen. »Schon gut, das verstehen Sie doch nicht«, stellte sie resigniert fest. »Ich denke, im Moment bleibt uns nichts anderes übrig, als uns zu arrangieren. Mit dem Haus meine ich. Für ein Jahr muss es halt so gehen. Ich nehme Ihr Angebot an und wir benutzen das Büro gemeinsam.«

»Soll das heißen, Sie wollen dennoch als Architektin arbeiten? In Lusenau? Obwohl ich hier bin?« Seine Stimme klang ganz tief und Ablehnung schwang deutlich darin mit.

Franziskas Augen funkelten glasklar, als sie spöttisch erwiderte. »Sie werden es nicht für möglich halten, aber obwohl Sie bereits hier sind, werde ich meinen Beruf ausüben. Eben so wie Sie. Wenn Sie nicht den Raum hier unten mit mir teilen wollen, muss ich mir was anderes überlegen. Oben steht ebenfalls noch ein Zimmer zur Verfügung. Und dass ich hier als selbstständige Archtektin arbeiten werde, steht so fest wie das Einmaleins.« Sie verschränkte die Hände vor der Brust und betrachtete ihn herausfordernd. »Ich habe schließlich nicht umsonst eine Superstelle in München aufgegeben. Ich bleibe.«

»Und ich bleibe eben so!«, stellte er kühl fest.

Einen Moment lang herrschte Grabesstille. Franziska wich seinem Blick nicht einen Millimeter aus. Wenn ihre Mutter ihr jemals wieder unter die Augen kam, würde sie ein blaues Wunder erleben, wie sie es noch nie erlebt hatte.

»Es nutzt alles nichts. Und wenn wir hier festwachsen, wir müssen uns was überlegen«, begann er.

»Wunderbare Idee«, sagte sie zynisch.

»Sie wollen also wirklich bleiben?!«

»Meine Güte, ja,« erwiderte sie genervt.

»O. k., und ich ebenfalls«, wiederholte er – unnützerweise, fand sie und verzog leicht den Mund. »Das heißt mit anderen Worten, wir sind Konkurrenten.«

»Sind Sie immer so schnell von Begriff?« Aufseufzend hob sie den Blick zur Zimmerdecke.

»Und das bedeutet folglich, dass nur einer übrig bleiben kann, denn für zwei ist hier nicht genug Platz.«

»Bingo!«

»Würden Sie bitte einmal sachlich bleiben!«, schnauzte er sie plötzlich an und vor Schreck ließ sie davon ab, weiter an ihrem roten abblätternden Nagellack herumzufieseln. Sie verzog erneut das Gesicht und hielt ausnahmsweise den Mund.

»Ich mache deshalb den Vorschlag, dass wir uns zusammentun. Mit anderen Worten: Wir gründen eine Architektengemeinschaft. Wir geben uns eine Woche Bedenkzeit, quasi, um uns vorher ein bisschen kennen zu lernen, und dann arbeiten wir gemeinsam. Ich halte das unter den gegebenen Umständen für die beste Lösung«, konstatierte er selbstgefällig.

»Und ich halte das für den größten Unsinn, den man sich vorstellen kann«, erwiderte sie vernichtend und wandte sich wieder ihren Nägeln zu. »Nicht mit mir.«

»Fällt Ihnen was Besseres ein?«

»Einen völlig unbekannten Partner aufnehmen? Sie sind doch nicht recht bei Trost!« Sie schoss einen jener direkten Blicke, die mancher fürchtete und nicht selten ihr Gegenüber verstummen ließ, in seine Richtung. »Wie soll ich wissen, ob Sie nicht ein völliger Chaot sind? Ob Sie nicht nur herummurksen, ganz auf Künstler machen, wie so viele Ihrer Kollegen, leere Worte und nichts dahinter? Nette Bildchen malen, statt gescheite, wohngerechte und funktionale Bauten zu fertigen? Mit anderen Worten, welchen Stil Sie verfolgen? Ob Sie überhaupt in der Lage sind, eine Ausschreibung aufzustellen? Wie sieht es mit Bauleitung aus? Haben Sie *überhaupt* schon einmal einen Bau von Anfang bis Ende durchgeführt? Ich meine etwas Größeres als eine Garage oder einen Schuppen für Gartengeräte.«

Bei ihren kühlen Worten war sein Blick eiskalt geworden. Seine Stimme jedoch klang beinahe leise, als er fragte: »Sind Sie jetzt fertig?«

Sie zuckte stumm die Achseln und verschränkte die Arme vor der Brust.

»Sagt Ihnen die neue Eissporthalle in Passau etwas?«

»Ja klar«, erwiderte sie schlecht gelaunt. Die Sporthalle war fabelhaft konzipiert und gefiel ihr wirklich.

»Mein Werk. Von Anfang bis Ende.«

»O. k., weiter«, befahl sie nachlässig und klappte arrogant die Augenlider halb herunter.

»Die Wohnanlage auf der Meinhardtstraße in München. Mein Werk, geplant und ausgeführt.«

»Kenn ich nicht.«

»Kostengünstig, für junge Familien, komplett verkauft, bevor der erste Spatenstich getan war«, erwiderte er lässig, stand auf und lehnte sich gegen das Buffet, von wo er mit gekreuzten Beinen zu ihr hinübersah. »Und Sie? Womit können Sie aufwarten, Gnädigste?«

»Wenn ich auch nur einen winzigen Gedanken daran verschwenden soll, mit Ihnen zusammenzuarbeiten, streichen Sie ab sofort diese Vokabel in Zusammenhang mit mir, verstanden?«, gab sie zurück.

Abwehrend hob er beide Hände. »Entschuldigung, war nicht so gemeint.«

»Ich habe den ersten Preis beim Architektur-Wettbewerb für den neuen Filmpalast in Bogenhausen erhalten.«

»Der dann doch nicht gebaut wurde«, warf er kühl ein.

»War nicht meine Schuld, dass der Investor in letzter Sekunde abgesprungen ist, aber ich habe immerhin neun Mitbewerber geschlagen«, informierte sie ihn selbstbewusst. »Dann den Erweiterungsbau von Haus Salem: Meine Planung!«

»Wär's das schon?«, fragte er so arrogant, dass es sie in den Fingern zuckte.

»Mitnichten. Wenn das nicht reicht, dürfen Sie gern nach München fahren und sich bei meinem früheren Arbeitgeber über mich erkundigen.«

»Was natürlich meine Absicht war.«

»Und wo, wenn man fragen darf, haben Sie gearbeitet?«

»Sagt Ihnen Breithaus + Partner was?«

»Natürlich«, brummte sie.

»Der Partner heißt Föhr und ist mein Vater. Ich habe bis vorige Woche für die Firma gearbeitet.«

»O«, sagte sie entgeistert und beinahe geschlagen. Breithaus + Partner war *das* Architekturbüro in München. Dasselbe, bei dem sie sich vor vier Jahren erfolglos beworben hatte. Ihre Bewerbung war schlicht abgelehnt worden. Sie war drauf und dran, ihn danach zu fragen, hielt sich dann aber erschrocken in letzter Sekunde zurück. So weit kam es noch, dass sie sich derart erniedrigte. Dennoch: Diese Adresse war erstklassig, und wer es bis dorthin geschafft hatte – selbst als Sohn des Partners – war kein Anfänger.

»Dennoch werde ich, eben so wie Sie, mich bei Ihrem Arbeitgeber über Sie erkundigen. Bei Herrn Breithaus.«

»Wenn schon, dann bei Frau Breithaus«, korrigierte er sie spöttisch, »sie ist Architektin wie Sie und sie ist der Boss. Sie hat die Firma gegründet und später meinen Vater als Partner aufgenommen.«

Franziska räusperte sich und sagte dann: »O. k., also ich würde sagen, wir haben beide eine Woche Bedenkzeit und sollte nichts dagegen sprechen, wäre ich bereit, es mit Ihnen zu versuchen.«

»Danke, das ist lieb«, erwiderte er sanft.

Sie warf ihm einen raschen Blick zu um zu prüfen, ob er sie auf den Arm nahm, aber sein Gesicht wirkte so unschuldig wie ein Eierkarton. »Ein Jahr Probezeit, dann entscheiden wir neu und trennen uns oder bleiben zusammen.« Sie strich sich über ihre untadelige Frisur – sie trug ihre krausen Locken stets streng zu einem Zopf zurückgekämmt – und fragte dann ohne Scheu, auf jene direkte Art und Weise, für die mancher sie bewunderte, andere hingegen sie ablehnten: »Und wie lange reicht Ihr Geld? Nicht, dass Sie nach drei Monaten saurer Gurkenzeit bereits am Ende sind«, fügte sie herablassend hinzu.

»Geht Sie zwar nichts an, aber zu Ihrer Information: Meine Reserven reichen so lange, bis ich erste Erfolge habe.«

Sein Gesicht wirkte ebenso arrogant wie seine Stimme und sie wusste, dass sie nicht mehr viel Zeit mit ihm in einem Raum verbringen wollte.

»Und wie steht's mit Ihnen?«

Du liebe Güte, seine blasierte Art ging ihr jetzt schon auf die Nerven. »Ich halte zwei Jahre durch. Spielend. Ohne einen Pfennig Einkommen. Sagt Ihnen »Ars Vivendi« etwas?«

»Nie gehört.«

»Eine der Top-Galerien Münchens«, gab sie stolz zurück. »Ich habe sie gegründet. Damals war ich Studentin und die ganze Sache begann eigentlich nur als Spaß. Hat sich dann sehr gut entwickelt. Mein ehemaliger ...«, sie zögerte unmerklich. Noch immer fiel es ihr schwer, von Bernd als *Freund,* wenn auch ehemaligem, zu sprechen. Als sie liiert waren, hatte sie ihn stets als ihren *Mann* ausgegeben. Sie war schließlich für ihn ebenfalls seine *Frau.* Bis, ja, bis er Lea kennen gelernt hatte. »Mein ehemaliger Freund hat sie mir abgekauft. Ich habe viel Luft.«

»Fein, dann also abgemacht. In einer Woche sprechen wir

uns wieder.« Er hielt ihr seine Hand hin und ihr blieb nichts anderes übrig als einzuschlagen.

»Übrigens, was halten Sie davon, wenn wir gemeinsam kochen? Wär vielleicht am einfachsten?«, fragte er dann.

»Von mir aus. Sie kochen eine Woche, ich die andere. Frühstück und Mittag macht jeder für sich. Wir essen um sieben, dann haben wir tagsüber genügend Zeit für unsere Arbeit. Der, der Kochdienst hat, hat gleichzeitig Spüldienst. Wenn die Spülmaschine voll ist, hat derjenige, der als nächster etwas hineinstellen will, sie vorher auszuräumen. Und nicht, dass Sie die Tassen ineinanderstellen, nur weil Sie zu faul sind, die Maschine auszuräumen. Putzen brauchen Sie nicht, ich habe bereits eine Putzfrau eingestellt. Ich hasse Putzen. Sie hätten dann allerdings die Hälfte der Kosten mitzutragen.« Sie schlug elegant die Beine übereinander, legte die schlanken Hände ineinander verschränkt über die Knie und blickte ihn abwartend an.

»Und Sie sind sicher, dass Sie nicht Truppenkommandeur waren in einem früheren Leben?«, gab er spöttisch lächelnd zurück.

»Lassen Sie die Witze!«, befahl sie streng und fuhr sachlich fort: »Was ist? Sind Sie einverstanden?«

»D'accord mon Général!«

»Jeder zahlt wöchentlich einen Betrag in die Haushaltskasse, wie viel, das müssen wir uns noch überlegen.«

»Bitte nicht zu geizig berechnen, ich hab immer mordsmäßigen Hunger.«

»Tz, seh ich so aus, als sei ich geizig, was das Essen anbelangt?«, fragte sie kopfschüttelnd.

»Gottseidank nicht«, gab er grinsend zur Antwort. »Und ich hoffe, der Schein trügt nicht und Sie sind tatsächlich keine Vegetarierin. Oder Veganerin oder womöglich eine Rohköstlerin.«

Sie kicherte: »Unsinn. Ich mache mir zwar nicht viel aus Fleisch und morgens gibt es für mich nur Obst, aber sonst esse ich ganz normal. Außerdem lautet meine Devise immer:

›Leben und leben lassen‹«, verkündete sie heiter. »Was haben Sie gegen Vegetarier?«

»Nichts, so lange man mich nicht bekehren will«, brummte er. »Nebenbei, wo liegen Ihre Stärken?«, fragte er weiter.

»Beim Kochen?«, fragte sie entgeistert.

»Bei Ihrem Job natürlich.«

»Ach so, das meinen Sie. Planung, eindeutig, Verhandlungen mit Kunden ganz allgemein. Das Kielmann-Projekt in München, bei dem Junkies und Yuppies, Alte und Junge, Familien und Singles in einem riesigen Wohnpark auf dem Gelände des alten Güterbahnhofs zusammen gezogen sind – von dem Sie sicherlich gelesen haben, denn es war ein voller Erfolg und die Presse hat ausführlich darüber berichtet«, warf sie stolz ein, »hab ich mitgeleitet, das heißt, ich war für die Koordination zwischen den verschiedenen Gruppen – jede Gruppe bekam ihr individuelles Haus mit Gemeinschaftsräumen, Bastelkellern und Dachterrassen, je nach Wunsch –, zuständig und habe dafür gesorgt, dass alle Beteiligten an einen Tisch zusammenkamen. Bei der Planung, es handelte sich immmerhin um siebzehn fünfstöckige Häuser für die unterschiedlichsten Bauherren und Mieter, bei dem alle Mitspracherecht hatten, musste ich ständig mehrheitsfähige Lösungen finden und das war auf seine Weise einmalig in München ... und kein Kinderspiel, wie Sie sich vorstellen können.«

Auf dieses Projekt war sie tatsächlich sehr stolz. Im Lauf der schwierigen und langwierigen Unterredungen – allein die Hürden der Bürokratie zu überwinden hatte beinahe vier Jahre in Anspruch genommen – waren die einzelnen Parteien so etwas wie Freunde geworden, worauf sie besonders stolz gewesen war, denn sie spürte, dass sie einen gewissen Beitrag dazu geleistet hatte. Und dieses Projekt hatte sie schließlich zu dem Entschluss gebracht, endgültig den Schritt in die Selbstständigkeit zu wagen.

»Respekt«, erwiderte er mit ehrlicher Anerkennung in der Stimme.

»Und wo liegen Ihre Begabungen?«

»Bauleitung, Statik und so weiter.«

»Na also, passt doch«, erwiderte sie, zum ersten Mal seit ihrer Begnung mit ihm ein wenig entspannter. Vor der Bauleitung fürchtete sie sich zwar nicht gerade, wenn es sein musste, konnte sie sich durchaus durchsetzen, aber wenn ein Mann ihr bei dieses Tätigkeit – im Notfall – zur Seite stand, war dies zumindest kein Nachteil.

»Ist ja mein Reden.« Er stand auf. »Also, Partner, ich hab noch zu tun. Man sieht sich«, womit er sich zur Tür wandte. »Nebenbei, Damenbesuch ist doch sicher gestattet, ich meine auch über Nacht?«

Gekränkt drehte sie die Augen zur Decke. »Sie brauchen gar nicht so zu tun, als sei ich der Hausdrache. Es soll durchaus Leute geben, die mich mögen.«

»Seien Sie nicht gleich beleidigt, war doch nur ein Scherz«, stellte er ausgleichend fest.

»Aber Ihre Freundinnen bekochen, das müssen Sie schon selbst tun«, fügte sie zur Sicherheit hinzu, woraufhin er zwei Finger an die Stirn legte und einen strammen Gruß andeutete.

»Moment«, rief sie, bevor er endgültig aus dem Raum verschwand. »Ich will einkaufen gehen. Soll ich für Sie etwas mitbringen?«

»Wär zwar nett, aber würden Sie es nicht als zu chauvinistisch meinerseits erachten? Ich hab nämlich noch so viel anderes zu tun. Wenn es Sie als emanzipierte Frau also nicht stört, dass …«

Der träge Blick, mit dem er sie hierbei bedachte, brachte ihr Blut erneut zum Sieden: »Und wenn Sie weiterhin so unverschämt sind, können wir die Sache von Anfang an vergessen«, gab sie kalt zurück.

Er stieß sich von dem Türpfosten ab, an den er sich gelehnt hatte und trat erneut auf sie zu, wobei sich seine Gesichtsmuskeln verhärteten: »Hören Sie«, begann er beherrscht, »nicht nur für Sie ist die Sache neu, sondern ich muss ebenfalls den Schlag erst mal verdauen. Ich würde daher vorschlagen, Sie legen nicht jedes meiner Worte gleich zu Beginn auf die Goldwaage. Geben Sie uns ein bisschen Zeit. Einverstanden?«

Entwaffnet wich sie seinem Blick aus. Vielleicht hatte sie ja wirklich überreagiert? Ihre Nerven lagen allerdings auch ziemlich blank, was bei den Strapazen der letzten Wochen und der heutigen unerwarteten Ereignisse, die auf sie eingestürmt waren, ja auch nicht anders zu erwarten war. Sie seufzte tief ein und aus und sagte dann ernsthaft: »O. k., Waffenstillstand.«

»Wunderbar«, strahlte er, was ihn, wie sie fand, gleich freundlicher erscheinen ließ.

»Ich werde jetzt also irgendwas kaufen und morgen erstellen wir einen Plan und ...«

»Vielleicht lassen wir das mit dem Plan erst mal«, unterbrach er sie, »Sie kennen sich aus hier, für mich ist alles neu. Wenn Sie nichts dagegen haben, beginnen Sie mit der Wochenschicht. Kaufen Sie irgendwas ein und später werde ich mir alle Mühe geben, Sie, das heißt Ihren Gaumen zufriedenzustellen«, entschied er und dann sagte er wieder mit einem amüsierten Unterton: »Abgesehen davon fresse ich keine jungen Frauen, sollte Ihnen dies Sorgen bereiten.«

Widerwillig musste sie lachen. »Das ist ein Wort.«

»Was hielten Sie übrigens von der Idee, wenn wir jetzt nach dem Schock erst mal was essen gehen? Ich hab rasenden Hunger und Sie doch sicher auch.«

Sie brauchte gar nicht lange zu überlegen. »Katastrophen lassen sich nur mit gutem Essen einigermaßen überstehen. Kommen Sie, ich kenne ein nettes Bistro bei der Glasfabrik, wenn wir uns beeilen, kriegen wir noch was. Bis drei kocht die Chefin höchstpersönlich.«

»Prima. Zur Feier des Tages sind Sie eingeladen.«

»Ich hab nichts anderes erwartet«, lachte sie, jetzt schon gar nicht mehr so schlecht gelaunt. Sie erhob sich ebenfalls und ging in den Flur. Als sie die Jacke anzog, schaute sie kurz in den Spiegel. Sie fuhr mit dem Kamm durch die krausen Locken und zog mit dem knallroten Lippenstift, der gut zu ihrer dunklen Hautfarbe passte, die Lippen nach. Dann verließ sie gemeinsam mit Daniel Föhr das Haus.

Das Schöne an Lusenau war, dass es so klein war, dass man alles zu Fuß erreichen konnte und alles Lebensnotwendige zu finden war. So gab es neben den Lebensmittelgeschäften noch einen Buchladen, ein Schreibwarengeschäft, ein beschönigend Antiquitätengeschäft genannter Krimskramladen, natürlich zwei Banken und neben zahlreichen Gasthäusern und Cafés ein gemütliches, neu eröffnetes Bistro. Es lag gleich an der Glasfabrik und gehörte ihrer Freundin Julia Wolf. Diese kochte jeden Mittag selbst. Nicht, weil sie es musste, sondern weil sie gern und gut kochte und zudem gern Gäste bewirtete.

»Julia ist eine meiner besten Freundinnen. Sie ist ein Tausendsassa. Eine Zeit lang hat sie einen Hutsalon in Lusenau geführt. Im ersten Jahr war er *der* Renner und die Einwohnerinnen … und Einwohner«, betonte sie lachend, »haben ihr ihre Kreationen aus der Hand gerissen. Übrigens hat sie mit ihrem Mann gewettet. Er schwor, dass ihr Geschäft das erste Jahr nicht überleben würde.«

»Und er hat gewonnen«, stellte Daniel befriedigt fest.

»Nein, er hat verloren. Haushoch. Zur Strafe musste er ein Jahr lang jeden Morgen mit einem von ihr gefertigten Hut in der Glasfabrik erscheinen. Strafe muss sein«, konstatierte Franziska kichernd.

»Der arme Mann.«

»Nix da, armer Mann. Julia ist viel zu gutmütig. Nachdem sie ihren Spaß gehabt hatte, befreite sie ihn schon nach drei Monaten und erließ ihm gnädig die restliche Zeit.«

»Hätte Ihnen nicht passieren können, nehm ich mal an.«

»Sie werden schon wieder frech«, sagte sie und warf ihm einen strengen Seitenblick zu.

»Der Mann Ihrer Freundin ist Glasmacher?«

»Nein, die Glasfabrik gehört den beiden«, erwiderte Franziska stolz. »Sie hatten sie von einer gemeinsamen Tante geerbt. Anfangs hat Julia mit in der Fabrik gearbeitet. Dann hat ein Irrer die Fabrik niedergebrannt. Stefan und Julia verliebten sich ineinander, heirateten und Julia hat ihren Hutsalon eröffnet, während Stefan das neue Glaszentrum und das Kunsthandwerkzentrum errichtet hat.«

»Sie scheinen sie sehr zu mögen.«

»Ja sehr«, bestätigte Franziska. Julia und sie kannten sich schon seit der Schulzeit. Obwohl beide einige Jahre in München verbracht hatten, hatten sie sich aus den Augen verloren. Erst im vorigen Monat hatten sie sich in Lusenau wieder getroffen. Franziska lächelte. Sie freute sich, die alte Freundin in der nächsten Zeit wieder öfter sehen zu können.

Sie bogen in die Hauptstraße ein und standen kurz darauf vor dem modernen, aus Holz und Glas errichteten Glaszentrum, mit der kleinen Glasfabrik, um die sich zahlreiche Kunsthandwerkerläden gruppierten. Sie betraten das Bistro, das um diese Zeit recht gut besucht war und ergatterten einen der letzten freien Tische, wo sie von Julia Wolf sogleich entdeckt und mit strahlendem Lächeln begrüßt wurden.

»Julia wechselt monatlich die Karte. Sie hat das Bistro binnen eines halben Jahres zum Renner gemacht.«

»Und was wurde aus ihrem Hutsalon?«

»Den hat sie nach zwei Jahren zugemacht.«

»Na also, lag ihr Mann doch gar nicht so falsch.«

»Sie liegen schon wieder falsch. Sie musste schließen, weil beinahe sämtliche Einwohnerinnen von Lusenau Hüte bei ihr gekauft hatten und der Markt somit gesättigt war«, belehrte Franziska ihn vergnügt. »Julia hat nicht lang gefackelt, sondern sich sogleich auf ihre neue Aufgabe gestürzt. Jetzt macht sie mittags das Bistro, abends kocht ihre Freundin, damit Julia am Abend für Stefan Zeit hat. Weit und breit werden Sie keine kreativere Köchin finden als sie.«

»Ich liebe Überraschungen.«

»Ich weniger, wenn ich an heute denke.« Franziska seufzte. Was ihre Mutter nur wieder ausgeheckt hatte. Morgen früh würden sie noch ein Wörtchen miteinander zu reden haben. Fürs Erste blieb ihr nichts anderes übrig, als die Sache so positiv wie möglich zu sehen. Da war zuerst einmal die Miete. Ihre Mutter hatte freundlicherweise Franziskas Konto-Nummer angegeben. Den Betrag, der zwar nicht allzu hoch war, konnte sie dennoch gut gebrauchen, wenn sie im Moment auch nicht direkt auf dieses Zubrot angewiesen war. Zum anderen war es natürlich gar nicht so unangenehm, noch einen Mann mit im Haus zu haben ... fürs Grobe sozusagen und zur Abschreckung gegen eventuelle Einbrecher. Wie sich allerdings ihre Arbeitsgemeinschaft entwickeln würde, konnte noch niemand sagen. Eigentlich hatte sie einen Alleingang starten wollen. Andererseits, je länger sie sich mit dem Gedanken vertraut machte – so unangenehm war es nicht, einen Partner zu haben. Sollten sie sich verstehen, was niemand voraussagen konnte, hätte sie jemanden, der ihr in schwierigen Zeiten zur Seite stand – eine positive Bereicherung, wenn sie es recht überlegte.

Sie musterte ihn unauffällig. Er wirkte eigentlich recht sympathisch auf den ersten Blick, wenn auch für ihren Geschmack manchmal zu selbstbewusst und in übertriebenem Maß von sich eingenommen. Und ein wenig zu gut aussehend. In ihrem Fall war das zwar ohne Bedeutung, denn hier handelte es sich nicht um ihren Lebensgefährten. Bernd war ebenfalls ein sehr attraktiver Mann und dabei sehr selbstverliebt, was ihr von Anbeginn auf die Nerven gegangen war.

»Na, hab ich Gnade unter Ihren Augen gefunden?«, unterbrach er plötzlich amüsiert ihre Überlegungen.

»Hm?«, schreckte sie hoch, wurde dann jedoch durch Julia erlöst, die kurz an ihren Tisch kam, um persönlich die Bestellung aufzunehmen. Nach einer herzlichen Begrüßung – und nachdem sie eine Weile mit Daniel Föhr unbefangen geflirtet hatte – riet sie ihnen temperamentvoll zu gefüllter Lammschulter. »Ein Gedicht, wenn ich nicht schon so satt wäre, würde ich glatt noch mal davon probieren. Aber ich muss an Stefan denken, er ist heute noch nicht hier aufgekreuzt und der Arme soll doch auch nicht leben wie ein Hund.«

»O. k., du hast uns überredet. Also zweimal Lammschulter mit Bohnensalat.«

»Ihr werdet es nicht bereuen«, versprach die Chefin und war bereits wieder hinter ihrem Tresen verschwunden, um mit roten Wangen mit dem Kochen fortzufahren.

»Wie haben Sie eigentlich meine Mutter kennen gelernt?«, fragte Franziska, nachdem sie entspannt von dem badischen Rotwein getrunken hatten.

»Sie fuhr mich beinahe über den Haufen.«

»O«, murmelte Franziska betroffen.

»Sie wollte einparken, dabei übersah sie meine schmächtige Gestalt, während ich nichts ahnend meines Weges ging, auf der Suche nach einer Bleibe für mich und mein Büro. Durch einen Sprung in die Hecke konnte ich mich retten. Daraufhin lud sie mich zu sich ins Haus zum Kaffee ein – und wer Ihre Mutter kennt, weiß, dass Widerstand zwecklos ist«, fügte er mit einem schiefen Lächeln hinzu, woraufhin Franziska die Augen rollend zur Decke richtete, sie kannte ihre Mutter nur allzu gut, »und da ich nichts weiter zu tun hatte, ging ich mit. Noch am gleichen Tag unterschrieb ich den Mietvertrag.«

»Und sie hat all die Wochen geschwiegen. Typisch. Sie ist so … so unberechenbar«, klagte Franziska, die die ruhige Art ihres Vaters – und dessen Geduld – geerbt hatte und der die spontane Art ihrer Mutter fremd war.

»Den Anschein hatte ich allerdings auch.« Daniel Föhr schob den Stuhl zurück und kreuzte gemütlich die Beine.

»Na, sehen Sie! Und glauben Sie mir, Sie können sich nicht vorstellen, was wir schon so alles mit ihr erlebt haben. Wenn Papa nicht immer so cool bliebe und sie dann und wann zur Vernunft riefe, wer weiß, was sie noch alles anstellen würde. Wissen Sie überhaupt, wie es dazu gekommen ist, dass die beiden nach Australien ausgewandert sind?«

»Keine Ahnung.«

»Meine Mutter hat Roulette gespielt.«

»Natürlich verloren und daraufhin das Land fluchtartig verlassen?«, fragte er spöttisch.

»Natürlich gewonnen und das Land verlassen!« Franziska zog ihren Stuhl näher an den Tisch und stützte beide Arme auf die Marmorplatte. »Sie gewann«, sie senkte die Stimme und verriet, indem sie sich leicht zu ihm beugte: »sechshunderttausend Mark! Nicht schlecht, hab ich Recht?«

Diesmal hatte sie ihn wirklich in Erstaunen versetzt, wie man eindeutig an seinen hochgezogenen Augenbrauen erkennen konnte.

»Donnerwetter. Wie lange hat sie dazu gebraucht, wenn man fragen darf?«

»Keine zwanzig Minuten.« Franziskas Stimme klang so dumpf, als hätte ihre Mutter in diesen wenigen Minuten nicht ein Vermögen gewonnen, sondern eines verloren. Und tatsächlich lief ihr noch heute eine Gänsehaut über die Arme, wenn sie an diesen Nachmittag des denkwürdigen Wochenendes zurückdachte, an dem ihre Mutter sie alle nach Konstanz eingeladen hatte – um die Erbschaft, die ihre Tante ihr hinterlassen hatte, hierbei handelte es sich um die immerhin auch schon stattliche Summe von sechzigtausend Mark, mit ihrer Familie zu feiern. Ihr Vater, in fröhlicher Unkenntnis angesichts der hereinbrechenden Spielleidenschaft seiner Frau, hatte er doch während dreißig Jahren Ehe niemals dieses Laster an seiner Liebsten entdecken können, war ihr eben so ahnungslos gefolgt, wie Franziska und ihr Bruder mit seiner Familie. Alle nahmen an, ihre Mutter habe ihnen tatsächlich nur die Schönheit des Bodensees nahe bringen wollen. Ein Irrtum. Helga Moss hatte von Anfang an geplant – wie sie in seligem Champagnerrausch hinterher beichtete – diesen Batzen Geld, abgesehen von den zehntausend Mark, die sie für den kleinen Familienausflug zur Seite gelegt hatte, ins Spielkasino zu tragen, mit dem nahe liegenden Ziel, ihn zu vermehren.

Die Stimme von Daniel Föhr holte Franziska in die Wirklichkeit zurück.

»Das Rezept müssen Sie mir verraten.«

»Kein Problem.« Franziska nahm einen großen Schluck von dem süffigen Rotwein und begann: »Man nehme fünfzigtausend Mark, die man von seiner Patentante geerbt hat oder auf anderem Wege erworben hat, ist ja egal, und fahre schnurstracks ins Spielkasino. Dort setze man sich bequem an einen Roulettetisch und setze dann das Geld auf Rot. Man warte kurz. Die Kugel bleibt auf Rot liegen und der Einsatz hat sich verdoppelt, es winken somit Einhunderttausend. Dann lasse man die Hunderttausend auf Rot liegen. Man gewinnt erneut und ist schon im Besitz von Zweihunderttausend. Von diesen Zweihunderttausend nehme man Fünfzigtausend – mich wundert noch heute, woher meine Mutter so viel Verstand nahm, nicht alles aufs Spiel zu setzen, aber na ja. Man gewinnt erneut, also einhundertfünfzig mal zwei, macht dreihunderttausend und jetzt kommt es. Anstatt dass Mama die Dreihunderttausend einsteckte, ließ sie wieder Zweihundertfünfzigtausend liegen – meinem Vater blieb vor Schreck fast das Herz stehen –, und schwuppdiwupp ist man im Besitz von Fünfhunderttausend. Plus den Einhunderttausend, die man zurückgehalten hat, macht summa summarum sechshunderttausend Mark. Das Ganze kann man übrigens auch mit Schwarz probieren. So einfach ist das.«

»Wo ist das nächste Spielkasino?«

»Vergessen Sie's«, riet Franziska und verzog schmerzlich das Gesicht. »Ich hab's nachgemacht. Am letzten Wochenende hat mich mein Wunderglaube zwanzigtausend Mark gekostet. Innerhalb von drei Minuten war ich mein Geld los. Lachen Sie nicht so schadenfroh,« befahl sie streng, »so witzig war's wirklich nicht.«

»Das erklärt aber immer noch nicht, warum Ihre Eltern nach Australien gingen«, sagte er.

»Mein Vater hatte ursprünglich vorgehabt, sich mit Computersoftware und dergleichen selbstständig zu machen, als er achtundfünfzigjährig mit einer Abfindung aus seiner ehemaligen Firma ausschied. Er nahm also das Geld der Firma, eine Lebensversicherung war fällig geworden und Australien war immer schon der Traum meiner Eltern. Nach Mutters erfolgreichem Coup gaben sie kurzentschlossen die Pläne mit der Selbstständigkeit auf und beschlossen stattdessen dem Nichtstun zu frönen, schnürten ihren Ranzen und verließen unser schönes Bayern.«

»Beneidenswert.«

»Find ich auch. Trotzdem, was meine Mutter sich als Abschluss geleistet hat, geht über keine Kuhhaut.«

Das Essen kam und sie widmeten sich schweigend dem köstlichen Lammgericht. Bei einer Tasse Kaffee begann Daniel von seiner Arbeit zu erzählen.

»Ich verstehe aber ehrlich gesagt nicht, warum Sie von München weggegangen sind. Breithaus + Partner ist doch die Adresse für Architekten. Ich ... ich hab mich selbst mal beworben«, rutschte es ihr heraus.

»Ach ja?«, fragte er interessiert. »Wann?«

»Vor sechs Jahren.«

»Hm. Vor sechs Jahren hatte sich auch bei uns eine leise Flaute angezeigt und Frau Breithaus und mein Vater wollten nicht das Risiko eingehen, einen neuen Mitarbeiter einzustellen.«

»Warum also sind Sie weggegangen?«

Er zögerte, nahm einen Schluck Kaffee und blickte aus dem Fenster. »Wahrscheinlich oder tatsächlich wegen meinem Vater.«

»Ihrem Vater?«, echote sie. »Kommen Sie nicht miteinander aus?«

»Das wäre übertrieben. Aber ich hatte das Gefühl, ich müsse mich in gewisser Weise freischwimmen von ihm. Er ist, müssen Sie wissen«, er lächelte sie ein wenig schief an, was die Narbe in seinem Gesicht markant auffallen ließ, »ziemlich beeindruckend, ein fabelhafter Architekt, und da hat man es als Sohn manchmal schwer gebührend Aufmerksamkeit zu erregen.«

»Was Ihnen sehr zu schaffen macht, wenn man sie Ihnen verweigert!?«

»So ähnlich«, gab er zu und zum ersten Mal erschien er Franziska ein bisschen verlegen.

»Kann ich in gewisser Weise nachvollziehen. Und was hat Ihr Vater gesagt, als er von Ihrem Entschluss hörte? Ich könnte mir denken, dass er nicht sonderlich begeistert war, wenn Sie ein guter Architekt sind.«

»Ich bin ein guter Architekt«, betonte er selbstbewusst und verschränkte die Arme vor der Brust. »Vater, nun ja, er hat eine Weile gebraucht, bis er den Brocken geschluckt hat. Begeistert war er tatsächlich nicht, später dann hat er es natürlich verstanden und mir sogleich seine Hilfe angeboten, wenn ich nicht allein zurechtkäme und womöglich monatelang ohne einen einzigen Auftrag in Lusenau festsitzen würde. Aber«, fuhr er mit fester Stimme fort, »ich weiß, dass ich es schaffen werde. Vielmehr, dass wir es zusammen schaffen werden.«

»Wenn wir zusammen kommen sollten«, schränkte Franziska ernsthaft ein. »Ich meine es ernst mit der einen Woche. Ich warne Sie, ich bin mir meiner Sache noch nicht hundertprozentig sicher …«

»Aber Sie müssen zugeben, dass es für uns beide allein eng wird. Dafür ist der Markt heute selbst hier zu stark umkämpft.«

»In einer Woche sprechen wir uns wieder«, blieb Franziska fest und rief dann die Bedienung um zu zahlen.

»Nein, lassen Sie bitte, ich habe Sie eingeladen.«

»Danke schön. Morgen werde ich mit dem Kochen beginnen. Ich hoffe, Sie haben sich heute satt gegessen«, neckte sie ihn. »Ich koche nämlich nicht gern, müssen Sie wissen.«

»Also: Sie putzen nicht gern und Sie kochen nicht gern. Gibt es etwas, das Sie lieben? Außer Ihrer Arbeit natürlich.«

Franziska krauste nachdenklich die Stirn. »Sie müssen

nicht meinen, ich hätte keine Interessen«, begann sie ernst. »Ich habe nur keine, wie soll ich sagen, kein besonderes Talent für den Haushalt.« Sie hob den Blick und begegnete seinen grau-grünen Augen. »Ich liebe es beispielsweise, wenn jemand gut kochen kann, und finde es wunderbar, wenn derjenige diese Arbeit auch noch gern tut. Aber ich kann es leider nur manchmal, das Kochen. Das heißt, manchmal gelingt mein Essen, manchmal eben nicht. Oder nehmen wir etwas anderes: Ich liebe es, wenn jemand sich Dinge selbst nähen kann. Ich kann es leider nicht. Ich werde es Ihnen erklären: Schon wenn ich die Nähmaschine vor mich hinstelle, geht es los: Ich nehme das Garn in die Hand, das Garn fällt mir aus der Hand und rollt durch den ganzen Raum. Ich erhebe mich, suche die Rolle, finde sie irgendwann und hebe sie auf. Nun will ich das Garn in die Nadel einfädeln. Da ich so selten nähe, weiß ich nicht mehr auswendig, wie es geht, muss also erst lange die Anleitung studieren. Geschafft. Ich fädele ein. Nun zeigt sich, dass ich das Garn auf eine neue Spule überspulen muss ... denn ich benötige grundsätzlich immer die Farbe, die nicht aufgespult ist. Da ich auch hierbei nicht mehr weiß, wie man es macht, muss ich erneut die Anleitung studieren. Dann, sehr viel später, benötige ich das Röllchen für den Unterfaden, das sich in einer sehr schwer zu erreichenden Stelle unter dem Nähtisch befindet. Ich nehme es heraus: Es fällt auf die Erde! Warum, weiß ich nicht, aber es ist immer so. Ich hebe das Röllchen auf, der zweite Versuch gelingt endlich. Wenn ich Glück habe, ziehe ich sogar den Unterfaden mit einer halben Drehung des rechten Rades heraus und – langweile ich Sie?«, fragte sie gedankenverloren, ihr Gegenüber jedoch schüttelte mit harmloser Miene den Kopf und so fuhr sie fort: »Irgendwann lege ich tatsächlich den Stoff unter den Faden, vielmehr unter die Nadel, möchte also endlich mit der eigentlichen Näherei beginnen ... und was soll ich Ihnen sagen? Die Nadel bricht ab oder, wenn das nicht der Fall ist, reißt garantiert der Faden! Ich nehme also ...«

»Entschuldigen Sie, wenn ich Sie hier unterbreche, aber ich muss mich um eine ganze Menge Dinge kümmern, die ich heute noch erledigen will. Sollen wir gehen? Und Sie erzählen mir dabei weiter von Ihren Nähabenteuern?«, fragte er scheinheilig, während er sich erhob, und mit einem tiefen Seufzer schenkte sie sich den Rest ihrer interessanten Ausführungen.

Als sie vom Einkaufen zurückkam, empfing sie im Wohnzimmer wohlige Wärme. Daniel hatte die Ölheizung eingeschaltet und im Kamin das Feuer angemacht, so dass es in dem großen Raum gemütlich warm geworden war. Ist doch nicht zu verachten, so ein Mann im Haus, dachte sie ein wenig spöttisch und ging in die Küche.

Die riesige Küche war einer ihrer Lieblingsräume, obwohl sie sie selten zum Kochen aufgesucht hatte, früher, als ihre Mutter noch hier herumwirtschaftete. An zwei Seiten waren die Wände von je einer Reihe kleiner Sprossenfenster unterbrochen, durch die man in den Garten sehen konnte, der von einer vollständig mit Efeu bewachsenen Mauer umgeben war. Überall standen Büsche, dazwischen lagen Rosenrabatten und wuchsen einige wild verzweigte hochstämmige Obstbäume mit alten Obstsorten, deren Namen heute niemand mehr kannte. Rasen gab es keinen, die große Wiese wurde lediglich zweimal im Jahr mit der Sense gemäht – in früheren Zeiten von ihrem Vater. Nun würde sie Daniel dazu verdonnern, nahm Franziska sich vor, denn sie selbst hatte nie eine Sense in der Hand gehalten.

Während sie damit beschäftigt war, die Lebensmittel einzuräumen, wanderten ihre Gedanken unwillkürlich zu Bernd, wie so häufig, diesmal jedoch war der Gedanke an ihn nicht mehr von jenem ziehenden Schmerz begleitet, den sie in den vergangenen Wochen noch dann und wann verspürt hatte. Wahrscheinlich war ihre Liebe schon viel früher erkaltet und sie hatte es nur nicht bemerkt, sonst hätte sie sich garantiert nicht so schnell mit den Tatsachen abgefunden. Fünf

Jahre war sie mit ihm befreundet gewesen. Sie war jetzt zweiunddreißig Jahre alt und im letzten Jahr hatte Bernd sie immer öfter mit dem Wunsch bedrängt, zu heiraten und eine Familie mit ihr zu gründen.

Anfangs hatte sie ihn sanft abgewiesen, später dann, als er immer fordernder geworden war, hatte sie erkannt, dass er es ernst meinte. Sie hatte ihm unmissverständlich klargemacht, dass sie nicht vorhatte zu heiraten und schon gar nicht Kinder in die Welt zu setzen. Ihre Ziele lagen außerhalb jeder Familienplanung, denn sie wusste, dass sie eine gute Architektin war, und wenn sie erst mal in der Familientretmühle gefangen war, war es mit ihren hochgesteckten beruflichen Zielen vorbei. Das hatte sie zur Genüge bei ihren Freundinnen beobachtet. Mit der Heirat verwandelten sich aufmerksame Liebhaber in bequeme Pantoffelhelden, die nicht im Traum daran dachten, im Haushalt zu helfen. Und spätestens nach dem ersten Kind lag die Familienorganisation allein in den Händen der Frau. Für dieses fadenscheinige Glück hatte sie zu hart gearbeitet in den vergangenen Jahren. Zudem spürte sie, dass mütterliche Gefühle sich bei ihr bisher noch nicht eingestellt hatten. Babys und kleine Hunde waren ihr herzlich egal, es reichte ihr vollkommen, wenn sie ihre zwei kleinen Neffen bei den Familienfeiern zu Gesicht bekam. Sie wollte schlicht hoch hinaus und das ging nur, wenn man unverheiratet und auch der Lebenspartner noch nicht auf der sicheren Seite des Lebens angelangt war.

Trotzig schloss sie den Kühlschrank mit einer heftigen Bewegung. Das hatte der Mann ihres Lebens zu akzeptieren oder man trennte sich.

Vor einem halben Jahr, als sie mit Bernd dieses brisante Thema für immer zu den Akten gelegt hatte, war ihr zunächst nicht bewusst gewesen, dass es tatsächlich das Ende bedeutet hatte. Keine zwei Monate später hatte er sie dann betrogen. Mit seiner neuen Assistentin, Lea. Dass diese Frau von ihm schwanger war und er es anscheinend kaum erwarten konnte sie zu heiraten, war viel schmerzlicher gewesen, als sein eigentlicher Treuebruch. Diese Tatsache war Franziska erst viel später bewusst geworden.

Als endgültigen Bruch mit ihrer Vergangenheit hatte sie daraufhin bei ihrer alten Firma gekündigt, nicht gerade leichten Herzens, denn sie hatte ihre Kollegen gemocht, sie waren ein gutes Team gewesen. Dennoch war sie sich ihrer Sache sehr sicher gewesen.

Es war an der Zeit etwas Neues zu beginnen, die Trennung von Bernd war nur der endgültige Auslöser gewesen. Und da es nun keinen Mann gab, würde sie sich eben selbst bei der Hand nehmen und auf den Weg machen, schließlich war sie trotz ihrer Liaison mit Bernd stets eine eigenständige Persönlichkeit geblieben. Angst vor Einsamkeit hatte sie nicht, dagegen gab es schließlich Freunde.

Sinnend schaute sie hinaus in den winterlichen Garten. Wenn sie ehrlich war, musste sie sich eingestehen, dass außer ihrer Wut nichts mehr an Gefühlen für Bernd übrig geblieben war. Und diese Wut musste sie auch bald überwinden, denn, dachte sie selbstbewusst, sie war ihrer unwürdig. Trotz der Steine, die ihr so unvermutet in den Weg gelegt worden waren, würde sie ihren Weg machen. Und das allein, denn dass sie eine Architektengemeinschaft mit Daniel Föhr erwog und sie möglicherweise sogar einwilligte, bedeutete noch lange nicht, dass sie nicht ihre Wünsche und Träume von modernem Wohnen auch knallhart durchsetzen würde. Was Bauen und Wohnen in der modernen Gesellschaft anbelangte, davon hatte sie sehr genaue Vorstellungen, wobei das Kielmann-Projekt nur der Anfang gewesen war. Die Richtung stimmte und diese Vorstellungen würde sie sich von niemandem verwässern lassen, auch nicht von einem Daniel Föhr.

Nach einem kalten Abendbrot, bei dem jeder sich selbst bedient hatte, verabschiedete sich ihr neuer Mitbewohner und ging nach nebenan um seine Sachen auszupacken und sie war froh darüber. Sie verkroch sich mit einem Glas Wein ins

Wohnzimmer aufs Sofa vor dem Kamin und telefonierte mit Eva, obwohl es ein Leichtes gewesen wäre, einfach zu ihr hinunter in die Hauptstraße zu gehen, aber dazu fühlte sie sich heute Abend zu erschöpft. Bereits gegen zehn ging sie hinauf in ihr Zimmer. Sie zog sich aus und stieg dann unter die Dusche. Als sie sich abgetrocknet hatte, löste sie ihr Haar und betrachtete sich im Spiegel.

Belustigt dachte sie an das verdatterte Gesicht von Daniel Föhr, als er sie zum ersten Mal gesehen hatte. Eine Ähnlichkeit mit ihrer Mutter, Helga Moss war zwar vorhanden, dennoch minimal – sie war im Gegenteil das ganze Abbild ihres Vaters: Henry Moss, Jamaikaner, Farbiger und sehr attraktiv, wie alle Welt sehen konnte. Und sie war beinahe eben so dunkel wie er, während ihr Bruder mehr auf ihre blonde Mutter kam und seine Haut heller war als ihre. Sie war stolz auf ihr Aussehen und selbst mit ihrem Gewicht – bei siebenundachtzig Kilo hatte sie aufgehört, auf die Waage zu steigen, sie vermutete jedoch, dass es sich seither kaum verändert hatte –, hatte sie Frieden geschlossen. Sie sah trotz allem – oder gerade wegen der Pfunde – sehr gut aus, fand sie. Es gab viele, die ihr dies immer wieder bestätigten, darunter nicht wenige Männer. Sie wirkte durch und durch weiblich und fühlte sich wohl in ihrer Haut. Allerdings hatte sie stets dafür gesorgt, beweglich zu bleiben. Sie lächelte. O ja, ihre Pfunde saßen an den richtigen Stellen.

Dass ihr Aussehen immer ein wenig die Aufmerksamkeit auf sich zog, genoss sie, seit sie sechzehn war. Ihre Eltern hatten gute Arbeit geleistet und ihr Selbstbewusstsein gestärkt, wann immer es ihnen möglich war, und ihre Freundinnen und Freunde waren sowieso in Ordnung.

Sie schenkte ihrem Spiegelbild ein kurzes Gute-Nacht-Lächeln und schlüpfte unter die Decke. Nachdem sie wie jeden Abend vier Buchseiten gelesen hatte, lag sie noch eine Weile mit offenen Augen da. Heute konnte sie nicht wie sonst nach dem Lichtlöschen prompt einschlafen, dafür war der Tag zu aufregend gewesen. Sie setzte sich auf und umschlang mit beiden Armen ihre Knie. Daniel Föhr schlief wahrscheinlich längst unten im Gästezimmer.

Bei dem Gedanken an den Fremden im Haus, der zwar ein durchaus attraktiver Mann war – dessen Anziehungskraft sie trotzdem nicht unterliegen würde –, bei dem es sich dennoch um einen fremden Mann handelte, wurde ihr jetzt ein wenig mulmig zumute. Obwohl sie kein Hasenfuß war, stieg sie, einer plötzlichen Eingebung folgend, aus dem Bett und drehte den Schlüssel mit einer energischen Bewegung herum. Das rostige Knirschen in dem altmodischen Kastenschloss schenkte ihr umgehend ein Gefühl der Beruhigung.

2

Der nächste Morgen, ein Samstag, bescherte ihnen einen wolkenlosen Himmel und frühlingshafte Temperaturen und Franziska tat das, was sie seit einem Jahr beinahe regelmäßig tat. Sie stand auf, machte einige Dehnübungen vor dem offenen Fenster und zog dann ihren Jogginganzug an. Trotz ihres Gewichts lief sie leichtfüßig die Treppe hinunter und fand in der Garderobe endlich ihre lang gesuchten Joggingschuhe, trat vor die Tür, um eine halbe Stunde durch die Gegend zu laufen – genauer gesagt schnell zu gehen, denn Joggen kam bei ihrem Gewicht nicht in Frage. Dieses zügige Gehen jedoch weckte ihre Lebensgeister und ließ sie den Tag normalerweise entspannt und gut gelaunt beginnen.

Sie überquerte den Kirchplatz und lief die Bergstraße hinunter, über die um diese Zeit noch wenig befahrene Hauptstraße hinweg, wieder hinauf Richtung Wald, durch den weitläufigen und phantasievoll gestalteten Waldspielplatz, um dann, dem Rundweg folgend, am anderen Ende des Dorfes wieder die Straße hinauf zu marschieren. Ihre Sinne nahmen hungrig alle Eindrücke an diesem herrlichen Morgen auf: die vielfältigen Waldgeräusche, den würzigen Duft der Bäume und den Geruch nach Rauch, der den Kaminen der Häuser entstieg. Tief atmete sie die frische, klare Luft ein und wie immer beim morgendlichen Laufen, fühlte sie sich frei und unbeschwert. Sie besaß ein heiteres Naturell und diese Morgenstunde erfüllte sie stets mit Freude. Als sie, ruhig und tief atmend ihr Haus am Ende der Sackgasse nach beinahe vierzig Minuten erreichte, wusste sie, dass es richtig gewesen war nach Lusenau heimzukehren, um hier endgültig Wurzeln zu schlagen.

Erfrischt und in aufgeräumter Stimmung stieg sie später die Treppe hinunter und der Duft des frisch gekochten Kaffees machte sie hungrig aufs Frühstück. Wie gewöhnlich würde sie zwar den Tag mit Obst beginnen, sich dann jedoch eine knusprige Semmel leisten, beschloss sie übermütig. Sie durchquerte das Wohnzimmer und bemerkte die vom Rauch geschwärzte Stelle oberhalb des Kamins. Nach dem Auszug ihres Mieters wollte sie das Wohnzimmer neu streichen, aber bis dahin würde noch ein Jahr vergehen.

Das Haus war sehr alt und dementsprechend gab es ständig etwas auszubessern und zu erneuern. Mal suchten es ganze Ameisenvölker heim, dann wieder waren Spuren von Mäusen zu entdecken oder eine feuchte Stelle, die anzeigte, dass das Dach dringend der Reparatur bedurfte. Diese Mängel jedoch hatten ihrer Familie nie die Freude an dem Haus nehmen können. Sie liebten es mit jener ungestümen Liebe, die nichts erschüttern konnte, trotz aller Unannehmlichkeiten, die es im Laufe der Jahre geboten hatte. Und jetzt war es an ihr, dass sie auf das Haus Acht gab.

Auf dem Weg zur Küche kam ihr Daniel entgegen. »Wenn Sie Kaffee möchten, ich habe eben erst welchen gekocht, sicher ist er noch heiß genug.« Damit entfernte er sich und eilte zu seinem Auto.

Im Haus war es mittlerweile überall gemütlich warm. Sie setzte sich in die Küche, aß einen Apfel und dann eine Semmel und las dabei die Tageszeitung. Heute Morgen jedoch hatte sie nicht die rechte Ruhe. Sie war voller Tatendrang. Noch zwei, drei Tage Arbeit, dann war sie so weit, dass sie nach Passau fahren konnte um ihre Arbeit für den Wohnpark abzuliefern. Sie hatte trotz des Umzugs Tag und Nacht daran gearbeitet. Und es hatte sich gelohnt. Es war so ziemlich das Beste, was sie je geplant hatte, davon war sie felsenfest überzeugt. Der Wohnpark, eine komplette Siedlung von dreißig Häusern, die auf dem Gelände des stillgelegten staatlichen Sägewerks in Lusenau errichtet werden sollte, war ein Glanzstück. Er beherbergte Häuser für junge Familien, alte Menschen und Wohnungen für Alleinstehende. Der Investor, der schwerreiche Inhaber einer Supermarktkette, hatte ihr imponiert, als er engagiert seine Vorstellungen dargelegt hatte, und sie hatte ihn verstanden.

Franziska konnte nur gewinnen.

Sie räumte die Küche auf und ging ins Büro. Prüfend sah sie sich in der niedrigen Stube um, die schon ihrem Vater als Büro gedient hatte. Es war ein gemütlicher Raum, der zur Straße lag, der tatsächlich Platz für zwei Arbeitsplätze bot. Sie hatte beschlossen, es ein Jahr zur Probe mit Daniel Föhr zu versuchen: Wenn seine ehemalige Chefin nicht irgendetwas Entscheidendes gegen ihn vorbrachte. Etwas anderes blieb ihr nämlich leider nicht übrig. Er machte nicht den Eindruck, dass er sich von hier vertreiben ließe. Und sie hatte nunmal ebenfalls beschlossen, dass ihr Ruhm von Lusenau aus in die Welt gehen würde. Und damit Basta!

Kurze Zeit später hatte sie ihre Sachen in dem Schreibtisch unter dem Fenster untergebracht. Daniel konnte sich über Eck mitten in den Raum platzieren. Sie schaltete den Computer ein, den ihr Vater ihr glücklicherweise hier gelassen hatte, er funktionierte einwandfrei, eben so Fax und Telefon. Sie stand auf und reckte sich. Sie wollte noch schnell nach nebenan in den Abstellraum gehen und dort nach dem Rechten sehen.

Sie hatte vor, hier die Möbel aufzubauen, die an der hinteren Wand bereits lagerten und darauf warteten, in Fensternähe dekoriert zu werden. Franziska würde die einfachen Möbel, die Hans, ein befreundeter Schreiner aus Waldhaus anfertigte, teilweise bemalen und Eva hatte sich bereit erklärt, an drei Nachmittagen der Woche den Verkauf zu übernehmen, denn verkaufen konnte Franziska nicht. Vielmehr hatte sie keine Lust dazu. Ihre Arbeit bestand darin, Nachschub zu besorgen und einige Teile zu bemalen. Dass ihnen diese Möbel, die preiswert, witzig und dazu noch nützlich waren, aus den Händen gerissen würden, davon war sie überzeugt.

Und sie würde in der Anfangsphase ihres neuen Lebens als selbstständige Architektin etwas zu tun haben, denn Malen gehörte zu ihren Hobbys. Begonnen hatte es damit, dass sie einer Freundin einen Paravent bemalt hatte. Andere hatten das Schmuckstück gesehen und sie so lange gedrängt, bis Franziska Hans dazu gebracht hatte, dass er Paravents für sie in kürzester Zeit zusammenbastelte, die sie dann phantasievoll bemalte.

Nachdem sie diese Arbeit erledigt hatte, traf sie, verschwitzt und hungrig, Daniel in der Küche, damit beschäftigt, sich einen kleinen Salat zuzubereiten.

»Hm, sieht gut aus«, murmelte sie und das Wasser lief ihr im Mund zusammen.

»Setzen Sie sich und essen Sie mit, ich hab genug gemacht«, lud er sie ein und sie ließ sich nicht lange bitten.

»Übrigens, besitzen Sie einen Schreibtisch? Wenn nicht, könnte ich Ihnen einen besorgen«, sagte sie, im eifrigen Bestreben, Hans so viele neue Aufträge wie möglich zu verschaffen.

»Danke für die Hilfe, aber er wird heute Nachmittag geliefert.«

»O. k., ich hab meinen ans Fenster gestellt, Sie können Ihren hinstellen, wohin Sie wollen. Haben Sie auch einen Computer?«

»Wird ebenfalls heute geliefert«, bestätigte er zufrieden

und biss kräftig in das Weißbrot. »Benötige ich auch dringend, denn ich nehme an dem Architektenwettbewerb für den Wohnpark hier in Lusenau teil. Haben Sie von dem Projekt gehört?« Seine Augen wanderten abschätzend zu ihr hin.

»Gehört?«, erwiderte sie lässig und zog leicht die Augenbrauen in die Höhe, »ich habe bereits alles fix und fertig«, flunkerte sie, »morgen oder übermorgen bin ich auf dem Weg nach Passau.«

»Hätte ich mir ja denken können«, sagte er mit einem schiefen Lächeln.

»Durchaus, da es sich schließlich anbietet. Und ich werde den Zuschlag erhalten, es wird mein erstes Projekt in Lusenau! Sie werden sehen.« In Gedanken klopfte sie dreimal auf Holz und lehnte sich zufrieden zurück, nachdem sie sich mit der Serviette den Mund abgewischt hatte.

»Seien Sie da nicht so sicher, noch hab ich schließlich nicht abgegeben.«

»Viel Zeit bleibt Ihnen auch nicht mehr, am zehnten ist der Termin.«

»Bis dahin kann ich noch viel arbeiten.«

»Tun Sie das! Der Bessere wird allemal gewinnen und der Bessere, das bin ich«, versetzte sie selbstsicher, nahm ihren Teller und stellte ihn in die Spülmaschine. »Vielen Dank für den Salat. Man sieht sich«, verabschiedete sie sich und ließ ihn allein.

War ja klar, dass er ebenfalls zu den Bewerbern gehörte. Sie würde zu gern wissen, wie viele Mitbewerber sie noch hatte. Sie seufzte. Diese Siedlung war ein wahres Tortenstück, ein gefundenes Fressen für jeden kreativen und engagierten Architekten. Sie hatte die gleiche Erregung verspürt wie zu Beginn ihrer Tätigkeit für das Kielmann-Projekt. Freudige Erregung, ja, sie fieberte beinahe. Und es war ihr gelungen, sie wusste, dass es ihr gelungen war, zumindest hatte sie die Absichten des Investors erkannt und das war beinahe die halbe Miete.

Das riesige Areal des alten Sägewerks war ideal dafür. Die Häuser würden einen Halbkreis um den erst vor einem Jahr errichteten hübschen Park bilden, in dessen Mitte sich ein weitläufiger Teich befand, der im Winter von Kindern und Jugendlichen zum Schlittschuh- und Schlittenfahren genutzt wurde. Daran schloss sich lediglich der Wald an. Sie sah schon alles vor sich und lächelte bei dem Gedanken, dass sie die Häuser nicht nur planen, sondern womöglich die Arbeiten auch ausführen durfte. Aber noch hieß es leider sich in Geduld zu fassen. Am zehnten April wurden die Bewerbungen eingesammelt und zwar Punkt zehn Uhr, so hatte Fritz Jansen, der Investor, ihnen klargemacht. Alles, was danach abgeliefert wurde, würde nicht mehr berücksichtigt. Und jeder, der ihn kannte, wusste, dass alles, was er einmal gesagt hatte, auch so gemeint war. Sein Wort hatte Gewicht, in jeder Hinsicht.

Franziska ging nach oben, machte sich frisch und verließ dann das Haus um Eva zu besuchen. Deren Haus mit dem winzigen Geschäft lag an der Ecke zur Hauptstraße. Die Fensterrahmen des schmalen Hauses waren blau gestrichen und das wunderschön in Blauweiß dekorierte Schaufenster lud förmlich zum Besuch des Geschäfts ein. Franziska warf einen kurzen Blick auf die Auslagen und öffnete dann die weiß gestrichene Ladentür.

Es erklang das leise Bimmeln der Türglocke und von einem versteckten Sessel in einer Ecke des Ladens nickte Eva, die mit einer Kundin beschäftigt war, ihr lächelnd zu. Ihr Geschäft beherbergte die schönsten Stick- und Wollgarne in allen erdenklichen Farbtönen, Vorlagen zum Sticken, Stricken und Nähen. Franziska, die leider weder das Eine noch das Andere beherrschte, betrachtete dennoch begeistert die hübschen Dinge.

»Noch fünf Minuten, dann ist Schluss für heute. Geh doch schon nach oben und setz Teewasser auf, ich komme gleich«, sagte Eva, als die Kundin gezahlt hatte, und Franziska ging nach oben. Eva hatte die kleine Wohnung über ihrem

Geschäft hübsch eingerichtet. Über eine schmale Treppe gelangte man in das Wohnzimmer, ebenso wie die restlichen Räume in Puppenstubenformat. Ein Kiefernschrank stand in der einen Ecke des Zimmers, den Holzboden bedeckte ein heller Wollteppich und zwei gemütliche Korbsessel standen um den kleinen runden Tisch. Am Fenster hingen zarte Batistgardinen, deren warme Farben den Raum behaglich und freundlich erscheinen ließen. Selbst einen winzigen Kamin gab es – das Schönste in dem alten Haus. Neben dem kleinen Wohnzimmer befand sich eine winzige Küche. Vom Flur führte eine Treppe hinauf zum Schlafzimmer und vom Schlafzimmer gelangte man über eine Stiege in ein herrliches Badezimmer, das trotz der geringen Größe eine Eckwanne beherbergte; es war ganz in Blau und leuchtendem Weiß gestrichen. An den Wänden waren saphirblaue Zierrandfliesen angebracht, die sich rund um die Badewanne am Boden wiederholten. Die Wände waren zart gemustert tapeziert und der Wanne gegenüber stand unter dem Fenster ein zierlicher Sessel, dessen Polster das gleiche Muster aufwiesen wie die Tapete. Ein Kissen mit eingestickten Rosen lag auf dem Sessel und auf dem kleinen runden Tisch daneben stand in einer Vase ein Tulpenstrauß. Franziska hätte Stunden in dem Bad zubringen können und nahm sich vor, sobald sie genügend Geld zusammen hatte, ihr eigenes Bad renovieren zu lassen.

Als Eva zehn Minuten später erschien, hatte Franziska bereits Tee zubereitet. Eva zauberte köstliche Plätzchen hervor und dann begann Franziska zu erzählen.

»Ich bin gespannt, wie er aussieht, dein Konkurrent. Ich werde in den nächsten Tagen einmal bei dir vorbeischauen, denke ich. Jedenfalls wäre ich gestorben, hätte er mich auf die Art und Weise am ersten Tag überrascht«, sagte Eva und legte ihre Beine auf den Sessel gegenüber.

»Mit meiner Mutter hab ich heute schon geschimpft. Sie meinte es nur gut, sagte sie und du kennst sie ja, gegen ihre Art komme ich nicht an«, gab Franziska sich geschlagen.

»Sei ihr nicht böse. Vielleicht war ihre Idee ja gar nicht so schlecht. Zumindest kassierst du seine Miete. Denn wenn er nicht bei dir eine Bleibe gefunden hätte, wäre er bestimmt woanders im Ort untergekommen. Also ist es so immer noch am besten. So hast du deinen Feind quasi unter Kontrolle«, kicherte Eva.

»Wie gern ich den Wettbewerb gewinnen würde«, seufzte Franziska. »Das ist eigentlich im Moment das Einzige, was mich interessiert. Ich weiß nicht, wie ich die Zeit bis zur Bekanntgabe des Gewinners überstehen soll. Ich werde in den nächsten Tagen fertig, fahre dann nach Passau und gebe alles ab. Möchtest du mitkommen? Mein Auto kann ich heute Abend aus der Werkstatt abholen.«

»Gern. Ich war schon lange nicht mehr in Passau.«

»Ich auch nicht. Also abgemacht.«

Sie blieben noch eine Weile zusammen, dann verabschiedete sich Franziska und holte ihr Auto. Zu Hause wollte sie noch die letzten Zeichnungen anfertigen und die notwendigen Formulare ausfüllen.

Daniel saß mit konzentriertem Gesicht an seinem neuen Schreibtisch, den er tatsächlich über Eck zu ihrem gestellt hatte und brummte nur kurz, als sie ihn fragte, ob er in einer Stunde mit ihr essen wolle. Sie bereitete einen Rukola-Salat zu, hobelte etwas Parmesankäse darüber, briet Steaks und kochte Kartoffeln. Als Nachtisch stellte sie den Obstkorb und etwas Käse dazu. Summend lief sie in der Küche herum. Heute war ihre Laune so gut, dass ihr selbst das Kochen nichts ausmachte. Es war ja schließlich auch nicht so, dass sie Kochen hasste. Dann und wann, so wie heute, bereitete es ihr sogar eine gewisse Freude einfache Gerichte zuzubereiten. Nur wenn es daran ging, für mehr als zwei Personen zu kochen, war sie mit ihrer Begeisterung rasch am Ende.

Sie ging ins Büro hinüber und rief Daniel zum Essen. Als sie sich an den Tisch gesetzt hatten, griff er mit sichtbarem Appetit zu.

»Wie kommen Sie voran?«

»Hm, geht so«, brummte er vage und goss sich schweigend ein Glas Bier ein.

»Bis zum zehnten ist nicht mehr lange, die Tage rasen nur so dahin«, bemerkte sie vergnügt.

»Die Nächte sind auch noch da.«

»Sicher, aber wenn die Augen zu brennen beginnen und der Kopf immer tiefer sinkt, verschwimmen die Zahlen, kann man nicht mehr klar denken, unterlaufen einem Fehler, Fehler, die man sich nicht leisten kann, mit anderen Worten ...«

»Sparen Sie sich Ihre Worte!«

Sie tat ihm den Gefallen und betrachtete mit Genuss sein blasses, müdes und sehr finsteres Gesicht.

3

Die nächste Woche verlief im gleichen Rhythmus. Sie arbeiteten gemeinsam im Büro, stumm und verbissen, von einer unterschwelligen Spannung erfüllt. Donnerstagnachmittag hatte Franziska ihre Arbeit beendet und Freitagmorgen teilte sie es ihm genüsslich mit, worauf er mit einem äußerlich gelangweilten Schulterzucken reagierte. Gegen neun fuhr sie mit Eva nach Passau und warf dort ihre Unterlagen in den Briefkasten des Investors, Herrn Peter Jansen, dessen Büro sich in Passau, in einem wunderschönen, komplett sanierten Haus von sechzehnhundertfünfundachtzig befand. Danach überließen sie sich beschwingt ihrem Kaufrausch – wenn auch in bescheidenem Maß.

»Und wie klappt es mit deinem Hauspartner?«, fragte Eva, als sie bei einer Tasse Kaffee ihren brennenden Füßen Erholung gönnten.

»Ganz gut, er ist pflegeleicht – so weit. Er macht seine Arbeit, ich meine. Kochen kann er besser als ich, alles andere werden wir sehen.«

»Und wie sieht es aus mit eurer Arbeitsgemeinschaft?«

»Die muss sich noch bewähren. Ich habe seine frühere Arbeitgeberin besucht – er meinen früheren Chef übrigens auch, wie man mir telefonisch mitteilte –, und seine Chefin brach in wahre Lobeshymnen aus, als ich sie vorsichtig ausfragte. Mit anderen Worten, ich muss die Dinge auf mich zukommen lassen. Es wird sich noch herausstellen, ob wir zusammen arbeiten können.«

»Wie ist er denn so?«, fragte Eva neugierig.

»Er ist …«, Franziska überlegte einen Moment und wusste nicht, was sie sagen sollte. »Tut mir Leid, ich hab ehrlich gesagt keine Ahnung, wie er ist. Wir sehen uns kaum, das heißt, sehen tun wir uns schon, aber wir reden kaum miteinander, weil wir zu sehr in unsere Arbeit vertieft waren, und er es immer noch ist, denn er ist noch lange nicht fertig«, kicherte sie.

»Ja und abends? Beim Abendessen sitzt ihr doch sicherlich nicht stumm am Tisch, sondern unterhaltet euch.«

»Na klar, und da ist er ganz sympathisch so weit.« Franziska hatte keine Lust über Daniel zu sprechen. Tatsächlich war ihr Umgang mit ihm äußerst unpersönlich. Sie sprachen beinahe nie über private Themen, sondern wirklich nur über die Bauprojekte, an denen sie in der Vergangenheit beteiligt gewesen waren. Und auch dabei war ein vorsichtiges Abtasten die Regel, keiner von ihnen wollte sich eine Blöße geben und verschwieg tunlichst die Misserfolge. Sie schwärmten sich gegenseitig vor, wie aufregend die jeweiligen Bauvorhaben gewesen waren, und wussten doch, dass sie nur die Hälfte dessen glauben konnten, was der andere von sich gab. »Eigentlich sind es eher Geschäftsessen, die wir abends miteinander haben. Wir sprechen darüber, wie wir uns eine Arbeitsgemeinschaft überhaupt vorstellen«, präzisierte sie nachdenklich.

»Und nach dem Essen?«

»Nach dem Essen verzieht er sich ins Büro und ich sitze im Wohnzimmer.«

»O, wie langweilig«, seufzte Eva.

»Richtig. Und so soll es auch bleiben. Du vergisst, dass ich soeben eine gescheiterte Beziehung hinter mir habe und momentan lässt mich die Liebe, falls dir etwas in dieser Richtung vorschwebt, völlig kalt. Und darum, liebste Freundin, lass uns jetzt das Thema wechseln«, befahl Franziska energisch.

Am späten Nachmittag kehrten sie nach Lusenau zurück. Franziska hatte sich bereit erklärt, bis Ende der Woche den Kochdienst zu übernehmen, obwohl Daniel an der Reihe gewesen wäre.

»Sie brauchen mir nicht zu danken«, hob sie abwehrend die Hände und grinste scheinheilig, »einem Kollegen, der zudem mein Partner ist, helfe ich doch gern, sonst werden Sie es nie schaffen bis zum zehnten April«, prophezeite sie, worauf er mit einem undeutlichen Knurren antwortete.

Wie gewöhnlich rief sie ihn um sieben Uhr zum Essen. Das Essen duftete verführerisch. Sie stellte die dampfende Schüssel einladend auf den Tisch und gab sich wie immer Mühe, ansprechend zu decken. Die Kerzen in dem schönen alten Messingleuchter verbreiteten warmes Licht und die grünen Ilexzweige aus dem Garten hatte sie in einem roten Krug arrangiert. Zufrieden setzte sie sich an den Tisch.

»Was, bitte, ist das?«

Sie sah von ihrem Teller hoch. Ihr Blick fiel auf sein Gesicht und sie beobachtete leicht verärgert, dass er auf dem Bissen in seinem Mund herumkaute, als handele es sich um Schuhleder und nicht um eine schmackhafte Mahlzeit. Den mürrischen Gesichtsausdruck, den er dabei zur Schau trug, empfand sie als Frechheit.

»Gedünsteter Fisch in einem Dillbeet mit Reis und grünem Salat, wie jeder Mensch erkennen kann«, antwortete sie pikiert. Die Zubereitung dieses Gerichts hatte ihr ziemlich viel Mühe bereitet, denn sie hatte den Glibberfisch höchstpersönlich ausgenommen.

»Meine liebe Frau Moss ...«, hob er grimmig an.

»Mein Gott, seien Sie doch nicht so förmlich. Ich heiße Franziska mit Vornamen«, unterbrach sie ihn spöttisch.

Er holte tief Luft, doch sie hatte bereits ihr Glas Weißwein erhoben und blickte ihn über den Tisch hinweg herausfordernd an.

»O. k., ich heiße Daniel«, donnerte er, nahm ebenfalls sein Glas und trank einen großen Schluck. »Trotzdem ...«

»Trotzdem was?«, fragte sie provozierend, was ihn einen Moment zu irritieren schien.

Er stockte, fuhr dann jedoch mit der gleichen mürrischen Miene fort: »Das ist in dieser Woche das dritte Mal, dass ich verdammten Fisch essen muss, und diesmal auch noch gekocht und ungesalzen, mit grünem Salat und sonst nichts!« Er legte das Besteck mit einer heftigen Bewegung zurück auf den Teller. »Wollen Sie ... willst du, dass ich verhungere?« In seine Augen trat ein abschätzender Ausdruck: »Du sagtest zwar, dass du nicht gerne kochst – und auch nicht gut, worin ich dir nur zustimmen kann – aber ein bisschen Salz an den Fisch zu tun ist doch wohl nicht zu viel verlangt. Und dreimal die Woche Fisch ist doch wohl leicht übertrieben. Zum Denken und Arbeiten benötige ich ab und zu ein Stück Fleisch.«

»Du brauchst nicht so zu schreien, ich bin nicht schwerhörig«, verwies sie ihn mit sanfter Stimme, bemüht, den Lachreiz, der sie plötzlich überfiel, zu überwinden, denn sie wollte ihn nicht noch mehr provozieren, da er anscheinend mit seinen Nerven am Ende war. »Dieser Fisch ist sehr wohlschmeckend mit vielen Kräutern zubereitet, so dass auf die Verwendung von Salz verzichtet werden kann. Wenn es dir dennoch zu fade schmeckt, der Salzstreuer befindet sich dort drüben.« Sie wies lässig zum Buffet hinüber. »Außerdem«, fuhr sie gelassen fort, »sollte dir bekannt sein, dass Fleisch wegen seines hohen Cholesteringehalts nicht gesund ist und sich ungünstig auf deine Arterien auswirkt, und man, nebenbei bemerkt, durch das viele Fett in Wurst und Fleisch zu dick wird.«

»Also das Wort dick solltest du ja wohl aus deinem Wortschatz streichen. Außerdem, meine liebe Dame ...«

»Ich bin nicht deine liebe Dame«, unterbrach sie ihn, jetzt doch eine Spur gereizt, »und außerdem ...«

»Außerdem«, fiel er ihr ins Wort, »bin ich weder zu dick«, worin sie ihm Recht geben musste, »noch verkalkt und besitze ebenfalls noch alle meine Zähne. Wenn du also unbedingt Diät halten möchtest, dann tu es, aber mich verschone bitte mit diesem Firlefanz. Du hast doch genügend Geld bekommen, so dass es wohl möglich sein sollte, ein ordentliches Essen für einen ausgewachsenen Mann auf den Tisch zu stellen!«

»Hast du deine Litanei jetzt beendet?« Sein unverschämter Blick auf ihre Figur war ihr nicht entgangen und hatte sie, obwohl sie derartige Blicke gewöhnt war und normalerweise übersah, ziemlich wütend gemacht.

»Nein, das war erst der Anfang«, reagierte er verbissen.

Sie holte tief Luft und legte ihr Besteck aus der Hand. »Jetzt will ich dir mal was sagen«, begann sie kühl. »Erstens: Dies ist kein Diätgericht, denn ich habe es nicht nötig, Diät zu halten. Meine Figur ist in Ordnung, so wie sie ist, und wem das nicht gefällt, der soll wegsehen. Zweitens, wenn du schon zählst, dann bitte richtig: Das ist die vierte Fischmahlzeit während unseres erzwungenen Zusammenlebens. Außerdem schienen mir die Forellen, gebacken und gesalzen, selbst für deinen verwöhnten Gaumen gelungen zu sein, stammten sie doch nicht aus meiner Pfanne, sondern waren ein Geschenk unserer Nachbarin, Frau Meier, was ich ganz süß fand. Nebenbei waren sie als Dank gedacht für ein Tablett, das ich ihr für den Geburtstag ihrer Tochter bemalte. Der eingelegte Hering aus dem Glas, den es einen Tag später gab, war geschmacklich sehr fein. Die dritte Fischmahlzeit, der Fisch im Backteig aus Julias Bistro, war ja wohl lecker.

Und zum Schluss merk dir eins: Dies ist kein Gourmet-Tempel, und wenn dir mein Essen nicht schmeckt, dann, mein lieber Daniel, darfst du gern das Kochen für immer übernehmen.«

»Ich denk nicht dran, ich hab Wichtigeres zu erledigen, als mich darum zu kümmern!« Der Stuhl kratzte unangenehm über den Granitboden, als er abrupt aufstand.

Entgeistert sah Franziska hoch: »Moment, wohin gehst du? Ich bin noch nicht fertig.«

Er baute sich vor ihr auf und seine Augen, die jetzt ganz dunkel waren, funkelten aggressiv, als er mit lauter Stimme antwortete: »Ich gehe etwas essen, wenn du gestattest, ich habe Hunger! Seit dem phantastischen Obstfrühstück heute Morgen und dem dürftigen Salat von heute Mittag habe ich in diesem feinen Haushalt ja noch nichts bekommen.«

Sie verschränkte die Arme, und ehe er verschwand, rief sie ihm hinterher: »Wir scheinen Probleme mit unserer Arbeit zu haben. Aber lass deine schlechte Laune darüber bitte nicht an mir aus.«

»Ich habe keine Probleme mit meiner Arbeit. Ich bin ein Mann mit ganz normalem Appetit, der lediglich den verständlichen Wunsch nach einem gescheiten Essen verspürt«, herrschte er sie an, drehte sich um und warf die Tür mit so vernehmlichem Knall zu, dass die Butzenscheiben einen Moment lang vibrierten.

Du meine Güte, gleich fällt er tot um, entweder vor Hunger, oder weil er einen Herzanfall erleidet, dachte Franziska spöttisch. Dennoch regte sich ganz leicht ihr schlechtes Gewissen, als sie an den Obstsalat vom Morgen dachte. Sie hatte schlicht vergessen, für ihn Brot zu kaufen, und aus der Not eine Tugend gemacht und für ihn einen Obstsalat mitgemacht – mit vielen Nüssen, sehr schmackhaft und gesund in dieser Jahreszeit, dachte sie trotzig. Sie seufzte und füllte ihren Teller erneut randvoll mit dem von ihm verschmähten Essen, streute reichlich Salz darüber und kaute zufrieden vor sich hin. Wenn er sich so anstellte, würde sie ihm morgen eben einen dicken Schweinebraten hinstellen, den er wahrscheinlich benötigte, denn der Tag X war nicht mehr fern. Sie grinste. Natürlich hatte er deswegen schlechte Laune. Weil er wahrscheinlich noch lange nicht fertig war oder schlicht nicht weiter wusste. Sein Pech.

Seelenruhig aß sie zu Ende, räumte die Küche auf und ging dann nach oben um sich mit einem Schmöker ins Bett zu legen. Weit nach Mitternacht weckte sie das laute Zuschlagen der Tür, die in die Stube führte, die ihnen als Büro diente. Daniel hatte seine Arbeit für heute beendet.

Am folgenden Samstagnachmittag zog sie sich an um ihre Patentante Isabell, die in Waldhaus wohnte, zu besuchen. Sie hatten sich schon eine Weile nicht mehr gesehen. Da das Wetter gut war, würde sie zu Fuß gehen. Wenn sie zügig lief, war sie in zweieinhalb Stunden da.

Der Weg führte leicht bergauf durch lichten Mischwald und war, da der Schnee mittlerweile festgetreten war, gut begehbar. Die letzten Schneereste tropften von den Bäumen, die Sonne schien wärmend durch die Zweige und die Stille des Waldes tat ihr gut. Wieder einmal war sie froh, den Schritt gewagt zu haben, ihre gut bezahlte Stelle in München aufzugeben um hier neu zu beginnen. Sie vermisste ihr quirliges Leben, das sie aus München gewohnt war, bisher in keiner Weise. Sicherlich kam das daher, dass die Arbeit sie völlig ausfüllte. Fürs Erste war im Büro nichts mehr zu tun und sie hatte endlich einmal Zeit, ihre alten Freundinnen öfter zu sehen, die sie früher, während ihrer Wochenendbesuche bei ihren Eltern doch nur selten getroffen hatte. In den nächsten Tagen würde sie sich ihrem neuen Nebenerwerb widmen: Möbel zu bemalen. Sie hatte sich vorgenommen, ihr Geschäft *Die Möbelpalette* irgendwann im April zu eröffnen. Bis dahin würde sie genügend Zeit haben, die Paravents, Stühle, Tabletts und anderen Kleinmöbel zu bemalen, die Hans anfertigte. Ideen hatte sie, wie auch Hans, zur Genüge. Sie liebte die Bilder von Klee, Kandinsky und Gauguin und nahm sie daher als Anregung beim Bemalen der Möbeln und kombinierte die Stile mit eigenen Ideen.

Hans, der Schreiner aus Waldhaus, ein stiller, ein wenig in sich gekehrter Mann, war glücklich gewesen, als sie ihm ihre Geschäftsidee mitgeteilt hatte. Außerdem hatte sie ihn in Verdacht, dass er in Eva verliebt war, und Eva, die leuchtende Augen bekam, wenn sie seinen Namen nur erwähnte, schien ihn ebenfalls zu mögen. Leider war Hans ein wenig schüchtern und Eva, die nach einer schweren Enttäuschung erst einmal genug von den Männern hatte, wie sie Franziska versicherte, schien ebenfalls einen Stubs gebrauchen zu können. Es wäre gut, wenn die Zwei sich auf diese Weise näherkämen, dachte Franziska versonnen. Manche Menschen benötigten im Leben einen Partner und Eva schien dazu zu gehören. Sie hatte immer sehnsuchtsvolle Blicke, wenn das Gespräch auf Männer und Beziehungen kam. Schließlich waren nicht alle Menschen so unabhängig und glücklich mit sich allein wie Franziska.

Sie atmete tief die reine Waldluft ein. Sie gehörte tatsächlich nicht zu den Menschen, die unbedingt einen Partner brauchten – eine durchaus frische Erkenntnis, die ihr während der vergangenen Tage in Lusenau gekommen war. War es nicht prima, frei in seinen Entscheidungen zu sein, niemanden fragen, sich mit niemandem arrangieren zu müssen? Sie hatte gerade in den letzten zwei Jahren ihre eigenen Interessen ein wenig zurückgestellt und besondere Rücksicht auf Bernd genommen, ihn, den sensiblen, ewig gestressten Mann, der von heute auf morgen seinen Job als Kunsterzieher an den Nagel gehängt hatte. Die Jugend war es nicht wert, dass er sich an ihr aufrieb, hatte er traurig verkündet. Dann hatte er sich nur noch der gut eingeführten Galerie gewidmet, wobei er sich schon nach einem Vierteljahr ebenfalls gelangweilt und ihr ständig in den Ohren gelegen hatte, wie trist sein Leben sei. Wahrscheinlich stammte daher auch sein plötzlicher Wunsch nach Familie, vermutete sie sarkastisch. Er war ein durch und durch unzufriedener Mensch und sie genoss es, jetzt, da sie Abstand zu ihm gewonnen hatte, endlich von seinen Tiraden darüber, wie schwierig der Kunstmarkt und erst recht die Künstler seien, erlöst zu sein. Sollte Lea sich mit ihm herumschlagen, Franziska jedenfalls fühlte sich mit einem Mal wie befreit und war gerade dabei, diese Freiheit nach Herzenslust zu genießen.

Beschwingt schritt sie aus und erreichte nach gut zwei Stunden das kleine Straßendorf, das auf eintausend Meter Höhe lag und von dem man einen umwerfenden Blick auf das Waldmeer genoss. Isabell erwartete sie bereits mit köstlichem Kuchen. Ihr Mann, Paul, war gerade nicht zu Hause und so hatten sie alle Zeit der Welt um ausführlich miteinander zu ratschen.

»Du Ärmste tust mir wirklich Leid«, erwiderte sie lachend, als Franziska klagte, dass sie jetzt nicht nur für sich, sondern auch noch für einen Fremden kochen musste. In der Familie war allgemein bekannt, dass Franziska keinen Sinn für den Haushalt besaß – zum Leidwesen ihrer Mutter, die es liebte ihre Familie zu umsorgen. »Dabei solltest du wissen, dass es wichtig ist, dass man gut kochen kann, du weißt doch: Liebe geht durch den Magen!«, belehrte Isabell Franziska mit einem Lächeln. »Warte, da muss ich dir etwas zeigen!« Ihr Kopf verschwand im Schrank und nach heftigem Suchen kam sie mit hochrotem Gesicht und einer viereckigen bestickten Leinentischdecke bewaffnet wieder zum Vorschein. Vergnügt breitete sie sie vor Franziska aus. »Ich schenke sie dir, als Mahnung in gewisser Weise. Ich hab sie in meiner Jugend selbst bestickt.«

Franziska las: *Jede Gattin, klug und weise, kocht des Mannes Lieblingsspeise!* Die *Gattin* stand auf einer blauen Wolke und trug eine knusprige Gans in Händen. Sie entgegnete spöttisch: »Und diesen Spruch soll ich jetzt wohl verinnerlichen?«

»Schaden könnte es zumindest nicht«, erwiderte Isabell um dann beiläufig zu fragen: »Hat er eine feste Freundin?«

»Wer?«, fragte Franziska unschuldig.

»Na, du weißt schon.«

»Ich würde mich wundern, wenn einer wie er allein durch die Welt liefe. Bisher allerdings hat sich noch keine blicken lassen.«

»Auf jeden Fall würde ich an deiner Stelle alles daran setzen, mich ihm unentbehrlich zu machen.«

»Warum denn das?«, fragte Franziska entgeistert.

»Nun, er ist allein stehend, zumindest nicht verheiratet, scheint recht nett zu sein und ist Architekt. Außerdem sagtest du, er sähe gut aus. Was also willst du mehr?«

»Isabell! Er interessiert mich nicht als Mann«, entrüstete Franziska sich, »und ich habe es absolut nicht nötig mich ihm unentbehrlich zu machen. Er kann froh sein, wenn er neben mir nicht untergeht. Vor allem, wenn ich den Auftrag für das Wohnprojekt in Lusenau bekomme.«

»Wenn«, unkte ihre Patentante mit heuchlerischer Miene, »vielleicht ist er ja der Bessere«, sagte sie, ohne Franziska dabei anzusehen, nahm mit einer raschen Bewegung die Tasse und trank einen Schluck Kaffee.

»Isabell!«, rief Franziska verbittert und sandte einen heißen Blick in Richtung der Frau, die ihr bisher immer wohltuend unkonventionell erschienen war. »Bei dir tun sich ja Abgründe auf! Ich dachte immer, du gehörtest nicht zu den Frauen, für die Männer das Alleinseligmachende sind. Ich bin nicht daran interessiert, einem Mann erneut Raum in meinem Leben zu geben, ich werde von nun an allein, selbstständig und unabhängig von jedem männlichen Einfluss mein Leben einrichten, merk dir das. Du entsetzt mich ja geradezu!«, fügte sie mit großen Augen hinzu.

Ihre Tante, die sie sehr gern hatte, begann nun lauthals zu lachen.

»Ja, ja, lach du nur, du Verräterin!«

»Ach, Franziska, nimm es nicht so ernst, was ich von mir gebe«, versuchte Isabell amüsiert, ihr Patenkind zu beschwichtigen. »Übigens, was anderes. Wusstest du, dass

Tom zu Besuch kommt? Er will für einige Zeit hier ausspannen, bevor er seine neue Stelle in Deggendorf antritt.«

Tom war Isabells und Pauls Sohn, fünfunddreißig Jahre alt und hatte einige Jahre in Stuttgart gearbeitet. Sie hatten auch eine Tochter, Margret, die mit ihrem Mann und zwei Kindern in der Nähe von Frauenau einen großen Bauernhof bewirtschaftete.

»Wir wollen aus dem Anlass eine Party feiern. Es war schon viel zu lange nichts mehr bei uns los. Nicht nur seine Freunde kommen, sondern alle. Es wird sicher ganz lustig. Er wollte noch persönlich bei dir vorbeischauen um dich einzuladen.«

Das Haus von Paul und Isabell war vor drei Jahren neu gebaut worden, es war ziemlich groß und besaß eine riesige Eingangshalle, in der alljährlich herrliche Feste stattfanden, zu denen alle eingeladen wurden, die sie in ihr Herz geschlossen hatten. Isabell war fünfzig Jahre alt, schlank wie ein junges Mädchen, sehr hübsch mit dunklen, kurz geschnitten Haaren und braunen Augen. Sie wirkte neben ihrem ruhigen Mann noch temperamentvoller. Sie war immer in Bewegung, fröhlich und liebte es, wenn das Haus voll und ihre Lieben um sie waren. In der Ferienzeit beherbergte sie zahlende Gäste, doch in den späten Wintermonaten war es ruhig im Haus; dann luden sie oft Freunde und Verwandte zu einem ausgelassenen Fest ein, bei dem die von weither Gereisten über Nacht blieben und am Morgen danach noch ein fröhliches Abschiedsfrühstück hielten. Die Gastfreundlichkeit der beiden war bekannt und die Freunde kamen gern in dieses großzügige Haus.

»Übrigens, Franziska, bring deinen Daniel doch auch mit. Meinst du, dass er kommen wird?«

»Abgesehen davon, dass es sich bei ihm nicht um meinen Daniel handelt, kann ich ihn ja mal fragen. Wie ich seinen Appetit kenne, kommt er sicher gern«, antwortete Franziska schmunzelnd.

»Wunderbar. Tom wird in den nächsten Tagen vorbeikommen«, sagte Isabell strahlend. Sie plauderten noch eine Weile miteinander und dann verabschiedete sich Franziska. Lächelnd schlug sie Isabells Angebot aus, sie nach Hause zu fahren.

Im Haus war alles still, als sie schließlich in tiefer Dunkelkeit in Lusenau ankam, und außer im Eingang brannte nirgendwo Licht. Anscheinend war Daniel ausgegangen. Sie ging gedankenverloren nach oben, duschte und legte sich ins Bett, mit einem Apfel bewaffnet. Obwohl sie recht müde war, konnte sie keinen Schlaf finden. Dummerweise beschäftigten sie die ziemlich eindeutigen Bemerkungen von Isabell und Eva mehr als ihr lieb war und gingen ihr nicht aus dem Kopf.

Warum musste jedermann es darauf anlegen, eine allein stehende Frau, die gerade eine Beziehung beendet hatte, schon wieder an den Mann zu bringen? Warum akzeptierte die Menschheit es nicht, dass man als Frau allein genau so glücklich sein konnte wie mit Mann?

Sicher, Daniel Föhr war nicht unbedingt übel – wenn man ihn genauer betrachtete, war er sogar sehr sympathisch, abgesehen von seinem Selbstbewusstsein, das eine Nummer zu groß geraten war.

Sie warf einen Blick auf die kleine silberne Uhr auf dem Nachttisch. Ein Uhr schon. Ob er seinen Kummer über die nicht beendete Arbeit in Alkohol ertränkte? Sie legte das Buch aus der Hand, wälzte sich, nachdem sie das Licht endlich gelöscht hatte, eine Weile im Bett herum und lauschte in Richtung Straße. Aber abgesehen von dem lauten Geknatter eines Motorrades, das die Schulstraße hinaufraste, war alles still. Seufzend stand sie nach einer Viertelstunde auf und ging in die Küche, wo sie sich eine heiße Milch bereiten wollte. Außerdem hatte sie Hunger. Sie goss die Milch in eine Tasse, schaltete den Ofen aus und war gerade dabei, ein Butterbrot zuzubereiten, als sie ein Geräusch an der Eingangstür hörte. Sie seufzte und wünschte, sie hätte einen Bademantel angezogen. Zu allem Übel war jetzt auch noch das Lachen einer Frau zu hören.

Ihr erster Gedanke war Flucht. Ein unsinniger Gedanke, denn wenn sie nach oben wollte, musste sie auf jeden Fall an Daniel vorbei. Gerade, als ihr der idiotische Gedanke kam, durch die Hintertür nach draußen zu flüchten, öffnete sich die Küchentür. Daniel erschien, groß, männlich, gut aussehend und erstaunlich gut angezogen. Er blieb im Türrahmen stehen. Franziska, die ihn bisher nur in Jeans zu Gesicht bekommen hatte, fand, dass er in seiner dunklen Hose und dem passenden Jacket irgendwie älter aussah. Er kam herein, die Frau ging neben ihm. Franziska fuhr sich nervös durch ihre krausen Locken.

Daniel hatte den Arm leicht um die Schultern der Frau gelegt und Franziska durchfuhr ein Stich. Diese Frau war tatsächlich haargenau der gleiche Typ, wie Lea, die neue Freundin von Bernd.

Eine Sekunde lang standen sie sich schweigend gegenüber und Franziska, die Daniels Blick registrierte, der amüsiert an ihr hinabwanderte, stöhnte innerlich auf angesichts ihres Aufzugs.

Sie trug eines jener offenherzigen schwarzen Nachthemden, die Bernd ihr des Öfteren geschenkt hatte, da er sie an ihrer üppigen Figur sehr geliebt hatte, die jedoch normalerweise nicht ihrem Geschmack entsprachen. Dass sie bisher noch nicht die Zeit gefunden hatte, die Stücke auszurangieren, bedauerte sie jetzt, denn leider war es nicht nur sehr weit ausgeschnitten, sondern auch völlig durchsichtig.

Die Frau in Daniels Armen sah ohne eine Spur von Neugierde zu ihr hinauf. Sie war perfekt geschminkt und Franziska hatte Mühe, ihr Alter zu schätzen, vermutete jedoch, dass sie Ende Dreißig war. Sie war mindestens einen Kopf kleiner als Franziska und schlank. Sehr schlank! Der anthrazitfarbene Hosenanzug, dessen gute Qualität auffiel, stand ihr fabelhaft. Mit Augen, deren helles Braun an Bernsteine erinnerten, wie Franziska neidisch erkannte, und dem Gesicht mit der hellen Haut wirkte sie sehr elegant. Und äußerst unterkühlt.

Sie sah nicht nur aus wie Lea, sondern sie war das, was Franziska bei sich ihren Antitypus nannte. Dennoch musste sie widerwillig zugeben, dass andere die Frau vielleicht als interessant und möglicherweise sogar als attraktiv einstufen mochten. Rotblonde, exzellent geschnittene Haare umrahmten ein schmales langes Gesicht. Die Züge zeigten eine Spur von Härte – kein Wunder, wenn man so mager war, und solch eine Nase besaß, dachte Franziska spitz und fixierte die Zornesfalte zwischen den Augen. Wohlgesonnenere als sie es war, mochten sie Denkerfalte nennen. Allerdings besaß sie jene glatten Haare, von denen Franziska als kleines Mädchen stets geträumt hatte. Heute überfiel sie der Wunsch danach nur noch selten, aber jetzt war es wieder einmal so weit.

Die Frau wirkte in Daniels Armen beinahe schutzbedürftig. Diese Schutzbedürftigkeit ließ sich jedoch nur aufrecht erhalten, wenn man den Blick auf das Gesicht vermied, das selbst als Baby schwerlich den Beschützerinstinkt hervor gerufen haben mochte, dachte Franziska bissig.

Sie fühlte sich so, wie jedermann sich fühlen würde angesichts des Hauchs von Negligé, das jetzt in dem Durchzug der Tür ihren Körper weich umwehte: deplaziert und demzufolge äußerst unwohl. Nicht, dass sie sich nicht für attraktiv hielt. Im Gegenteil, sie hatte ihre Vorzüge schätzen und sogar lieben gelernt. Dennoch überkam sie dann und wann der Wunsch nach zarter Puppenhaftigkeit. Und leider war jetzt so ein Zeitpunkt. Und leider trug dieses Gefühl nicht dazu bei, Franziskas Laune zu heben.

»Hallo, was machst du denn noch zu so später Stunde in der Küche?«

Franziska bemerkte seinen Blick auf den Brotlaib in ihren Händen und spürte plötzlich zu ihrem Ärger, dass sich ihr pubertärer Minderwertigkeitskomplex angesichts ihrer sehr weiblichen Figur zu regen begann – ein Komplex, von dem sie überzeugt gewesen war, ihn für immer und ewig überwunden zu haben. Sie legte das Brot mit einer lässigen Bewegung in den Korb, das scharfe Messer wanderte zurück in die Schublade und mit, wie sie hoffte, heiterer Stimme antwortete sie: »Ich feiere eine Party, wie man unschwer erkennen kann.«

Die Frau lächelte nicht ein bisschen bei ihren Worten. Den linken Arm fest um Daniel gelegt, begrüßte sie Franziska mit unbewegter Miene.

Der Blick, den sie Franziska dabei zuwarf und der Franziska von anderen Frauen, die entschieden nicht zu ihren Freundinnen gehörten, vertraut war, brachte sie normalerweise nicht aus der Fassung, diesmal jedoch fühlte sie sich sehr unbehaglich.

»Guten Abend, ich bin Lisa Fußbahn. Sie sind sicher die andere Mieterin des Hauses.«

»Ich bin die Eigentümerin des Hauses«, berichtigte Franziska sie kühl und tat das, was sie sich geschworen hatte, nie wieder zu tun: Sie zog den Bauch ein.

»Schatz, das ist Franziska Moss«, stellte Daniel sie der Besucherin mit einem entschuldigenden Unterton vor, was Franziska noch mehr auf die Palme brachte.

Sie holte tief Atem, reckte sich zu voller Größe und gewährte ihrem Bauch trotzig, sich zu entspannen. »Guten Abend«, erwiderte sie knapp, dennoch so höflich, wie es ihr in diesem Moment möglich war.

»Herr Föhr war so nett, mich für ein paar Tage bei sich aufzunehmen«, wurde Franziska informiert und sie fröstelte angesichts der Stimme und der Augen. Sie gab sich ebenfalls keine Mühe, ihren Gesichtsmuskeln Zwang anzutun und dachte ironisch an das große Doppelbett im Gästezimmer.

»Tja, er hat ein gutes Herz.« Sie gab der Schublade einen energischen Stubs und verschränkte die Arme vor der Brust. Daniel stand vor der Tür, als sei er festgewachsen. Sie schoss einen feurigen Blick in seine Richtung, damit er endlich den

Weg freimachte. Dann ging sie einen kleinen Schritt auf das Paar zu. Zu allem Übel, dass sie diesen Mann in ihrem Haus ertragen musste, kam jetzt noch eine Frau dazu und er, dessen Geschmack sie eigentlich ganz anders eingeschätzt hätte, mochte sie offensichtlich gut leiden.

Zu viel für heute Abend!

»Ich wünsche allseits eine gute Nacht. Frühstück macht hier jeder für sich, das nur zu Ihrer Information«, schickte sie hinterher, und als Daniel endlich zur Seite trat, huschte sie an ihnen vorbei und floh nach oben.

Jetzt würde sie erst recht die halbe Nacht wach liegen, dachte sie mürrisch und schlief ein.

4

Wie gewöhnlich erwachte sie gegen sieben Uhr. Noch ein wenig verschlafen öffnete sie die Augen und verschränkte die Arme unter dem Kopf. Zufrieden sah sie sich um. Ihr Zimmer war wirklich sehr hübsch. Durch die geringe Höhe und die in zartem Violettblau gestrichenen Wände mit den weichen Gardinen in der gleichen Farbe war es sehr gemütlich. Ihr behagliches Kastenbett, das ihre Eltern günstig auf einer Landauktion in einem kleinen verschlafenen Nest erstanden hatten, befand sich dem Straßenfenster gegenüber, so dass sie vom Bett aus geradewegs in den Himmel schauen konnte. Unter dem Fenster, das auf den Hof hinausging, stand die Kommode und links an der Wand war gerade noch Platz für den wuchtigen, schellack-glänzenden Sekretär aus dunkler Eiche, den ihr die Schwester ihrer Mutter vererbt hatte.

Als Kind schon war sie in dieses alte Möbelstück verliebt gewesen, das mit vielen kleinen Schubladen und Fächern ausgestattet war. Es gab auch ein winziges Geheimfach, das sich öffnete, wenn man ein bestimmtes Holzknöpfchen leicht nach links drehte. Als sechsjähriges Mädchen hatte dieses Fach sie natürlich fasziniert und sie stand neugierig davor, als ihre Tante, die sie wegen ihres fröhlichen und unkonventionellen Wesens liebte, ihr zum ersten Mal den Mechanismus erklärte. Ihre Tante hatte sehr geheimnisvoll ausgesehen, als sie sie beschwor, niemandem, aber wirklich niemandem von diesem geheimen Fach zu erzählen. Und natürlich behielt Franziska das Geheimnis für sich, was ihr durchaus nicht leicht gefallen war, bis sie Jahre später von ihrer Mutter erfuhr, dass der gesamten Familie dieses Fach bekannt gewesen war. Nach dem Tod der Tante, die unverheiratet gewesen war, erhielt Franziska also dieses geliebte Möbel und gab ihm zuerst in ihrer Wohnung in München und nun hier in Lusenau einen besonderen Platz.

Sie stand auf, öffnete das Fenster und blickte hinunter auf die stille Straße. Um diese Zeit war der Ort noch sonntäglich verschlafen, bis die Ruhe durch die Glocken der nahen Kirche unterbrochen wurde, die sieben Uhr läuteten. Sie lehnte sich weit hinaus. Der vertraute Klang der Glocken vermittelte ihr auch heute ein Gefühl der Beständigkeit und Geborgenheit.

Fröstelnd schloss sie das Fenster, an dem die Farbe mittlerweile arg abgeblättert war. Die Fenster im Haus waren allesamt reparaturbedürftig und es zog in den meisten Zimmern. Im Schlafzimmer störte es sie zwar nicht so sehr, denn dadurch hatte sie im Winter immer Frischluft, ohne nachts bei Frost die Fenster weit öffnen zu müssen. Dennoch hatte sie vor, sie alle nach und nach erneuern zu lassen. Sie beschloss, sich ausnahmsweise eine Tasse Kaffee zu machen, bevor sie ihren Morgenlauf begann. Nachdem sie einen warmen Trainingsanzug angezogen hatte, lief sie die Treppe hinunter und ging durch das dämmrige Wohnzimmer in die warme Küche. Sie rechnete nicht damit, zu dieser Zeit Daniel oder Lisa anzutreffen, daher schrak sie leicht zusammen, als plötzlich die Tür, die von Daniels Flur zur Küche führte, geöffnet wurde.

»Na, heute Morgen besser gelaunt?« Er sah unverschämt ausgeschlafen aus und trug ebenfalls einen Jogginganzug und Laufschuhe.

»Wie kommst du darauf, dass ich schlecht gelaunt war?«, brummte Franziska. Wenn sie etwas nicht leiden konnte, dann eine Frage wie diese – am frühen Morgen und von ihm!

Er drehte sich um, nahm einen Kaffeebecher aus dem Küchenschrank und goss sich den dampfenden Kaffee ein. Sie konnte sein Grinsen förmlich spüren. Ein Wort über ihr Nachthemd und er würde sein blaues Wunder erleben!

Er drehte sich wieder zu ihr herum und nahm einen großen Schluck von dem kochendheißen Kaffee. »Lisa lebt in Passau, wo ihr Apartment ausgebaut wird«, begann er, »und da die Handwerker zur Zeit ihr Bad blockieren, lud ich sie für eine Woche hierher ein.«

»Na, dann werden wir hier ja wohl über kurz oder lang anbauen müssen, wenn du jedesmal deine Kundinnen herbringst, sobald deren Wohnungen renoviert werden«, sagte sie spitz.

»Mir scheint, wir hatten die gleiche Idee«, beendete er den kurzen Moment der ungemütlichen Stille, die danach eintrat.

»Hm?«, ironisch zog sie die Augenbrauen in die Höhe: »Redest du vom Anbauen, oder dass wir unsere jeweiligen Kunden mitbringen?«

Er deutete auf ihre Joggingschuhe. »Joggen. Ich hatte dasselbe vor.«

»Ich jogge nicht, ich walke.«

»Walken! Auf gut deutsch: Du gehst spazieren.«

»Ich gehe nicht spazieren, sondern ich gehe schnell. Genau sechskommafünf Kilometer in der Stunde, das heißt, es ist beinahe Laufen, also Joggen«, berichtigte sie ihn stolz. »Apropos, wird sich deine Freundin allein zurecht finden?«

Er lachte leise. »Noch schläft sie, also mach dir darüber keine Sorgen.«

Franziska verzog das Gesicht. »Dazu sehe ich keinerlei Grund. Meine einzige Sorge ist, dass sie sich für längere Zeit hier einquartiert und ich womöglich für drei kochen muss!«

»Eine Woche, nicht länger. So lange wirst du es doch wohl aushalten, oder? Sie kann schließlich beim Kochen helfen.« Er stellte die Tasse auf den Küchentisch.

»Können tät sie schon, ob sie jedoch Lust dazu hat, wird sich zeigen«, brummte sie.

»Ich werde dafür sorgen, dass sie sich an unseren Plan hält«, versprach er. »Sollen wir?«

»Was denn, willst du mit mir laufen?« Franziska stellte ihre Tasse in die Spülmaschine und schaute ihn an, nicht sonderlich begeistert. Er würde sie in Grund und Boden laufen.

»Ja, ausnahmsweise, ich bin noch nicht so fit.«

Franziska dachte an die vergangene Nacht und grinste.

»Also hab keine Angst, ich werde dir schon nicht davonlaufen.«

»Diese Sorge dürfte tatsächlich unbegründet sein«, seufzte sie. Tatsächlich musste sie sich trotz ihrer Größe anstrengen, mit seinem langen Schritt mitzuhalten. Einträchtig trabten sie nebeneinander durch die menschenleeren Straßen und waren nach fünf Minuten im Wald. Es herrschte leichter Wind, die Bäume bewegten sich sanft hin und her und zaghaft waren vereinzelte Vogelstimmen zu hören. Sie glichen ihre Schritte einander an, allmählich legte sich Franziskas anfängliche Spannung und sie fühlte sich, wie immer beim Laufen, heiter und gelöst. »Gehst du häufig joggen?«

»Normalerweise versuche ich, dreimal in der Woche zu laufen, aber oft bleibt es beim Wochenende«, gab er zu. »Und du? Gehst du öfter raus?«

»Jeden Morgen«, erwiderte sie stolz.

»Respekt.«

»Jawohl, hab ich verdient.«

Eine halbe Stunde später kamen sie zurück und Franziska fand, dass es angenehm war, mit jemandem zusammen die morgendliche Runde zu laufen. Sie hatten sich gut unterhalten und diesmal ausnahmsweise nicht über ihre Arbeit gesprochen.

Nach dem Duschen beschloss Franziska Eva anzurufen, um ihr einen Bummel nach Frauenau vorzuschlagen, wo sie Margret und ihre Familie besuchen konnten. Eva freute sich über ihren Anruf und sagte begeistert zu. Franziska zog eine graue Wollhose und einen gelben Rollkragenpulli an, tuschte sich die Wimpern und malte die Lippen an. Sie schaute in den Spiegel, die frische Luft hatte ihr gut getan, ihre Augen glänzten und jetzt fühlte sie sich einigermaßen gewappnet, Lisa gegenüberzutreten. Beschwingt lief sie nach unten. Schon im Wohnzimmer hörte sie die beiden miteinander plaudern. Sie öffnete die Küchentür. Lisa und Daniel saßen am Frühstückstisch und schauten auf, als sie das Zimmer betrat und ihnen einen guten Morgen wünschte.

»Guten Morgen. Sie waren schon richtig aktiv heute Morgen, hat Daniel mir erzählt«, begann Lisa, »find ich vernünftig bei Ihrer Figur.«

»Ich laufe morgens nicht um abzunehmen, sondern weil ich mich dann fit für den Tag fühle.«

»Und es steht dir, du wirkst wie der junge Morgen persönlich,« mischte Daniel sich beiläufig ein und sein Kompliment entschädigte Franziska ein wenig für Lisas Anspielung.

»Ich finde es wichtig, dass man etwas für seinen Body tut, er ist schließlich unser wichtigstes Kapital und es ist unsere Pflicht, darauf Acht zu geben«, hob Lisa an und ihre Augenlider klappten auf halbe Höhe herunter, »für mich ist es selbstverständlich, dass ich dreimal wöchentlich ins Fitness-Studio gehe. Es hält meine Figur straff und dadurch fühle ich mich auch ohne Spazierengehen total fit«, fügte sie hinzu und warf einen beziehungsvollen, um nicht zu sagen neckischen Blick zu Daniel hinüber.

Seine Augen wanderten anzüglich über ihren perfekten Körper. »Trotzdem könnte deine Kondition in manchen Punkten noch besser sein«, gab er frech zur Antwort und wich dann lachend der Serviette aus, die sie ihm daraufhin an den Kopf warf.

»Im Gegensatz zu Ihnen ist mein wichtigstes Kapital immer noch mein Verstand. Ein gesunder Menschenverstand ist und bleibt das größte Kapital, das ich besitze«, konterte Franziska gelassen. »Außerdem bin ich morgens nach dem Aufwachen grundsätzlich fit wie ein Turnschuh und nach meinem Spaziergang und dem Obst könnte ich Bäume ausreißen.«

Lisa unterbrach die Stille, die danach eintrat, als erste, indem sie von ihrer Arbeit erzählte. Sie war als freiberufliche Journalistin für verschiedene Frauenzeitschriften tätig und das führte sie häufig in die Modezentren Europas. Lebhaft schilderte sie ihre Erlebnisse mit den exzentrischen Modezaren und Models und man merkte, wie sehr ihr die Arbeit Spaß machte. Franziska gestand sich ein, dass sie sich keine besondere Mühe gab, ihre Abneigung gegen diese Frau zu bekämpfen, und ihr einziger Beitrag zum Gespräch bildete ein kurzes und desinteressiertes Nicken zu gegebener Zeit.

Nach dem Frühstück räumten sie gemeinsam den Tisch ab.

»Was haltet Ihr davon, wenn ich euch zwei heute Abend zu einem phantastischen Essen einlade?«, fragte Daniel unverhofft.

Bei diesen Worten sah er Franziska an. Sie indessen hatte keinesfalls die Absicht, als fünftes Rad am Wagen beim trauten Kerzenschein den beiden Turteltauben zuzuschauen, doch fiel ihr auf die Schnelle keine Ausrede ein. »Gib zu, dass du nur aus Faulheit so großzügig bist, weil heute Abend dein Dienst begänne«, neckte sie ihn.

»Komm schon, sonst kriege ich ein schlechtes Gewissen wegen der Umstände, die du durch uns hast«, kam er ihr zuvor.

»Deine Überredungskünste wirken bei mir nicht! Ich hab keine Lust mitzugehen.«

»Hab ich es nötig dich zu überreden? Warum willst du

nicht mitgehen?«, seine Augen begannen zu funkeln, »hast du etwa doch Angst um deine Figur?«

Franziska sah ihn strafend an. »Ich betone hiermit nochmals: Ich bin zufrieden mit meiner Figur. Und damit du endlich still bist, gehe ich also mit«, willigte sie schließlich ein.

»Gut, dann treffen wir uns hier unten um sieben.«

Franziska stand auf um zu Eva zu gehen, als plötzlich lautes Klopfen an der Fensterscheibe erklang. Erstaunt sah sie in den Garten hinaus und erkannte den blonden Haarschopf von Tom. »Tom!« Sie riss die Küchentür auf und lief in den Flur zur Hoftür um ihn hereinzulassen. Lachend zog sie ihn in die Küche, wo er sie stürmisch umarmte.

»Na altes Haus! Lange nicht gesehen. Hast du abgenommen? Mir scheint, du bist nur noch eine halbe Portion!«

Sie schenkte sich die Antwort und sah ihn lediglich mit einem beziehungsvollen Blick an, wobei ihr auffiel, dass seine Sommersprossen sogar zahlreicher geworden waren, wodurch er noch genauso jungenhaft wie früher wirkte.

»Ihr scheint euch hier hinten prächtig zu amüsieren. Ich habe mir die Finger wund geklingelt, aber ihr sitzt ja auf euren Ohren.«

Wegen Daniel und Lisas Anwesenheit fiel Franziskas Begrüßung weit stürmischer aus als sonst. Ein dicker Kuss landete auf Toms Mund, worauf dieser sie belustigt anfunkelte. Dann wandte er sich neugierig an das Paar auf der Eckbank, wobei sein Blick einige Sekunden länger als nötig an Lisa hängen blieb.

»Das ist Daniel Föhr, er hat die untere Hälfte des Hauses für ein Jahr gemietet. Und das ist Lisa Fußbahn«, stellte Franziska die beiden vor, wobei ihr nicht das Lächeln entging, das deutlich zeigte, wie angetan Tom von Lisas hübscher Erscheinung war.

Als sie sich begrüßt hatten – wobei Tom Lisas Hand ewig schüttelte, befand Franziska –, wandte Tom sich wieder Franziska zu: »Gut siehst du aus, hast dich in den letzten zwei Jahren überhaupt nicht verändert.« Er blinzelte verschmitzt. »Ich hoffe, du hast mich wenigstens ein bisschen vermisst in dieser Zeit. Was sagst du dazu, dass ich nach Deggendorf ziehe? Mutter ist ganz aus dem Häuschen, dass ihr verlorenes Schaf endlich zurückgekehrt ist.«

»Natürlich, Stuttgart war ja auch ein bisschen weit weg. So kannst du doch wenigstens an den Wochenenden nach Hause kommen.« Sie hakte sich freundschaftlich bei ihm ein.

»Du weißt sicherlich schon von Mutters Festplänen? Ihr – das heißt, Sie beide ebenfalls«, damit wandte er sich an Daniel und Lisa, »seid alle eingeladen.« Franziska schaute die anderen an und bemerkte, dass sie zustimmend nickten.

Wieder nahm Tom sie in den Arm: »Ich habe leider nicht länger Zeit, muss dringend wieder rauf.« Der Blick, den er ihr zuwarf, war beinahe zärtlich, als er bekannte: »Ich wollte dich nur schnell sehen. Mach's gut, ich komme in den nächsten Tagen vielleicht noch mal vorbei.« Er drückte ihr einen raschen Kuss auf die Wange, verabschiedete sich von Daniel und Lisa und war auch schon wieder draußen.

»Ein netter Mann, Sie scheinen sich schon lange zu kennen?«, fragte Lisa und blickte Franziska dabei neugierig an, während sie vom Tisch aufstand.

»O ja, wir haben schon als Kinder zusammen gespielt. Er und Margret, seine Schwester, gehören zu meinen besten Freunden, aber in den letzten Jahren habe ich ihn kaum noch zu Gesicht bekommen.«

Nachdem sie gemeinsam die Küche aufgeräumt hatten, wandte Lisa sich an Daniel. »Was ist?«, fragte sie und hängte sich bei ihm ein, »sollen wir einen Bummel durch den Ort machen?«

»Konnte ich dir je etwas abschlagen?«, antwortete Daniel charmant, nickte Franziska flüchtig zu und schon verschwanden beide lachend ins Gästezimmer.

Franziska verließ ebenfalls die Küche, ging hinüber und zog eine warme Jacke an, um dann mit Eva zu dem geplanten Spaziergang aufzubrechen. Eva hatte ihre lustige Mütze mit dem langen Bommel angezogen, in der sie aussah wie ein vierzehnjähriges Mädchen. Dann machten sie sich auf den Weg. Zunächst gingen sie jedoch zum Bahnhof, denn Eva, die nicht so gut trainiert war wie Franziska, protestierte angesichts des Gewaltmarsches. Also fuhren sie mit der Regentalbahn nach Frauenau um von dort aus am Nachmittag zurückzuwandern.

Franziska war froh, durch Evas munteres Plaudern abgelenkt zu werden. Lisas Anwesenheit gefiel ihr nicht und die innere Unruhe, die sie unerklärlicherweise seit dem frühen Morgen gefangen hielt, nervte sie ebenfalls. Sie erzählte von Tom und Margret und sogleich fragte Eva, die erst seit zwei Jahren in Lusenau wohnte, sie nach dem Jugendfreund aus.

»Er ist riesig nett, lustig und vollkommen unkompliziert. Seine Mutter hatte lange Angst, er könnte ziellos und unstet durchs Leben wandern, aber anscheinend ist er in seinem Beruf mittlerweile sattelfest geworden.«

»Und du scheinst ihn sehr zu mögen.«

»Das stimmt, aber guck nicht so, mehr ist da nicht. Er ist wirklich nur ein alter Jugendfreund, also halt an dich«, warnte Franziska lachend die Freundin.

Mittlerweile hatten sie Frauenau erreicht. Das Haus von Margret lag auf einer Anhöhe, von der aus man die Grenzberge überblicken konnte. Sie verbrachten den Vormittag und den halben Nachmittag bei ihr und ihrer Familie. Sie hatten sich so viel zu erzählen, dass sie erst gegen vier Uhr wieder nach Hause spazierten.

»Weißt du schon, was du auf dem Fest anziehen willst?«, fragte Eva, die modisch stets auf der Höhe war.

Franziska verneinte. Sie würde sich zwar gern etwas Neues kaufen, in München hatte sie stets gewusst, wo sie etwas Passendes finden konnte, aber in Lusenau war das schon schwieriger.

»Du musst unbedingt in der nächsten Woche nach Passau fahren, da sah ich letztens diese neue Boutique mit Kleidern in allen Größen, modisch und sehr schick, du weißt schon, welche ich meine, dort findest du bestimmt etwas.« Eva betrachtete die Freundin kritisch: »Dabei kann man aus dir was machen, du siehst hübsch aus, sehr interessant, trotz deiner ... eh ... Größe.«

»Danke«, warf Franziska trocken ein.

»Ich kann mir nicht denken«, fuhr Eva ungerührt fort, »dass du einem Mann wie Daniel nicht auffällst.«

»Hör auf! Ich bin nicht daran interessiert, dass Daniel mich bemerkt. Oder irgendein anderer Mann. Ich will nichts weiter als meine Ruhe!«, stöhnte Franziska. »Zur Zeit jedenfalls!«

»Red keinen Unsinn!«, befahl Eva streng. »So was gibt es nicht. Du bist geschaffen, mit einem Mann glücklich zu sein.«

Franziska blieb stehen und sah auf die fast einen Kopf kleinere Freundin hinunter: »Das ist nicht dein Ernst!«

»Mein völliger!«, erwiderte Eva ohne mit der Wimper zu zucken, woraufhin Franziska nicht wusste, ob sie lachen oder weinen sollte. »Sag mal, hast du eigentlich zugehört in den letzten Monaten, in denen ich dir von Bernd und mir erzählt habe?«

»Immer und immer wieder, jawohl.«

»Und hast du dabei nicht gelernt, dass ich ... Ach, was reg ich mich überhaupt auf. Es scheint tatsächlich so zu sein, dass man als allein stehende Frau ärmer dran ist als ein einäugiger Kakadu.«

»Da geb ich dir Recht, schließlich gehöre ich ebenfalls zu dieser Spezies.«

»Dann unterlass doch bitte diese Kuppelversuche. Übrigens, wo wir schon dabei sind, heute Abend hat er mich und Lisa zum Essen eingeladen.«

»Na also, ist doch ein Anfang«, kam es begeistert von Eva. »Er mag dich, glaub mir! Alles was du mir von ihm erzählt hast, läuft darauf hinaus.«

»Aber ich habe gar nichts von ihm erzählt.«

»Außerdem hätte er dich nicht zusammen mit seiner

Freundin – von der du noch nicht einmal sicher weißt, ob sie seine Freundin oder nur eine Freundin ist – für heute Abend eingeladen, wenn du ihm gleichgültig wärst«, überging Eva ungerührt Franziskas fassungslosen Einwurf.

»Du phantasierst. Er hat es nur aus reiner Höflichkeit getan, glaub mir!«

Eva stöhnte. »Du bist hoffnungslos!«

Franziska warf ihr einen bedeutungsvollen Blick zu, als sie betont beiläufig sagte: »Übrigens, Hans, das zu deiner Information, wird jedesmal rot, wenn ich deinen Namen nur erwähne. Was hältst du von dem Vorschlag, wenn ich euch beide zum Abendessen einlade? Nur ihr Zwei? Hm?«

Eva lachte, dennoch war ihre Verlegenheit nicht zu leugnen. »Wag es ja nicht. Diesen Mann kann man nicht knacken, der ist ein hoffnungsloser Fall. Und wehe, du mischst dich da ein.«

»Wie du mir, so ich dir.«

»Abgemacht. Ich halte mich ab heute aus deinem Leben raus«, versprach Eva halbherzig.

Mittlerweile waren sie wieder in Lusenau angekommen. Auf dem Rückweg waren sie so langsam gebummelt, dass sie beinahe drei Stunden für den Weg benötigt hatten. Langsam schlich sich die Kälte durch ihre warmen Mäntel, so dass sie froh waren, bald wieder in die Wärme ihrer Häuser zu kommen. Als sie sich schließlich vor Evas Haustür verabschiedeten, war es sieben Uhr und stockfinster. Franziska ging mit raschen Schritten den kurzen Weg von der Hauptstraße hinauf zum Kirchplatz, vorbei an der Kirche, die durch Strahler in das rechte Licht gehoben wurde, und dem romantischen Friedhof mit den uralten bemoosten Steinen, umsäumt von uralten Baumriesen.

Der Ort wirkte um diese Zeit verträumt und romantisch. Franziska liebte diese Stimmung. In München hatte es eine solche Stille und Verträumtheit nicht gegeben und sie hatte sie nicht vermisst. Es hatte kaum einen Abend gegeben, an dem Bernd und sie nicht irgendwo unterwegs waren. Ständig waren Freunde bei ihnen oder sie waren eingeladen und sie hatte dieses bunte Leben nach Herzenslust genossen. Hier jedoch, in diesem ruhigen Bayerwaldort, war alles überschaubar und die Menschen, die hier näher zusammengerückt lebten als in der Großstadt, waren ihr vertraut. Obwohl ihr Leben jetzt bedeutend ruhiger verlief, war es ihr hier nie langweilig. Sie hatte ihre Arbeit, sie hatte auch hier ihre Freunde, sie war zufrieden. Und Zufriedenheit bedeutete sehr viel im Leben. Das große Glück mochte kommen oder nicht, sie hatte Zeit; sie war bereit dafür und würde sich ihm nicht verschließen. Doch wenn sein Weg an ihr vorbei liefe, sollte es sie nicht bekümmern.

Sie hatte ihren Frieden gefunden: ohne Mann, ohne Kind und Kegel!

Mit klammen Fingern – sie hatte ihre Handschuhe bei Margret vergessen – öffnete sie die Haustür. Im Haus war alles still. Es war noch Zeit genug, ein Bad zu nehmen, denn mittlerweile war sie völlig durchgefroren. Oben in ihrem Badezimmer genoss sie entspannt das heiße, duftende Wasser, dann zog sie sich ein weiches hellblaues Wollkleid an, das gut zu ihrem dunklen Teint passte und die weibliche Fülle ihrer Figur auf reizvolle Weise betonte.

Sorgfältig machte sie sich zurecht und betrachtete dann das Ergebnis im Spiegel. Sie zupfte ein wenig an den Locken, die ihr offen, lediglich mit einer Silberspange seitlich zusammengerafft, wild zu allen Seiten vom Kopf abstanden und zog die Lippen in einem warmen Braunton nach. Jedoch wischte sie entschlossen mit einem Papiertuch die Farbe wieder ab. Nein, heute wollte sie auffallen. Sie nahm ihren dunkelsten Lippenstift und trug ihn sorgfältig auf. Zufrieden und leicht ironisch betrachtete sie ihr Werk. Es war nicht etwa so, dass sie irgendwen damit beeindrucken wollte. Sie grinste ihr Spiegelbild zufrieden an. Nachdenklich betrachtete sie dann ihre Schuhe: unscheinbare flache oder die mit dem Zehnzentimeterabsatz? Keine Frage. Ihre Beine waren hübsch und hohe Absätze bereiteten ihr nach jahrelanger

Übung keine Probleme. Sie streckte sich zu voller Größe, drehte sich ein wenig seitwärts. Jawohl, ihr BH saß wie angegossen. Sie fühlte sich irgendwie aufregend und sehr weiblich – und schrecklich nervös. Nervös und aufgeregt wie bei ihrem ersten Rendevous.

Lisa und Daniel warteten bereits im Wohnzimmer. Lisa sah korrekt und sehr elegant aus. Dennoch fühlte sich Franziska, ihrer Weiblichkeit deutlich bewusst, schön und erotisch neben ihr.

Daniel erhob sich und zog Lisa auf sehr intime Art und Weise von der Couch hoch. »Also dann los. Ich habe uns für acht Uhr einen Tisch in der *Bierhütte* bestellt.«

Lisa schmiegte sich eng an ihn und Franziska folgte beiden zum Wagen. Lisa stieg vorn ein und plauderte angeregt drauf los. Franziska lauschte stumm dem Gespräch. Sie befand sich in einer sonderbar verträumten Stimmung und war froh, hinten im geschützten Dunkel des Wagens sitzen zu können. Die Straßen waren verlassen und die Schwärze der Nacht erschien Franziska plötzlich unwirklich.

»Was ist, Franziska, träumst du? Du bist so still.«

Franziska schrak leicht zusammen, als sie unverhofft Daniels Stimme vernahm. Seine Augen warfen ihr im Rückspiegel einen beinahe prüfenden Blick zu. »Sicher, in solch einer Nacht kann man nur träumen.«

Nach etwa vierzig Minuten hatten sie das Restaurant erreicht. Die *Bierhütte* war ein altes Brauhaus, das zu einem romantischen Hotel umgebaut worden war und ein sehr gutes Restaurant besaß. Sie erhielten einen gemütlichen Platz in der hinteren Ecke, von der aus sie das Restaurant überblicken konnten und bestellten einen Aperitif. Franziska ergriff das Glas und trank einen Schluck Martini auf Eis.

»Ihr Haus ist sehr schön. Wann wurde es gebaut?«, begann Lisa.

»Es ist von siebzehnhunderteinundfünfzig. Meine Eltern entdeckten es bei einem Sonntagsausflug, verliebten sich in das Haus, kauften es und drei Monate später waren wir eingezogen. Wir haben es nie bereut, obwohl es ständig viel Arbeit macht.«

»Wo haben Sie vorher gewohnt?«

»In der Nähe von Grafenau.«

»Aber in den letzten Jahren haben Sie in München gelebt?«

»Ja. Sieben Jahre lang. Es war eine schöne Zeit, doch jetzt genieße ich es hier oben zu leben. Ich vermisse München nicht.«

»Wieso sind Sie aus München weggegangen? Hatte es einen besonderen Grund?«

Franziska zögerte nur kurz, dann sagte sie leichthin: »Nein, ich musste einmal etwas Neues beginnen. Meine Arbeit in München füllte mich nicht mehr aus, das ist alles.«

»Ich dachte immer, deine Arbeit sei so interessant gewesen? Hast du mir jedenfalls schon oft erzählt«, wandte Daniel darauf mit süffisantem Lächeln ein.

Mit abweisender Miene überging Franziska seine Bemerkung und widmete sich stattdessen der Speisekarte.

»Und Sie werden also mit Daniel zusammen ein Architekturbüro eröffnen?«

»Vielleicht.«

»Aber es wird dauern, bis sie richtig loslegen können. Oder haben Sie bereits Aufträge?«, fragte Lisa mit einer Impertinenz, die Franziska wütend machte.

»Noch nicht, aber bald. Außerdem werde ich im Nebenhaus ein kleines alternatives Möbelgeschäft eröffnen, mein zweites Standbein sozusagen«, verteidigte sie sich.

»Richtig, ich sah bereits einige Stücke. Ganz nett, wirklich.«

Franziska schwieg angesichts dieser herablassenden Bemerkung und war froh, dass das Essen gebracht wurde.

»Der Unterhalt eines so alten Hauses wie das Ihre verschlingt sicher ein Vermögen«, erkundigte Lisa sich neugierig, als sie beim Kaffee angelangt waren, und Franziska wünschte, der Abend möge bald vorüber sein. Sie seufzte und auch Daniel war keine große Hilfe, sondern schwieg zumeist, wenn Lisa ihre Fragen an Franziska richtete.

»Übrigens, ich sah heute Abend ein Tablett im Wohnzimmer liegen, haben Sie das auch angefertigt?«

»Ja, es ist für eine Freundin meiner Mutter bestimmt. Sie sah ein ähnliches bei uns und war so begeistert davon, dass sie mir eines in Auftrag gegeben hat. Morgen werde ich es nach Passau bringen. Übrigens, Daniel«, wandte sie sich an ihn, »wenn du mit dem Projekt fertig bist, oder hast du es leider doch nicht geschafft?«, warf sie maliziös ein, was ihr ein leichtes Hochziehen seiner Augenbrauen eintrug. »Wenn du fertig wärst, könnte ich deine Arbeit mitnehmen. Ich bin für Morgen mit Inge Theisen verabredet, dann hast du dir die Fahrt gespart.«

»Dann lässt du es irgendwo liegen und ich bin raus aus dem Spiel«, neckte er sie. »Ich danke! Und nebenbei, liebste Franziska, ich bin mit meiner Arbeit fertig geworden. Trotzdem danke für dein Angebot.«

»Na, wenn du so eine schlechte Meinung von mir hast, dann eben nicht, war nur ein Vorschlag«, entgegnete Franziska leicht pikiert. »Obwohl ich niemals so etwas tun würde, wie du dir eigentlich denken müsstest. Wenn du so wenig Vertrauen zu mir hast, wie willst du dann mit mir zusammenarbeiten?«

»Vertrauen ist gut, Kontrolle ist besser«, bemerkte er mit einem ironischen Unterton, »ich werd mir's überlegen.« Mit dieser lässigen Feststellung nahm er ein Zigarillo aus der Seitentasche seines Jackets und zündete es an. »Stört es, wenn ich rauche?«

»Natürlich nicht«, antwortete Lisa.

»Ja, tut mir Leid, mich stört's«, sagte Franziska bestimmt und blickte ihn herausfordernd an. Seine rechte Augenbraue fuhr leicht in die Höhe, dennoch legte er den Zigarillo sofort in den Aschenbecher. Wieder trat unangenehmes Schweigen ein. Mittlerweile war es elf geworden – Franziska wusste nicht, wie sie die Stunden überstanden hatte – und sie waren die einzigen Gäste im Restaurant. Es war still im Raum und die Stimmung war mittlerweile ungefähr so gemütlich wie in einer Tiefkühltasche. Endlich war das Zeremoniell des Bezahlens über die Bühne gebracht und sie konnten das Haus verlassen. Noch nie hatte Franziska einen so entsetzlichen Abend erlebt.

»Sagtest du nicht, dass du auch für *Home and Garden* regelmäßig Artikel schreibst? Vielleicht kann dir Franziska einige Arbeiten zeigen und du könntest einen Bericht über sie bringen? Sicher stellt deine Zeitschrift ab und zu Kunsthandwerker vor, so dass du damit Franziska ein wenig helfen könntest«, schlug Daniel plötzlich Lisa in kindlicher Begeisterung vor.

»Mein Einfluss in der Redaktion ist zwar ziemlich groß, aber ob man den Vorschlag interessant genug finden wird, wage ich zu bezweifeln, dennoch kann ich es zumindest versuchen«, versprach Lisa, wobei ihre Stimmlage jedoch erkennen ließ, dass sie Wichtigeres im Sinn hatte, als Franziska zu helfen. »Ich bin mir sicher, Franziska, dass, wenn ich tatsächlich über Sie schriebe, Sie sich vor Aufträgen nicht würden retten können.«

Franziska, die ein feines Gespür für Menschen hatte, bezweifelte, dass es je zu diesem Artikel käme. Dennoch freute sie sich, dass Daniel diesen Vorschlag gemacht hatte, und als sie seinen Blick im Rückspiegel auffing, schaute sie verwirrt zur Seite. Der Rest der Rückfahrt verlief schweigend, alle schienen müde und in ihre Gedanken vertieft.

Franziska schloss die Haustür hinter ihnen zu. »Gute Nacht, und danke für die Einladung, Daniel.«

»Gern geschehen. Schlaf gut und vor allem träum schön von deinem Sieg!«, befahl er lächelnd. Seine Stimme klang dabei beinahe zärtlich. Sie drehte sich um und bemerkte die vertraute Bewegung, mit der er Lisa den Mantel von den Schultern nahm – sie musste sich geirrt und sich seine Zärtlichkeit ihr gegenüber eingebildet haben. Das kommt vom vielen Wein, dachte sie. Wein war ihr noch nie bekommen, er machte sie sentimental. Sie drehte sich um und lief schnell die Treppe hinauf zu ihrem Schlafzimmer.

Lisa, die Daniel in die Küche gefolgt war, nahm ein Glas aus dem Schrank und schenkte sich Mineralwasser ein. »Woher stammt deine plötzliche Fürsorge für deine Vermieterin?« Sie sah ihn prüfend an und ihre Stimme klang ein wenig härter als sonst. Seit nunmehr zwei Jahren kannten sie sich und ihr Verhältnis war klar: Beide liebten sie vor allem ihre Unabhängigkeit und strebten keine feste Beziehung an. Eifersucht war somit ein Fremdwort und das war gut so. In den vergangenen Jahren war Lisa vor allem daran interessiert gewesen ihre Karriere als Journalistin aufzubauen. Durch harte Arbeit war es ihr gelungen, sich unabhängig zu machen. Sie verdiente gut, Verehrer gab es etliche in ihrem Leben und sie vermisste nichts, weder Heirat, noch Familie, Kinder schon gar nicht.

»Mir scheint, sie kann Hilfe gebrauchen, meinst du nicht? Sie hegt die irrige Ansicht, mit diesem Laden Geld verdienen zu können.« Bei diesen Worten wirkte sein Gesicht völlig harmlos.

Lisa warf einen scharfen Blick in seine Richtung und spielte mit ihrem Glas. »Mir scheint, sie benötigt keine Hilfe und meine am allerwenigsten.«

»Sie vielleicht nicht, aber wie sie mir erzählte, hängen an dem Laden noch der Schreiner und ihre Freundin. Die zumindest sind von dem Verdienst abhängig.«

»Ihre Sachen sind zwar nicht schlecht, aber die Idee mit dem Artikel ist eine Schnapsidee.«

»Unsinn«, entgegnete er scharf, »gib zu, dass du nur keine Lust darauf hast. Alles, was du in so einem Artikel erwähnst, fördert den Verkauf und das weißt du haargenau, denn schließlich sind die Sachen, die sie verkaufen wollen, tatsächlich nicht schlecht.«

»Mag sein, aber du hast Recht, ich habe keine Lust auf diesen Artikel«, sagte sie gelangweilt. »Und jetzt geh ich schlafen und du kommst mit.« Bei ihren letzten Worten war ihre Stimme weich geworden. Sie ging auf ihn zu und legte beide Arme um seinen Hals. Ihre weißen Hände mit den langen schmalen Nägeln fuhren schmeichelnd durch sein Haar. »Ich habe das Gefühl, dass sie in dich verknallt ist.«

Er nahm ihre Hände von seinem Hals, im Gesicht nichts als ehrliche Überraschung.

»Was redest du da?! Sie hat absolut kein Interesse an mir. Da könntest du eher schon auf diesen Tom von heute Morgen wetten. Mir schien ihre Begrüßung recht herzlich. Außerdem hab ich im Augenblick andere Sorgen, ich muss noch arbeiten, damit ich bis morgen fertig bin. Ich hab dir doch von der Ausschreibung erzählt. Sie ist dahinter her wie der Teufel hinter der armen Seele.«

»Dann ergeht es ihr ja wie dir. Ihr seid euch ziemlich ähnlich. Außerdem sagtest du doch, du seiest damit fertig.«

»Ich habe geblufft«, entgegnete er grinsend und trank in großen Zügen das Mineralwasser. »Sie muss ja nicht alles wissen. Und außerdem sind wir lediglich hinter der Arbeit her und nicht hintereinander.«

»Tu doch nicht so! Ihre anhimmelnden Blicke heute Abend kannst du unmöglich übersehen haben.«

»Quatsch!« Mit dieser abschließenden Feststellung schob er sie aus der Küche, um sich mit der Bemerkung, sie solle nicht auf ihn warten, es könne sehr spät werden, zu verabschieden.

Sowohl Lisa, als auch Franziska schliefen bereits, als im Büro das Telefon zum wiederholten Male an diesem Abend läutete.

5

Am nächsten Morgen hatte Franziska gerade den Tisch gedeckt, als Daniel hereinkam. Er setzte sich nicht gleich hin, wie er es sonst immer tat, wenn sie Dienst hatte, sondern beobachtete im Stehen, wie sie den Kaffee zubereitete.

»Steh nicht so rum, du machst mich ganz nervös«, murmelte Franziska. Sie war heute Morgen immer noch irgendwie verändert, warum, wusste der Teufel. Jedenfalls machte sie seine Anwesenheit in der Küche zum ersten Mal nervös – und das in ihrem eigenen Haus!«

»Ich hab eine Frage.«

»Schieß los.« Sie hob den Blick und erkannte an seiner Gesichtsfarbe, die deutlich ins Grau tendierte, sowie an dem unrasierten Bart, dass er sich die Nacht um die Ohren geschlagen hatte – und diesmal totsicher mit geistiger Arbeit und nicht mit leiblichen Genüssen, dachte sie schadenfroh.

»Du siehst blass aus, ist was? Haben wir es doch nicht mehr geschafft? Du weißt, was ich meine?«

»Lass die Witze«, befahl er scharf und sie schwieg ausnahmsweise, weil sie Mitleid hatte.

»Wenn ich mich darauf verlassen kann, dass du meinen Wettbewerbsbeitrag pünktlich ablieferst, würde ich dich gern bitten, die Unterlagen zu Jansen mitzunehmen. Ich muss wahrscheinlich nach München.« Seine Stimme klang dabei so ernst, dass Franziska klar wurde, dass etwas nicht in Ordnung war.

»Ist etwas passiert?«, fragte sie.

»Ja«, presste er hervor.

Sie schwieg abwartend.

»Ein schwerer Krankheitsfall. Es kann sein, dass es plötzlich zu Ende geht, darum möchte ich hier nicht weg.«

»In deiner Familie?«, fragte sie erschrocken.

»So ungefähr.«

»O, das tut mir Leid«, antwortete sie mit belegter Stimme.

›So ungefähr‹ bedeutete sicherlich, dass es sich wenigstens nicht um seine Eltern oder Geschwister handelte. »Natürlich nehme ich die Unterlagen mit, ist doch selbstverständlich.«

»Gut. Du weißt, wie wichtig es ist, dass du pünktlich bist. Den Weg nach Passau kennst du?«

Er schien sie für einen Trottel zu halten, aber angesichts seiner sichtbaren Besorgnis wegen dieses Krankheitsfalles hielt sie den Mund: »Natürlich. Wenn ich um neun losfahre, bin ich spätestens viertel vor zehn dort. Aber ich fahre früher, so habe ich genug Zeit in Reserve.«

»Gut. Wir hören dann voneinander. Vielleicht bin ich auch noch da, wenn du zurückkommst. Ich weiß nicht, wie alles verläuft.«

Angesichts seiner Nervosität spürte Franziska, wie sich ihre eigene Unruhe, die sie seit gestern gefangen hielt, noch verstärkte. Heute Morgen fühlte sie sich leicht zerschlagen, was sicherlich an dem gestrigen Abend lag, der so unerfreulich gewesen war. Sie aß nur einen Apfel, trank den Kaffee und folgte ihm dann ins Büro, wo er ihr den braunen Umschlag übergab, auf dem die Adresse des Investors – und die Uhrzeit des Abgabetermins, mit Ausrufezeichen dahinter –, standen.

»Du weißt, Jansen ist in der Beziehung ein Kauz. Alles, was fünf Minuten später vorbeigebracht wird, ist ungültig.«

»Ich weiß, ich kenne ihn«, entgegnete sie, »aber er ist kein Kauz, sondern hat in dieser Angelegenheit nur seine Prinzipien, die man akzeptieren muss.«

»O. k., o. k.«, sagte er ein wenig gereizt, »Hauptsache, du vergisst sie in meinem Fall nicht«, damit übergab er ihr mit besorgter Miene, die ihr völlig übertrieben zu sein schien, den Umschlag.

Sie ging ins Wohnzimmer und packte das fertige Tablett in Geschenkpapier, das sie der Freundin ihrer Mutter, die im Zentrum von Passau wohnte, vorbeibringen wollte.

Gottseidank waren die Straßen trocken, sie kannte den

Weg und erreichte gegen neun Uhr Passau. Problemlos fand sie einen Parkplatz in der Innenstadt und sah auf die Uhr. Unschlüssig sperrte sie das Auto zu. Im Wagen zu warten hatte keinen Zweck, dazu war es zu ungemütlich. Bis viertel vor zehn hätte sie Zeit für Inge Theisen, und da sie sowieso keine Lust hatte, länger als eine Stunde mit ihr zu plaudern, würde die Zeit reichen und sie wäre kurz vor elf wieder in Lusenau. Kurzentschlosen nahm sie ihr Paket mit dem Tablett und den Umschlag für Herrn Jansen und ging zügig zum Haus Uferstraße 4. Bis zum Haus von Herrn Jansen würde sie höchstens zehn Minuten brauchen.

»Kommen Sie herein, Liebes. Wie schön, dass Sie schon da sind, bei mir ist leider etwas dazwischen gekommen. Ich muss heute noch nach Rom fliegen. Meine Schwester bat mich gestern, zu ihr zu kommen. Sie ist krank und ein wenig hilflos, allein in Rom, obwohl sie schon seit fünf Jahren dort lebt. Da hab ich mich kurz entschlossen hinzufliegen«, begann sie munter und wickelte dabei das Tablett aus. »Es ist wirklich wunderschön geworden«, lobte sie Franziska begeistert. »Setzen Sie sich doch. Möchten Sie einen Sherry oder Kaffee? Ich hab noch ein bisschen Zeit. Mein Bekannter holt mich mit dem Wagen ab und bringt mich nach München zum Flughafen. Kommen Sie, trinken Sie noch einen Kaffee mit mir«, lud sie Franziska temperamentvoll ein.

Franziska trat in den hellen Wohnraum und legte den braunen Umschlag auf den kleinen Tisch neben dem Telefon. »Das ist sehr freundlich von Ihnen, Frau Theisen, ich kann allerdings nicht lange bleiben, um zehn muss ich in der Marktgasse sein. Aber eine Tasse Kaffee trinke ich noch gern mit«, gab sie lächelnd nach.

Inge Theisen, eine Frau, die es gewohnt war, ihren Kopf durchzusetzen, warf einen Blick auf die Uhr, die auf dem zierlichen Sekretär im Wohnzimmer stand. »Wunderbar, dann haben Sie noch genug Zeit.«

Sie unterhielten sich angeregt, und als es für Franziska schließlich Zeit wurde zu gehen, bat Inge Theisen sie, einen

Brief für sie mitzunehmen. »Wenn ich in ein Flugzeug steigen muss, bin ich so aufgeregt, laufe wie ein buntes Huhn durch den Flughafen und finde im Leben keinen Briefkasten. Wären Sie so lieb, ihn für mich in den Kasten zu werfen?«, bat sie und Franziska nickte. Sie verabschiedeten sich voneinander und sie verließ das Haus, den braunen Umschlag unter dem Arm. Langsam schlenderte sie durch die engen Straßen Richtung Marktgasse. Sie hatte keine Eile, denn das Büro des Investors war nur zehn Minuten Fußweg entfernt. Als sie an einem Briefkasten vorbeikam, nahm sie den Umschlag, um ihn in den Kasten zu werfen.

Unwillkürlich fiel ihr Blick auf die Adresse, sie stutzte, und gab dann einen so entsetzten Schreckenslaut von sich, dass ein kleines Mädchen, das in diesem Moment an der Hand seiner Mutter an ihr vorbeimarschierte, erschrocken zur Seite sprang. Erneut betrachtete Franziska den Brief mit einem Blick, als befördere sie eine Zeitbombe.

Es handelte sich durchaus um den Brief von Inge Theisen, was ihr in diesem Moment jedoch klar wurde, war, dass der braune Umschlag von Daniel fehlte!

Der lag bei Inge Theisen auf dem Telefontisch!

Franziska zögerte keine Sekunde, warf den Brief mit zitternden Händen ein und rannte dann den gleichen Weg zurück, den sie gekommen war, wozu sie diesmal keine fünf Minuten benötigte. Was geschehen würde, wenn Inge Theisen nicht mehr zu Hause war, daran wagte sie noch nicht zu denken. Alles in allem war seit ihrem Aufbruch bei ihr keine Viertelstunde vergangen. Kreidebleich und schwer atmend hämmerte sie mit zittrigen Fingern auf die Türklingel ein, wartete, doch nichts rührte sich. Verzweifelt hielt sie den Finger auf den Klingelknopf und wusste doch im gleichen Moment, dass es zu spät war.

Inge Theisen befand sich bereits auf dem Weg nach Rom!

Franziska war nie zuvor in Ohnmacht gefallen, diesmal jedoch spürte sie alle Anzeichen dafür. Der kalte Schweiß brach ihr aus, trotz des kalten Windes, der vom Flussufer blies, und die Geräusche der Straße klangen fern wie durch einen Wattebausch. Ein letztes Mal klingelte sie – jedoch wieder ohne Erfolg.

Als ihr gehetzter Blick auf die gegenüberliegende Uhr fiel, vergrößerte sich noch ihr Entsetzen: drei Minuten nach zehn – zu spät!

Sie verlor keine Sekunde mehr. Eines war klar: Inge Theisen war abgereist, und wenn auch nur der Hauch einer Chance bestand, die Situation zu retten, musste sie sich beeilen! Sie drehte sich um und hetzte den Weg zurück zum Büro von Herrn Jansen. Schweratmend stand sie fünf Minuten später vor der Tür und riss beinahe die altertümliche Glocke aus der Verankerung. Blicklos schaute sie an der Fassade hoch, doch zu ihrem Erstaunen und Entsetzen, rührte sich auch hier nichts. Das Haus stand still und leblos vor ihr.

Wie betäubt betrachtete sie die geschlossene Haustür, hinter der sich das Büro befand. Was immer Herrn Jansen dazu getrieben hatte, diese Uhrzeit festzusetzen und diese Bedingung zu stellen, dass alle Wettbewerbsteilnehmer die Zeit auf die Minute einzuhalten hatten, er hatte sich konsequent daran gehalten.

Und wenn du den ganzen Tag hier stehen bleibst, schoss es Franziska durch den Kopf, die die Tür fixierte, als könne sie sie dadurch bezwingen, es ist nicht mehr zu ändern!

Wie sie dann nach Hause kam, wusste sie nicht. Sie hätte eigentlich froh sein müssen, dass kein Unfall passierte, aber sie fühlte gar nichts – außer bodenloser Angst. Angst vor Daniel.

Niemals, bei allen Schwüren dieser Welt nicht, würde Daniel Föhr ihr glauben, dass sie seinen Umschlag vergessen hatte. Vergessen! Vergessen, wofür er sich die Nächte um die Ohren geschlagen hatte, das, weswegen seine Ringe unter den Augen jeden Junkie daneben gesund aussehen ließen, das, weswegen er ihr Essen verschmäht hatte – nichts Geringeres als sein Herzblut war es!

Dass es tatsächlich sein Herzblut war, das daran hing, wusste sie selbst am besten, denn sie hatte eben so gekämpft, geschwitzt, gelitten – sie wollte eben so wie er den Zuschlag für diesen Traum eines jeden Architekten erhalten. Und sie würde ihn möglicherweise sogar erhalten, schließlich war ihr Konzept absolute Spitze; wie sie danach allerdings mit Daniel weiterleben sollte, war ihr ein Rätsel.

Sie saß beinahe eine Viertelstunde im Auto, ehe sie sich einen Ruck gab, um der Begegnung einigermaßen gefasst entgegen zu sehen. Sie schloss das Auto ab, taumelte mit weichen Knien die Treppe in den Hof hinunter und ging zur Tür, die, noch ehe sie ihren Schlüssel zur Hand hatte, von Daniel geöffnet wurde.

»Na, wie war's? Waren noch andere da? Hat er irgendwas gesagt, wann die Entscheidung fällt?« Seine Augen, die immer noch müde und glanzlos wirkten, sahen sie erwartungsvoll an und Lisa, die neben ihm stand, sagte: »Nun lass sie doch erst einmal hereinkommen.«

Franziska antwortete nicht. Noch im Mantel ging sie an ihm vorbei ins Büro. Sie stellte sich an den alten Schreibtisch ihres Vaters und stützte sich mit einer Hand darauf.

Lisa und Daniel waren ihr gefolgt.

»Jetzt lass dir doch nicht alles aus der Nase ziehen, erzähl doch!«

»Du wirst den Wettbewerb nicht gewinnen!« Sie wunderte sich, wie normal ihre Stimme bei diesen Worten klang.

Sein Gesicht erstarrte und ungläubig stieß er hervor: »Was bringt dich auf diesen Gedanken? Er muss einen Grund haben, dass er meine Teilnahme abgelehnt hat. Was hat er genau gesagt?«

»Er hatte keinen Grund.« Franziska räusperte sich und senkte den Blick. Außer dem feinen Klirren der Schlüssel, mit denen sie unbewusst spielte, war kein Laut zu hören.

Daniel, der in der Tür stand, rührte sich nicht. »Ich warte!«, forderte er sie scharf auf.

Ein tiefer Seufzer drang aus ihrer Brust. Sie hob die Augen

und sah ihm voll ins Gesicht. »Der Grund war ich. Ich habe deinen Umschlag nicht abgegeben.«

Die Stille, die ihren Worten folgte, war so dröhnend, wie Franziska es noch niemals erlebt hatte. Sterben konnte nicht anders vor sich gehen.

»Was hast du?«

»Ich habe den Umschlag bei der Freundin meiner Mutter liegen lassen, vergessen, mit anderen Worten. Und als ich es bemerkte, war die Frau weg. Sie ist auf dem Weg nach Rom. Ich hätte die Tür aufbrechen lassen, aber es war bereits zu spät, der Termin war überschritten und ...«

»Ah!« Der wütende Aufschrei aus seinem Mund ließ sie zusammenzucken, aber jetzt, da sie einmal den Quell der Beichte zum Fließen gebracht hatte, war sie nicht mehr aufzuhalten. »Ich rannte sofort zu Jansen, aber ob du es glaubst oder nicht, er hat mir nicht geöffnet. Niemand hat geöffnet. Ich habe es versucht und versucht, das Haus war wie tot, er ...«

Daniel stürzte auf sie zu und griff sie hart am Arm. Erschrocken hielt sie inne.

»Sag das noch mal! Hab ich das jetzt richtig verstanden? Du hast meinen Beitrag für diesen Wettbewerb unterschlagen? Vorsätzlich! Und du wagst es, mir noch unter die Augen zu kommen?« Er schüttelte sie und einen Moment dachte sie entsetzt, er könnte Schlimmeres im Sinn haben. Erst als Lisa näher trat und sanft seinen Arm berührte, ließ er sie los.

»Vorsätzlich schon mal gar nicht«, erwiderte Franziska mit heiserer Stimme und hielt den Blick starr auf ihn gerichtet. In ihrem Gesicht glühten die Augen wie im Fieber und sie erkannte, dass er um einiges bleicher als am Morgen aussah. »Ich schwöre bei allem, was mir heilig ist, ich hab ihn schlicht vergessen. Und wenn du mich jetzt umbringst, hab ich es immer noch vergessen, ich hab alles getan, um ...«

»Um mich von der Teilnahme fern zu halten, du Miststück!«

»Um zu retten, was zu retten war«, berichtigte sie ihn

kraftlos. »Und ich entschuldige mich und tue alles, was du willst, aber ich kann es jetzt nicht mehr ändern. Tut mir Leid.« Ihr Mund schien ihr wie ausgedörrt.

Lisa war zurückgetreten und stand mit ironischem Gesicht schweigend daneben und schaute der Szene zu. Franziska war das jetzt beinahe egal. Sie sah verzweifelt aus dem Fenster: »Ich weiß nicht, wie mir das passieren konnte, ich ...«

Das Telefon war ihre Rettung, denn ehe ihre Stimme peinlicherweise versagte, begann es zu klingeln.

»Geh mir aus den Augen!«, schnauzte er.

Sie tat ihm den Gefallen und drehte sich um. Was immer sie vorbrachte, sie hatte Unrecht und er hatte Recht. Das Telefon läutete zum zweiten Mal, es war ihr egal. Aus den Augenwinkeln sah sie, dass er den Hörer ans Ohr riss und sich mit harter Stimme meldete.

Jetzt würde die nächste Katastrophe ihm wahrscheinlich den Rest geben, und obwohl er so furchtbar mit ihr umgesprungen war, hatte sie in diesem Moment beinahe mehr Mitleid mit ihm, als mit sich selbst. Blind ergriff sie ihre Handtasche und rannte hinaus. Nur fort von Daniel und fort von seiner Freundin.

Sie jagte zum Auto. Die Welt draußen strahlte und glänzte, denn die Sonne, die so lange hinter grauen Wolken verborgen gewesen war, schien heute zum ersten Mal seit langem von einem aquamarinblauen Himmel. Die Erde, vom letzten schweren Schnee befreit, erfüllte die Luft mit jenem unnachahmlichen Duft, der das Frühlingserwachen ankündigte. Erste Blüten reckten sich zaghaft zum Licht. Außer dem Zwitschern der Vögel und dem Summen der Wildbienen war kein Laut zu vernehmen – auch von der Straße her nicht. Für all die Heiterkeit um sie herum war Franziska heute Morgen blind und taub.

Schwer atmend stand sie auf dem kleinen Parkplatz, der, hinter Tannen verborgen, zum Haus gehörte und suchte verzweifelt in ihrer Tasche nach dem Schlüssel. Auch das noch! Stöhnend verharrte sie einen Moment reglos und zermarterte sich den Kopf darüber, was sie tun konnte. Es nutzte nichts, sie musste zurück. Sie konnte unmöglich ohne Schlüssel wegfahren. Ohne die Autoschlüssel wäre es noch gegangen, dann wäre sie zu Fuß in den Ort gelaufen. Aber selbst wenn sie Daniel eigentlich nie wieder begegnen wollte, ins Haus musste sie dennoch. Dann lieber jetzt, als erst heute Abend.

Sie wankte zurück, klingelte und sofort wurde die Tür von Lisa geöffnet. Wortlos stürzte Franziska an ihr vorbei, um gleich darauf abrupt stehen zu bleiben.

Im Türrahmen zum Büro stand Daniel. Seine kräftige Gestalt versperrte bedrohlich den niedrigen Eingang zu der gemütlichen Stube, die Franziska heute wie der Eingang zur Hölle erschien. Was ihr Blut ganz besonders in Wallung brachte, war der Gesichtsausdruck, mit dem er sie bedachte – ihr Herz hatte sowieso seinen gewohnt gleichmäßigen Schlag aufgegeben. Daniel lehnte am Türrahmen, ein Bein lässig vor das andere gestellt und hatte die Arme vor der Brust verschränkt. Das allein wirkte schon äußerst provozierend auf sie. Was das Fass jedoch vollends zum Überlaufen brachte, war die Art und Weise, in der er ihren Schlüsselbund zwischen zwei Fingern aufreizend hin und her baumeln ließ.

»Sollten wir wieder was vergessen haben?«, fragte er mit einer Miene, die ihr Mitleid, das sie ihm gegenüber empfunden hatte, schlagartig ins Gegenteil verwandelte. Sie hätte ihn ohrfeigen können.

Blind vor Wut, die plötzlich und unerwartet in ihr hoch schoss, riss sie ihm die Schlüssel aus der Hand. Aus den Augenwinkeln erkannte sie eine ruckartige Bewegung von Lisa – wusste der Teufel, was sie wollte. Daniel schüttelte beinahe unmerklich den Kopf. Franziska wandte sich zur Tür und warf sie mit lautem Knall hinter sich zu. Im Eilschritt rannte sie zum Auto und jagte mit aufheulendem Motor davon, ohne zu überlegen, wohin.

Sie fuhr die Hauptstraße hinunter und verließ den Ort in Richtung Nationalpark. Irgendwann fuhr sie rechts auf einen Wanderparkplatz und schaltete den Motor aus. Sie legte den Kopf auf die gekreuzten Arme über dem Lenkrad. Alles war aus. Sie hatte ihn um den Erfolg, womöglich den Sieg gebracht. Oder, was noch viel schlimmer war, sie hatte ihm überhaupt die Chance auf Erfolg genommen. Er musste sie hassen. Er konnte ja gar nicht anders, als zu glauben, dass sie die Unterlagen absichtlich hatte liegen lassen.

Sie würde ihm nie wieder unter die Augen treten können!

Mit leerem Blick beobachtete sie, wie die Scheiben langsam beschlugen. Die Kälte holte sie schließlich wieder auf den Boden der Tatsachen zurück und sie gab sich einen Ruck. Tränen nutzten jetzt auch nichts – was nicht hieß, dass sie geweint hatte, aber beinahe wäre es dennoch dazu gekommen. Entschlossen putzte sie sich die Nase. Jetzt blieb nur noch Eva. Helfen konnte ihr zwar niemand, aber Eva würde ihr wenigstens zuhören. Sie würden Tee trinken und reden; das kleine Haus in der Hauptstraße schien ihr im Moment der einzige Ort, an dem sie den Tag irgendwie überstehen konnte.

Sie wendete und fuhr die Strecke zurück. Die Uhr zeigte halb zwölf. Um zwölf Uhr schloss Eva ihren Laden. Gleich vor dem Haus fand Franziska einen Parkplatz, schloss das Auto ab und ging hinein.

Eva bediente gerade eine Kundin, sah sie und nickte ihr erfreut zu. Nachdem sie sich von der Kundin verabschiedet hatte, wandte sie sich Franziska zu: »Franziska, schön dass du vorbeischaust. Brauchst du irgendetwas?«

Franziska nickte stumm.

»Womit kann ich dienen?«, fragte Eva und breitete lächelnd die Arme aus.

»Ach, Eva«, würgte Franziska hervor, froh, dass momentan niemand im Laden war.

»Was ist los?« Eva kam näher und legte einen Arm freundschaftlich um Franziskas Schultern.

»Erzähl ich dir später. Kommst du mit rauf?«

Eva sah sie prüfend an, dann sagte sie bestimmt: »Warte, ich geb dir den Wohnungsschlüssel, ich bin in zehn Minuten bei dir. Geh schon und mach dir Tee oder sonst was.«

Froh, dass Eva sofort begriff, dass etwas vorgefallen war, ohne groß zu fragen, ging Franziska schnell nach oben in die Wohnung. In der kleinen Küche, die Franziska jetzt wie eine Zufluchtstätte erschien, stellte sie einen riesigen Kessel mit Wasser auf den Zweiplattenherd und blätterte dann wahllos in einigen Zeitschriften, die auf dem kleinen Wohnzimmertisch herumlagen, um sie nach einer Weile wieder achtlos zur Seite zu legen. Es war zwecklos, sie konnte sich nicht konzentrieren. Deprimiert schaute sie sich um. Obwohl Eva jeden Morgen um neun Uhr ihr Geschäft öffnete, war die Wohnung tadellos aufgeräumt. Alles war wie immer freundlich und einladend, stellte Franziska neidlos fest und dachte an ihr eigenes unordentliches Schlafzimmer. Sie nahm die Decke, die auf dem niedrigen gepolsterten Hocker lag und kuschelte sich in das tiefe Sofa. Sie fühlte sich völlig zerschlagen. Deprimiert schloss sie die Augen.

Nie wieder konnte sie ihm unter die Augen treten. Niemals würde er ihr wieder vertrauen. Das Gesicht von Lisa, die Art und Weise, wie sie Franziska ironisch betrachtet hatte, war längst nicht so furchtbar gewesen wie sein Verhalten. Wenn sie daran dachte, wie er ihr die Schlüssel überreicht hatte, trieb es ihr jetzt noch die Schamröte ins Gesicht. Das war einfach furchtbar gewesen.

Das Klopfen an der Tür riss sie aus ihren trüben Gedanken. Sie stand auf und ging in den Flur um Eva hineinzulassen.

»Puh, bin ich froh, dass heute Nachmittag geschlossen ist«, stöhnte Eva. »Ich sag dir, obwohl ich lange geschlafen habe, fühle ich mich heute einfach groggy … kommt wahrscheinlich von unserer Wanderung«, neckte sie Franziska. Sie selbst ging zwar dann und wann gern spazieren, aber dennoch war sie nicht so eine begeisterte Naturanhängerin wie ihre Freundin. »Und diese neuen Schuhe bringen mich um.« Seufzend zog Eva die Schuhe aus und ließ sie mit Schwung auf den Boden fallen. Dann schaute sie hoch in Franziskas Gesicht. »Na, und du? Wie das blühende Leben siehst du aber auch nicht gerade aus. Hast du's dir schon gemütlich gemacht?« Sie zog Franziska ins Wohnzimmer. »Erzähl! Du siehst eindeutig nach Weltuntergangsstimmung aus.«

Während sie schwatzte, bereitete sie den Tee und Franziska stand daneben und sah ihr schweigend zu. »Heute Morgen hätte ich eigentlich gleich den Laden zu lassen können, genau drei Kundinnen kamen, von denen hat eine Stickgarn gekauft und eine Nähgarn. Na ja, vergiss es«, seufzte Eva, nahm die Kanne und schob mit der anderen Hand Franziska ins Wohnzimmer. »Aber jetzt erzähl erst mal, was los ist.«

Franziska setzte sich auf die Couch. Im Nu fühlte sie sich aufgehoben. Mochte die Welt untergehen, sie hatte Eva! »Ach, du kannst dir nicht vorstellen, was heute passiert ist!«, begann sie.

Eva, die zwei Tassen aus der Küche geholt hatte, schenkte den Tee ein, nahm Kandis und Sahne und hielt Franziska dann eine Schachtel Nougatpralinen vor die Nase.

»Furchtbar«, sagte sie später, als Franziska geendet hatte, und sah sie mitfühlend an, wobei ihre blauen Augen ganz groß wurden. »Ich kann mir vorstellen wie du dich fühlst.«

»Er wird mich hassen«, stieß Franziska hervor, »ich habe sein ... na ja, nicht gerade sein Leben, aber seinen Erfolg zerstört, jedenfalls den Anfang mit mir. Meinst du, er ist überhaupt noch daran interessiert, mit mir gemeinsam zu arbeiten?«, fragte sie angstvoll, daran hatte sie vorher überhaupt noch nicht gedacht. Was wäre, wenn er tatsächlich in der Nähe ein zweites Büro aufmachte, weil sie ihn in der sensiblen Anfangsphase ihrer Partnerschaft – natürlich hätte sie eingewilligt, mit ihm zusammenzuarbeiten – so schwer enttäuscht hatte?

»Warte erst mal ab. Noch ist nicht alles verloren«, unternahm Eva den gut gemeinten Versuch sie zu trösen. »Ich möchte mit dir wetten, dass er auch schon so manchen Bock geschossen hat. Das passiert einfach jedem einmal, glaub mir, ich weiß, wovon ich rede.«

Und sofort begann sie, alle Unglücksfälle und Pannen aufzuzählen, die ihr oder jemand anderem passiert waren, und das Ganze schilderte sie so drollig und übertrieben, dass Franziska für einen Moment ihr Unglück beinahe vergaß.

»Ich kann mir absolut nicht erklären, wie mir so etwas passieren konnte. Daniel war einfach grässlich.« Bevor sie Eva erneut den Hergang des Unglücks schildern konnte, stand Eva auf und unterbrach sie.

»Franziska, du kannst machen, was du willst: Sollte ich nicht sofort etwas zu essen bekommen, werde ich wahnsinnig. Und eines lass dir von einer erfahrenen Freundin sagen: in Krisenzeiten hilft Essen immer.«

Trotz ihres Kummers musste Franziska lächeln, denn Eva war schlank wie eine Gazelle und aß wie ein Spatz. Eva stand auf und ging in die Küche, wobei Franziska sie beobachtete.

»O nein, ich habe absolut nichts Gescheites im Haus, was uns jetzt auf die Beine hilft«, erklang da der entsetzte Aufschrei der Freundin. »Weißt du was? Ich lade dich ein. Ich hab heute zwar nichts verkauft, aber was soll's.«

Im Flur nahm sie die Mäntel vom Haken und hielt Franziska ihren hin. »Und jetzt puder die Nase und mal die Lippen an, damit dir nicht jeder dein Unglück ansieht!«, befahl sie. »Wann, meinst du, kannst du deinen Laden eröffnen?«

»Ich denke, dass ich Mitte des Monats so weit sein müsste«, antwortete Franziska. »Spätestens Ende April. Bis dahin hat Hans Zeit genug um ausreichend Möbel zu bauen, sie sind ja nicht aufwendig. Die Verkaufstheke hab ich schon. Ich hab tatsächlich die schöne Theke aus der Apotheke aus Kirchdorföd geschenkt bekommen, du weißt, ich hab dir davon erzählt. Du wirst begeistert sein. Ich dachte mir, dass wir Julias Idee aufgreifen, die sie mit ihrem Hutladen hatte. Ihre Kaffeeecke fand ich gut.«

»Du hast Recht. Ihre Kaffeeecke war ein voller Erfolg«, stimmte Eva begeistert zu. »Sie war der Treffpunkt des ganzen Dorfes! Wenn ich daran denke, wie viel Spaß wir bei ihr hatten. Entsinnst du dich noch an den einen Samstag, an dem ein Reisebus vor ihrem Laden hielt und die Touristen in ihr Geschäft strömten, weil sie dachten, es handele sich um ein Café? Ach, ich habe Stunden bei ihr verbracht. Die Idee mit dem Bistro war goldrichtig, nachdem sie den Hutladen schließen musste. Die Räumlichkeiten waren sowieso zu klein«, kicherte sie.

»Genau. Es wird nicht nur Kaffee geben, sondern auch Tee und die Plätzchen dazu könnte ich ja backen.«

Evas Heiterkeitsausbruch unterbrach Franziskas schwärmerische Ausführungen.

»Die Kaffeeecke ist gut, aber auf deine Plätzchen solltest du lieber verzichten, sie würden uns die besten Kunden verjagen.«

»Also gut, du wirst die Plätzchen backen«, korrigierte Franziska sich vergnügt.

»Klingt schon besser«, quittierte Eva schmunzelnd. »Ich kann es kaum erwarten, dass es so weit ist. Die Nachmittage arbeite ich bei dir, die Vormittage reichen für mein Geschäft allemal. Das einzige Problem wäre der Samstag, aber da wird uns auch noch was einfallen«, fuhr sie zuversichtlich fort. »Und jetzt komm, ich lad dich in Julias Bistro ein.«

Als sie in die Hauptstraße einbogen, überfiel Franziska ein unangenehmes Gefühl der Angst. Es war zwar dumm, aber sie fürchtete, jeden Moment auf Daniel und Lisa zu treffen. Eigentlich war das zwar ziemlich unwahrscheinlich, da beide mittags selten etwas anderes aßen, als das, was sie im Haus hatten.

Julia nickte Eva und Franziska zur Begrüßung lediglich freundlich zu. Es dauerte eine Weile, bis sie an die Reihe kamen. Heute entschieden sie sich für den bunt gemischten Salat aus Krabben, grünem Salat, Früchten und Käse, den Julia stets auf der Karte hatte und den sie meist mit einem leichten französischen Wein und Stangenweißbrot servierte. Eva bestellte für sie beide. Dann lehnten sie sich bequem zurück, grüßten dann und wann ein paar Gäste, von denen sie einige kannten, und ganz langsam begann Franziska sich zu entspannen, woran der Weißwein nicht schuldlos war. Gegen halb drei standen sie von ihrem Tisch auf und verließen das Café.

»Franziska, was hältst du von einem Nickerchen? Ich könnte es gebrauchen.«

»Eine wunderbare Idee, du bist ein Schatz. Ich bin so froh, dass ich heute bei dir sein kann«, seufzte Franziska dankbar.

»Ich freu mich auch. Aber jetzt Schluss mit dem Gerede, lass uns die müden Knochen ausstrecken.«

Mit diesen Worten gingen sie nach oben, und nachdem Eva hinauf in ihr Schlafzimmer verschwunden war, machte es sich Franziska auf der Couch bequem. Um vier Uhr bereitete sie in der Küche einen Tee und Eva stellte ein wenig Gebäck dazu. Plaudernd verbrachten sie den Rest des Nachmittags, während Eva die Bügelwäsche ins Wohnzimmer beförderte, und Franziska, zusammengerollt auf der Couch, ihr bei der Arbeit zusah. Ab und zu entfuhr ihr ein Seufzer, aber jetzt blickte sie den Konsequenzen, die das Desaster vom Vormittag nach sich ziehen würde, ein wenig gefasster entgegen, als noch einige Stunden zuvor. Gegen sieben allerdings wurde sie von Eva zwar liebevoll, dennoch energisch vor die Tür gesetzt. »So Leid es mir tut, Franziska, aber ich hab noch zu arbeiten.«

»Wieso arbeiten, du hast doch die ganze Zeit gearbeitet.«

»Ich habe seit neuestem eine Firma an der Hand, für die ich die Buchführung übernommen habe, und für Dr. Mauss erledige ich die Abrechnungen, solange Frau Rosen im Mutterschaftsurlaub ist. Ich muss bis zum Wochenende fertig werden. Schließlich muss man ja von irgendwas leben, das Geschäft wirft ja leider nicht genug ab. Und außerdem«, freundschaftlich legte sie den Arm um Franziska, »hat es keinen Zweck sich noch länger zu verkriechen. Ich finde, es ist Zeit in die Höhle des Löwen zurückzukehren. Was meinst du?«

Franziska seufzte. »Du hast natürlich Recht, einmal muss es ja doch sein.« Müde vom Faulenzen zog sie sich an. »Ich danke dir für den Nachmittag.« Sie nahm ihre Tasche, umarmte Eva herzlich und ging dann hinaus.

Das Auto ließ sie vorsorglich stehen, es waren zu Fuß sowieso nur wenige Minuten bis nach Hause. Tief atmete sie die frische Luft ein, steckte die Hände in die Tasche und schlenderte durch die Straßen. Die frische Luft befreite den Kopf. In Krisenzeiten gab es nichts Besseres als einen Spaziergang. Sie betrachtete die hell erleuchteten Häuser. Abends gefiel ihr der Ort ganz besonders gut. Sie stellte sich vor, dass die Familien jetzt beim Abendbrot oder Fernsehen saßen und wünschte sich plötzlich, ebenfalls jemanden zu Hause erwarten zu können, jemandem, dem sie ihre Sorgen erzählen würde, nicht allein zu sein – ein ungewohntes Gefühl.

Als sie das Haus erreichte, waren die Fenster dunkel und nur durch die Ritzen der alten Holztür drang der schwache Lichtschein aus dem Flur nach draußen. Anscheinend war niemand zu Hause. Gottseidank. Das Gästezimmer lag hinter dem Haus zum Garten hin, deshalb konnte sie von hier aus nicht erkennen, ob ein Licht brannte. Allerdings war kein Laut zu hören, als sie sich wie ein Dieb in der Nacht ins Haus schlich; sie vermutete, dass sie Glück hatte. Dennoch lauschte sie angespannt, als sie in die Garderobe huschte, wo sie den Mantel auszog. Zögernd blieb sie dann im Vorraum stehen, aber es war tatsächlich so still, dass sie es wagen konnte, in die Küche zu gehen um etwas zu trinken.

Immer noch vorsichtig und darauf bedacht, keinen Laut zu verursachen, öffnete sie die Tür zum Wohnzimmer. Im Kamin, der sich am Ende des Raumes gleich neben der Küchentür befand, war das Feuer fast gänzlich heruntergebrannt. Sie hatte sich angewöhnt, am späten Nachmittag das

Kaminfeuer anzuzünden, um ihren Kaffee vor dem knisternden Feuer zu trinken. Daniel unterbrach dann ebenfalls seine Arbeit und sie plauderten ein wenig miteinander. Der Lichtschein der Glut war mittlerweile so schwach, dass er kaum das Wohnzimmer erhellte. Der leichte Geruch des Zigarillos, den Daniel nach dem Kaffee stets rauchte, lag noch in der Luft, als sie in die Dunkelheit tappte.

»Ich dachte schon, du traust dich heute gar nicht mehr nach Hause.«

Der Schreck, den seine dunkle Stimme ihr einjagte, durchzuckte sie wie ein Schwert. Sie fuhr zum Sofa herum, in dessen Tiefen leicht eine Großfamilie Zuflucht finden konnte und in das er sich der Länge nach hineingelümmelt hatte. Obwohl das Sofa direkt vor dem Kamin stand, war es jedoch zu dunkel um Daniels Gesichtsausdruck erkennen zu können; lediglich der Aldi-Brandy, den sie auf seinen Wunsch hin besorgt hatte, funkelte im goldenen Schein des heruntergebrannten Feuers und in Daniels anderer Hand glühte rot ein Zigarillo.

»Was geht dich das an! Ist ja wohl immer noch meine Sache, wann ich nach Hause komme«, erwiderte sie schnippisch und hoffte, dass ihre Stimme nicht vibrierte. Dann stürzte sie zur Küchentür. Doch kurz bevor sie diese erreichte, nahm sie eine unverhoffte Bewegung aus der Sofaecke wahr. Ehe sie zu irgendeiner Reaktion fähig gewesen wäre, langte sein Arm beinahe lässig vor und hielt sie an ihrem weiten Pullover fest. Sie war gefangen.

Erneut wurde sie von einer heißen Welle erfasst. »Was soll das?« Wütend versuchte sie seine Hand abzuschütteln. »Lass sofort los! »

Endlich gelang es ihr sich zu befreien. Triumphierend betätigte sie den Drehknopf der Eichentür, doch sie hatte sich zu früh gefreut, denn jetzt schnellte er hoch. Erschrocken hielt sie die Luft an und im gleichen Moment war er bei ihr. Ihr Entsetzen steigerte sich jedoch zur Panik, als er seine beiden Arme um ihre Taille schlang. Der Zigarillo in seinem

Mund kam ihrem Haar gefährlich nahe. Franziska stemmte ihre Hände gegen seinen festen Brustkorb, doch er ließ nicht locker, sondern hielt sie weiterhin umschlungen.

Angesichts dieser Ungeheuerlichkeit machte ihr Herz einen Satz. »Du bist unglaublich! Du lässt mich auf der Stelle los, hab ich gesagt!«

»Und wenn ich es nicht tue?« Seine raue Stimme klang beunruhigend nah an ihrem Ohr und sein Atem, der ganz leicht nach Rauch und Cognac roch, streifte ihr Gesicht.

»Das ist ja lächerlich«, presste sie hervor und wagte endlich, den Blick zu heben, »und mach augenblicklich diese Zigarre aus!«

Seine Augen funkelten sie amüsiert durch den Rauch hindurch an und endlich nahm er aufreizend langsam mit der linken Hand den Zigarillo aus dem Mund, während sein rechter Arm sie weiterhin fest umschlungen hielt.

»Was ist dann?«, bestand er unnachgiebig auf eine Antwort.

»Dann was?«, fragte sie völlig verwirrt, weil sie plötzlich den Faden verloren hatte. Er sah schlichtweg unwiderstehlich aus, was natürlich nur an dieser verrückten Narbe lag, die ihn derart interessant aussehen ließ, und keineswegs daran, auf welche Art und Weise er herausfordernd auf sie hinunterblickte.

»Was ist, wenn ich dich nicht loslasse?«

»Dann wirst du staunen, wozu ich alles fähig bin«, stieß sie mit heiserer Stimme hervor.

»So sanft wie du aussiehst, bist du also tatsächlich nicht, hab ich Recht?«

»Nie gewesen! Und wenn du jetzt nicht sofort ....«

Weiter kam sie nicht, denn er neigte unvermittelt den Kopf und küsste sie mitten auf den Mund – ganz leicht zwar, aber immerhin.

Im ersten Moment war sie zu schwach um sich zu wehren – was nur damit zusammenhängen konnte, dass die Ereignisse des Tages zu viel für einen Menschen waren. Fieberhaft zerbrach sie sich den Kopf, wie sie reagieren sollte, als er ihren Mund auch schon wieder freigab – zu seinem Glück, sonst hätte sie sich vergessen.

Sie legte den Kopf in den Nacken und flüsterte, denn vielmehr als ein Flüstern brachte sie nicht zustande: »Du bist ja betrunken!«

Er grinste: »Nur ein bisschen. Nebenbei, du riechst nach Sherry!« Damit gab er ihr, ehe sie sich versah, einen leichten Stoß und sie plumpste – nicht sehr graziös – aufs Sofa.

»Also das ist ja wohl ...!« Sie schwieg entrüstet und beobachtete, dass er erneut das Glas mit dem Brandy ergriff, einen großen Schluck trank und sich dann neben sie setzte.

Unverzüglich rückte sie in die äußerste Ecke des Sofas. »Ich verlange sofort eine Erklärung für dein unmögliches Benehmen«, forderte sie entschlossen. Nun ärgerte sie sich auch noch über sich selbst, weil sie nicht so souverän wie sonst reagiert hatte.

»Ich habe dich geküsst«, kam die gedehnte Antwort. »Einfach so, aus Spaß. Zwei Menschen, gerne auch Mann und Frau, tun so etwas dann und wann. Du benimmst dich, als hättest du keine Erfahrung damit.«

Die freche Herausforderung brachte ihr Blut erneut ziemlich gefährlich an den Siedepunkt. »Red keinen Blödsinn«, fuhr sie ihn an. »Wo hast du überhaupt Frau Fußbahn gelassen?«

»Lisa ist für einige Tage zu ihrer Mutter gefahren,« erwiderte er beiläufig und mit wieder normaler Stimme. »Trinkst du einen mit?«, fragte er, hielt ihr ein Glas vor die Nase und goss es halb voll.

»Einen kleinen«, antwortete sie unwillig und nahm das Glas entgegen, wobei sie leicht seine Hand berührte.

Viel zu nah platzierte er seinen Arm hinter ihr auf die Lehne, was prompt zur Folge hatte, dass sich ihre Nackenhaare aufstellten. »Übrigens, ich bin dabei.«

»Wobei?«

»Beim Kirschkernweitspucken«, erwiderte er spöttisch.

Sie verzog das Gesicht und blickte ihn genervt an.

»Beim Wettbewerb natürlich!«, erklärte er und jetzt klang seine Stimme beinahe sanft.

Fast hätte sie sich verschluckt. Der Brandy brannte höllisch in ihrer Kehle. Entgeistert und mit tränenden Augen versuchte sie sein Gesicht zu erkennen. »Das kann nicht sein! Du weißt doch, dass der Umschlag bei Frau Theisen in der Wohnung liegt.«

Sein Gesicht verzog sich zu einem breiten Grinsen: »Frau Theisen ist eine Klassefrau, einfach super! Sie hat die Unterlagen für dich – oder besser für mich – abgegeben und mich dann vom Münchener Flughafen aus informiert. Sie rief in dem Moment an, als du so hektisch aus dem Haus gestürzt bist.«

»Was sagst du da?«, flüsterte Franziska, dann verstand sie. Erregt sprang sie auf: »Aber das würde ja bedeuten ... soll das etwa heißen, du hast die ganze Zeit davon gewusst?« Am liebsten hätte sie ihn bei den Schultern gepackt und geschüttelt, aber da man nie wissen konnte, wie dieser Mann reagierte, unterließ sie es. »Ja, weißt du überhaupt, was für einen Tag ich hinter mir habe?« Sie verschränkte die Arme vor der Brust und funkelte fassungslos und wütend auf ihn hinunter.

»Strafe muss sein!«, erwiderte er ungerührt.

»Strafe muss sein«, äffte sie ihn nach. »Das ist einfach ungeheuerlich. Ich gebe zu, dass es dumm von mir war ...«

»Das ist ja wohl leicht untertrieben«, fiel er ihr ins Wort.

»Trotzdem war es sehr unfair von dir, mir nichts zu sagen, als ich die Schlüssel holte. Ich ... ich hätte mir in der Zwischenzeit aus Verzweiflung was antun können und dabei wäre alles umsonst gewesen, du Scheusal!« Schwer atmend stand sie vor ihm und schüttelte den Kopf.

»Hör auf!« Er erhob sich ebenfalls.

Sie trat zur Sicherheit einen Schritt zurück und holte tief Luft, um mit ihrer Tirade fortzufahren; als er näher kam und die Hand auf ihren Mund legte.

»Reg dich doch endlich ab! Meine Güte, Franziska, anstatt froh zu sein, dass es so gelaufen ist. Inge Theisen fand den Umschlag, las den Aufkleber und erinnerte sich daran, was du gesagt hast. Sie begriff auf der Stelle, dass es wichtig war, diesen Termin einzuhalten, rief ihren Fahrer um kein Risiko einzugehen und sie fuhren schnurstracks zu der Adresse auf dem Umschlag. Als sie dich dort nicht fand, gab sie ihn an der richtigen Stelle, bei Herrn Jansen persönlich, ab. Später rief sie hier an und erklärte alles.«

Die Anspannung des Tages begann sich zu lösen. Franziskas Knie wurden weich und sie sank zurück aufs Sofa. »Du hast Recht, ich bin wirklich froh. So etwas Dummes ist mir noch nie passiert, das musst du mir einfach glauben.« Ihre Stimme schwankte und schnell nahm sie einen großen Schluck Brandy.

»Kann jedem mal passieren.«

»Hättest du mir denn geglaubt?«, fragte sie leise.

Er schwieg sekundenlang, dann gestand er räuspernd: »Ich weiß nicht, ich möchte einfach nicht mehr darüber nachdenken.«

»Jedenfalls wäre es kein guter Anfang für unsere Partnerschaft gewesen.«

»Ich schätze, da hast du Recht. Ich möchte mich übrigens ebenfalls für heute Morgen entschuldigen, ich war einfach furchtbar wütend.« Er setzte sich neben sie und jetzt wurden seine Augen sehr ernst. »Lass uns die Sache schnellstens vergessen.«

»Gern«, murmelte sie. Sie schwiegen und jetzt hatte ihr Schweigen nichts Beunruhigendes mehr, sondern war im Gegenteil beinahe vertraut. »Übrigens, wie geht es dem Patienten?«

Er fuhr sich mit der Hand durch seine dichte Haarmähne und seufzte: »Ihr Zustand hat sich ein wenig gebessert, aber sie ist noch nicht außer Gefahr. Man muss sich gedulden, meinen die Ärzte.«

»Aha«, sagte sie und wartete, dass er mehr erklärte. Sie wollte jedoch nicht aufdringlich erscheinen und neugierige

Fragen stellen, wenn er Lust hätte, würde er von allein darüber reden.

»Sie ist begeisterte Bergsteigerin und war mit ein paar Freunden in den Alpen unterwegs, sie stürzte ab und liegt jetzt in München mit schweren inneren Verletzungen im Krankenhaus, mehr weiß ich momentan nicht«, erklärte er schließlich mit belegter Stimme. »Ich werde morgen früh zu ihr fahren. Heute sagte man mir, ich könne doch nichts tun, es sei besser, ich warte hier. Wenn etwas passiert wäre, hätte man mich benachrichtigt.«

Franziska wagte nicht zu fragen, wer sie sei, und er erklärte es nicht näher.

»Ich werde morgen schon früh losfahren, du weißt also Bescheid. Und jetzt würde ich vorschlagen, wir gehen schlafen. Der Tag war lang genug. Ruh dich aus, du hast es sicher nötig«, scherzte er.

»Wohl wahr.« Sie verzog das Gesicht und warf ihm einen Seitenblick zu. »Obwohl du auch nicht gerade viel geschlafen zu haben scheinst, denn ich vermute, du bist mit deiner Arbeit erst in letzter Sekunde fertig geworden, hab ich Recht?«

»Ausnahmsweise.« Er stand auf und blickte sie an. »Und jetzt schlaf gut und denk daran, was ich dir gesagt habe.«

»Was sollst du gesagt haben?«

»Dass der Bessere siegen wird. Und der bin eindeutig ich.«

»Und dieser Ausspruch stammt eindeutig von mir«, protestierte sie entrüstet.

»Irrtum, er stammt natürlich von mir, aber das hast du wahrscheinlich schon wieder vergessen, nicht wahr?«, neckte er sie, öffnete schwungvoll die Tür und verschwand.

»Wirklich wichtige Sachen vergesse ich nie«, schickte sie trotzig hinterher, was er mit einem »Ha, ha« quittierte, worauf sie sich aufseufzend aus dem tiefen Sofa hiefte, um in ihr Bett zu fallen.

Waren die Ereignisse dieses Tages Traum oder Alptraum? Sie kam zu keinem vernünftigen Ergebnis. Das Beste war, ihn schlicht und einfach zu vergessen. Eines jedoch war klar und in nicht geringem Maße beunruhigend: Die anzüglichen Bemerkungen von Eva und Isabell begannen gefährlich Früchte zu tragen, denn sonst hätte sie niemals derart konfus und desorientiert auf seinen Kuss reagiert. Das sollte ihr doch zu denken geben.

6

Als sie am nächsten Morgen aufwachte, fühlte sie sich erfrischt und ausgeruht. Mit einem Satz sprang sie aus dem Bett, zog die Gardinen auf und öffnete das Fenster. Es goss in Strömen und sie gab sich dem herrlichen Gefühl hin, ihren Morgenlauf für heute zu schwänzen, das hatte sie sich schließlich nach dem gestrigen Tag redlich verdient. Sie würde den Vormittag verbummeln. Sie wusch sich, zog sich an und ging nach unten. Von Daniel war nichts zu sehen, er war also bereits auf dem Weg nach München. Lisa war bei ihrer Mutter – wunderbar, das Haus gehörte ihr allein.

Sie frühstückte und blickte in den Garten, der an diesem Vormittag grau und trist aussah. Sie liebte üppige Gärten, wenn auch die eigenen Resultate ihrer gärtnerischen Tätigkeit eher kläglich waren. Ihre Erfolge beschränkten sich darauf, dass sie im Sommer die Früchte von den Bäumen und Sträuchern erntete. Dieses Jahr jedoch, so nahm sie sich vor, würde sie endlich einmal selbst Marmelade herstellen, so, wie ihre Mutter es Jahr für Jahr getan hatte. Bis zum Sommer war noch Zeit.

Sie schlug die Zeitung auf und vertiefte sich in die Weltnachrichten. Seit ihrer Jugend interessierte sie sich für Politik. Früher hatte sie sich mit ihren Eltern, die diese Neigung stets gefördert hatten und ihrem Bruder heiße Rededuelle geliefert. Diese temperamentvollen Diskussionen hatte sie später oft vermisst. Seitdem jedoch Daniel nachmittags mit ihr vor dem Kamin Kaffee trank, konnte sie dieser Gewohnheit wieder nachgehen, denn er interessierte sich erfreulicherweise ebenfalls für Politik. Dann las sie die Lokalnachrichten.

Plötzlich stutzte sie. In der Nähe von Grafenau war ein Bauernhof eingestürzt. Wie durch ein Wunder war dem Mann, der ihn allein bewohnte, nichts passiert. Betroffen schaute sie sich das Bild neben dem Artikel genauer an. Kein Zweifel, es handelte sich tatsächlich um den Hof ihres alten Freundes, Josef Bachhuber.

Josef gehörte zu den ältesten Freunden der Familie. Er war derjenige, bei dem ihr Vater vor über dreißig Jahren die erste Unterkunft, die erste Arbeit und die erste freundschaftliche Zuneigung in Deutschland erfahren hatte. Die Familie hatte anfangs bei Josef gelebt, woran Franziska sich natürlich nicht mehr erinnern konnte, denn sie war zwei gewesen, als ihre Eltern für sie und ihren Bruder eine neue Wohnung in der Nähe von Josefs Haus bezogen. Josef musste jetzt weit über sechzig sein; sie hatte ihn längere Zeit nicht gesehen und wusste nicht, wie es ihm ging.

Aufgeregt nippte sie an ihrem Kaffee. Mit seinem Hof hatte Josef alles verloren, denn er war praktisch Selbstversorger und sie vermutete, dass er stets am Rande des Existenzminimums lebte. Früher hatte er als Holzarbeiter sein Geld verdient, nach einem Unfall, bei dem sein rechtes Knie steif geblieben war, hatte er diese Arbeit jedoch aufgeben müssen. Mit einer energischen Bewegung legte Franziska die Zeitung zur Seite, räumte rasch den Tisch ab und ging dann in die Garderobe.

Eines stand fest: Er benötigte dringend Hilfe.

Als sie nach zwanzigminütiger Fahrt vor der Absperrung zu seinem Hof, oder vielmehr dem, was übrig geblieben war, stand, kamen ihr die Tränen. Schon vor Jahren war die Scheune, der hintere Teil des maroden Gebäudes, eingestürzt und man hatte nicht das Geld besessen oder sich die Mühe gemacht sie wieder aufzubauen. Nachdem das Dach völlig zusammengebrochen war, war nicht mehr als eine Ruine übrig geblieben.

Franziska bemerkte, dass sich zur Zeit kein Mensch in der Nähe aufhielt. Angestrengt überlegte sie, wo er sein mochte. Lange brauchte sie nicht dazu, es blieb praktisch nur das Gasthaus. Und wenn er dort nicht war, wusste vielleicht der Wirt, wo er stecken konnte. Sie stieg erneut ins Auto und fuhr einige hundert Meter weiter zu einer unscheinbaren Gastwirtschaft an der Bundesstraße, in die sich nur wenige Touristen verliefen. Sie trat in die dämmrige Stube und erblickte Josef, den einzigen Gast an diesem Morgen. Hans Sailer, der Wirt, saß bei ihm. Josef, der bereits in jüngeren Jahren nie sonderlich gesund gewirkt hatte, sah an diesem Morgen erbärmlich aus. Franziska trat zögernd an den Tisch, auf dem aufgeschlagen die Zeitung lag.

»Ah, hast du's also schon gelesen«, begrüßte Josef sie, der ihr aus hellen Augen einen scharfen Blick zuwarf, ohne jede Spur des Erstaunens.

»Es tut mir so furchtbar Leid. Ich hab gerade erst davon erfahren. Grüß Sie, Herr Sailer.« Sie nickte in die Richtung des Wirtes.

»Mögen Sie auch einen Kaffee?«, fragte der und erhob sich sofort.

»Gern, aber besser ein komplettes Frühstück, wenn Sie haben. Ich bin einfach losgerast, als ich die Nachricht in der Zeitung las.«

»Komm her und setz dich. Gut schaust du aus.«

»Danke, aber du siehst nicht gut aus, Josef. Was ist geschehen? Ich bin so froh, dass dir nichts passiert ist.«

»Hat man mich doch noch nicht da oben haben wollen«, grinste er. »Wenn ich auch nicht genau weiß, wie's jetzt weitergehen wird.«

»Ich weiß es dafür umso besser«, sagte Franziska energisch. »Du kommst mit mir!«

Alles Weitere kostete sie genau drei Stunden – bis sie ihn endlich überredet hatte, nicht nur mitzukommen, sondern auch die nächste Zeit über bei ihr zu bleiben. Nach und nach hatte sie alles, was sie wissen musste, aus ihm herausgeholt. Eines stand fest: Dort wohnen konnte er erst mal nicht mehr. Angehörige gab es keine, seine Schwester, das wusste sie, war vor fünf Jahren gestorben. Ihm blieb nur die Möglichkeit, den Grund und Boden, der einiges wert war, zu verkaufen. Bis es so weit war, musste er jedoch schnellstens eine Unterkunft finden.

Gegen zwölf hatte Franziska es endlich geschafft. »Ich habe Platz für eine Großfamilie und zu dem könnte ich gut noch jemanden gebrauchen, der sich um den Garten kümmert. Außerdem hast du doch ein Händchen für Holz. Ich suche jemanden, der mir mit meinen Möbeln zur Hand geht.«

»Und was wird dieser – wie hieß er noch – dazu sagen?«, fragte Josef zum wiederholten Mal, doch Franziska, die wusste, wann sie jemanden besiegt hatte, wischte seinen Vorwand zufrieden zur Seite. »Dieser Mann heißt Daniel Föhr und hat gar nichts zu sagen. Außerdem, so übel ist er gar nicht, ihr werdet euch mögen«, erwiderte sie bestimmt.

»Sag, Josef, was hältst du denn von der Idee, samstags und vielleicht auch noch an anderen Tagen stundenweise im Geschäft zu arbeiten? Ich frag dich das jetzt nicht nur so, sondern weil wir tatsächlich dafür jemanden brauchen könnten.«

»Ja, und weil du das gute Herz deines Vaters geerbt hast«, erwiderte er mit einem verschmitzten Lächeln.

Franziska war froh, dass er den Schock über den Verlust seines Hauses so tapfer zu verkraften suchte und blickte gerührt zur Seite. »Dein Haus kann ich dir zwar nicht wiedergeben, aber ich werde alles tun, dass du, bis alles Weitere geklärt ist, eine Unterkunft hast«, erklärte sie mit belegter Stimme.

»Ah, das alte Gelump! Hab schon lang gewartet, dass mir der Segen runterkommt. Ein Glück, dass wir beim Hans seinen Geburtstag gefeiert haben. Sonst wär ich hin gewesen.«

»Sei bloß still«, befahl sie streng und wunderte sich, wie gelassen, beinahe heiter er den Verlust seiner Habe aufnahm. Ihr Erstaunen verwandelte sich jedoch in Erleichterung, als er sie bat, ihn zur Bank zu fahren. Also schien er wenigstens ein paar Mark auf der Bank zu haben. Sie zahlten und verließen den dämmrigen Gastraum. Nachdem sie einige Meter gefahren waren, parkte sie den Wagen.

»Soll ich mit hineingehen?«, bot sie ihm an, aber er schlug ihr Angebot selbstbewusst aus.

»Mit denen hab ich keine Probleme«, beruhigte er sie souverän und angesichts seiner verschmitzten Miene musste Franziska lachen. »Die kennen mich gut da drin. Hätte ich allerdings nicht gedacht, dass ich mal an das Geld von der rangehen müsste«, gestand er jetzt Franziska treuherzig und betrat dann, hocherhobenen Hauptes die Geschäftsstelle der Bank.

Sinnend schaute Franziska ihm hinterher. Sie hatte keine Ahnung, wovon er redete.

Als er wieder herauskam, strahlten seine Augen vor unverhohlenem Stolz. Er stieg erneut zu ihr ins Auto und begann zu erzählen.

»Die haben nicht schlecht gestaunt, als ich Zehntausend abgehoben hab. Sind sie von mir nicht gewohnt«, schmunzelte er. »Vor fünf Jahren war noch der alte Grabert der Chef. Der wollt mich übers Ohr hauen, aber dem hab ich's gezeigt. Nix da, Sparkonto, ihr mit euren Nullkommazwei Prozent könnt mich mal gern haben, hab ich ihm gesagt. Und dann hab ich die Gerda aus München herkommen lassen und da haben sie erst recht dumm geguckt. Die hat nämlich Aktien für mich gekauft. Du hättest gestaunt, wenn du die dämlichen Gesichter von den Bankmenschen gesehen hättest«, grinste er beinahe jungenhaft, wobei sich die zahlreichen Falten seines Gesichts noch vertieften.

»Josef, sei mir nicht bös, aber ich habe keine Ahnung, was du meinst.«

»Richtig, du weißt es ja nicht. Bei dem Abschiedsfest von deinen Eltern warst du ja nicht da. Übrigens, fand ich nicht gut, dass du gefehlt hast, wo es doch das letzte Mal war, dass deine Eltern ein Fest gegeben haben«, verwies er sie streng.

»Du hast Recht, aber ich hatte meine Gründe«, entschuldigte sich Franziska und wartete darauf, dass er fortfuhr.

»Na ja, ich hab doch all das Geld von Erna, meiner Schwester, geerbt. Du weißt, dass sie vor fünf Jahren gestorben ist. Und ihr Mann, der Fritz, der hat mit seinen Immobilien ein Saugeld verdient. Na, jedenfalls gehört der ganze Ramsch jetzt mir.«

»Ein Glück für dich. Ich freu mich«, versicherte Franziska lächelnd. »Vor allem freu ich mich, dass du es tatsächlich auf die Bank gebracht und nicht unterm Kopfkissen versteckt hast«, neckte sie ihn.

»Nix da, Kopfkissen, ich bin doch nicht blöd«, sagte er zufrieden. »Aktien, mein Mädchen, musst du kaufen, wenn man schon ein Geld hat. Und jetzt fährst du mich zum Weinzierl, damit ich mir was Gescheites zum Anziehen kaufe, damit du dich wegen mir nicht schämst.«

»Wie kannst du so etwas sagen«, murmelte Franziska. »Trotzdem eine gute Idee, denn in dein Haus kannst du in nächster Zeit sowieso nicht.«

»Wo du Recht hast, hast du Recht«, stimmte er ihr sachlich zu, »und jetzt setzt du dich in ein Café, denn es kann ein bisschen dauern, bis der Josef Bachhuber sich fein gemacht hat«, sagte er und sie ließ sich nicht lange bitten.

Auf dem Rückweg erzählte er, wie er an Gertrud Bauer, seine Finanzberaterin, gekommen war. »Eine Frau, vor der man nur Respekt haben kann«, teilte Josef ihr ernsthaft mit. »War mit Erna, meiner Schwester, befreundet. Eines muss man Erna, der alten Schachtel, lassen, mit Geld wusste die umzugehen. Sie und ein paar Freundinnen hatten ihre armen Ehemänner beerbt und die Groschen immer zusammengehalten. Und als sie so dastanden, nachdem sie die Armen ins Grab gebracht hatten ...«

»Josef!«, fuhr Franziska gespielt entsetzt dazwischen und Josef hob entschuldigend die Hand.

»Also gut, das Letzte nehm ich zurück. Sie überlegten also, wohin mit all der Herrlichkeit und dann haben sie sich schlau gemacht, Zeitungen gelesen, irgendeinen Kursus besucht und dann haben sie ihr Vermögen gemacht, dass du nur staunen kannst.« Aus seiner Stimme klang eindeutig Hochachtung und Franziska fragte, woher er das alles wisse, da er doch nie näheren Kontakt zu seiner Schwester gepflegt hatte.

»Na, die war auch wirklich eine Schreckschraube, da kannst du mal sicher sein. Aber wie sie mir das ganze schöne Geld vermacht hat, hat sie mir einen Brief dazugelegt und mir die Sachlage erklärt. Und da ich keine Ahnung hatte, was man mit so viel Geld macht, hab ich mir gedacht, gehst du also mal zu dieser Gerda. Tja, und was soll ich sagen? Die kam dann doch tatsächlich her.« Man merkte, dass er es bis heute nicht fassen konnte, dass eine Freundin seiner Schwester zu einer solchen Tat fähig war. »Ich kann sie nicht leiden und sie mich auch nicht«, erklärte er sachlich und Franziska grinste. »Sie erinnert mich verteufelt an meine Schwester, aber mit Geld, das muss man ihr lassen, da hat sie was auf dem Kasten, mein lieber Mann! Jedenfalls hat es sich in den letzten Jahren ganz nett vermehrt«, gab er bekannt und lehnte sich zufrieden im Autositz zurück.

»Das hört man gern. Also werden wir ja kaum Probleme haben, dir auf Dauer etwas zu suchen, wo du leben wirst. Und da ich Architektin bin, kann ich dir ein wunderschönes Häuschen bauen, wenn du willst.«

»Eh klar«, brummte er, dann schloss er die Augen um ein Nickerchen zu machen und Franziska überlegte, wo sie ihn unterbringen konnte. Eigentlich blieb nur der kleine Raum oben, der neben ihrem Bad lag. Es war zwar kein besonders großes Zimmer, besaß jedoch ein Duschbad. Früher war es das Zimmer ihres Bruders gewesen. Seine alten Möbel standen noch darin und es bot sich geradezu an, Josef für die nächste Zeit eine Bleibe zu sein.

Nachdem sie zusammen mit Josef die nötigsten Kleinigkeiten besorgt hatte und ihm beim Einrichten seiner neuen Wohnung geholfen hatte, fühlte sie sich ein wenig müde und beschloss ein Bad zu nehmen. In diesem Moment klingelte das Telefon.

»Hallo, Franziska, wo hast du gesteckt, ich wollte gerade auflegen?«, erklang die tiefe Stimme von Daniel.

»Grüß dich. Ich war oben und musste ins Büro rennen. Es wird Zeit, dass ich oben auch einen Anschluss bekomme«, erwiderte sie ein wenig atemlos. »Na? Wie geht's?«

»Nicht gut.«

»O, das tut mir Leid«, murmelte sie mit leichtem Bangen.

»Sie ist vor anderthalb Stunden gestorben.«

»O, nein!«

»Ich muss also hier bleiben. Ich bin der Einzige, der die Angelegenheit regeln kann.«

Er räusperte sich und Franziska wartete ruhig, dass er weiter erzählte. Immer noch verschwieg er, wie er zu der Person stand, und sie traute sich nicht ihn zu fragen.

»Es wird einige Tage dauern. Ich hab hier einiges zu klären, also, du weißt Bescheid.«

»Ja«, murmelte sie, »und, Daniel, wenn ich dir helfen kann, sag es ruhig.«

»Möglicherweise«, erwiderte er vage und erneut wartete sie, dass er sich näher äußerte, aber er dachte nicht daran, sondern beendete kurz darauf das Telefonat. Erst nach dem Gespräch wurde ihr bewusst, dass sie Daniel gar nicht über ihren neuen Untermieter informiert hatte, aber wahrscheinlich würde ihn das jetzt auch nicht interessieren.

Die nächsten Tage gestalteten sich ruhig. Sie zeigte Josef stolz ihr Geschäft, machte ihn mit Eva bekannt und nach und nach fügte er sich in seine neue Umgebung ein. Sie spürte, dass es ihm Spaß bereitete, mit ihr das Geschäft herzurichten. Er beteiligte sich mit stiller Freude an den abschließenden Renovierungsarbeiten und ging ihr zur Hand, um die restlichen, von ihr bemalten Tabletts mit einem Schutzanstrich zu versehen. Sie hatte keine Zweifel, dass er den Samstagmorgen allein im Geschäft ohne Mühen meistern würde.

Sie hatten beschlossen, dass Josef sich Zeit genug lassen konnte, das geeignete Abrissunternehmen zu finden, denn dank seines Vermögens konnte er beruhigt in die Zukunft schauen. Ebenfalls ließ er sich Zeit einen Makler ausfindig zu machen. Das Grundstück war annähernd dreitausend Quadratmeter groß und die Lage war ausgezeichnet, so dass es beim Verkauf kaum Probleme geben würde.

Sonntagabend gegen zwanzig Uhr – Josef hatte sich bereits auf sein Zimmer zurückgezogen und sah fern – vernahm sie das vertraute Geräusch an der Haustür. Das konnte nur Daniel sein! Sie stand eilig von der Couch auf und ging in den Flur. Sie freute sich über seine Rückkehr und fürchtete sich gleichzeitig ein wenig vor dem Wiedersehen. Mit zwiespältigen Gefühlen öffnete sie die Tür zur Diele – und blieb abrupt stehen.

Daniel stand in der Eingangstür und hielt eine Tragetasche in den Händen, aus der eindeutig energisches Babygeschrei zu hören war. Verdutzt trat sie näher, warf einen kurzen Blick auf die Tasche und hob den Kopf. Er erwiderte ihren Blick stumm und ziemlich übermüdet, wie man an seiner blassen Gesichtsfarbe, auf die das diffuse Außenlicht dunkle Schatten warf, erkennen konnte und wirkte tatsächlich ein wenig verlegen.

»Wen bringst du denn da mit?«, fragte sie und betrachtete mit einem Lächeln das Gesichtchen in der Tragetasche. »Süß! Und es ist ja gerade mal ein paar Wochen alt«, rief sie erfreut, »wie niedlich!«

»Genau einen Monat und zwei Tage«, erwiderte er statt

eines Grußes und rührte sich nicht. »Und es handelt sich um meinen Sohn.«

Sie hörte sich einen Überraschungslaut ausstoßen, beugte sich erneut über das Baby und blickte dann wieder zu Daniel. »Das nenn ich eine wirkliche Überraschung. Gratuliere. Und wie heißt dein Sohn?«

»Er heißt Daniel.«

»Daniel junior«, sagte Franziska automatisch. »Aber er scheint es nicht sehr behaglich zu finden, kein Wunder bei dem Wetter.« Sie hielt die Tür auf, damit Daniel endlich hereinkäme, denn das Haus besaß kein Vordach und der heftige Regen, der vor einer Stunde eingesetzt hatte, traf die ungeschützte Babytasche mit voller Wucht.

Endlich rührte er sich, ging wortlos an ihr vorbei ins Wohnzimmer und stellte die Tasche auf die Couch, gegenüber dem Kamin.

Vater, Mutter, Kind, und Opa guckt oben fern – nun sind wir komplett, fuhr es Franziska ironisch durch den Kopf. Sie folgte ihm langsam. »Unverhofft kommt oft«, bemerkte sie amüsiert und ließ sich neben die Babytasche auf das Sofa sinken. Mit einer zärtlichen Bewegung nahm sie die winzige Faust, die sich prompt um ihre Finger schloss. Das Baby hörte für einen Moment auf zu schreien. »Und wo, bitteschön, ist die Mama?«

»Sie ist tot.«

Entsetzt machte Franziska eine unbedachte Bewegung mit der Hand, worauf das Baby vor Schreck erneut zu schreien begann. »O mein Gott, wie schrecklich! Entschuldige, ich bin unmöglich, aber ich habe nicht ... ich ... es tut mir so Leid, das arme Baby.« Sie beugte sich hinunter, schob die flauschige Decke beiseite und nahm es hoch. »O, du Armes.« Sie spürte, wie ihr die Tränen kamen. »Du bist also der Vater?!«, wiederholte sie ein wenig unbeholfen.

»Ja«, kam die Antwort lapidar und sie durchfuhr ein entsetzlicher Gedanke.

»Handelte es sich um deine Frau bei der Toten?«

»Nein.«

Also waren sie nicht verheiratet gewesen und gramgebeugt sah Daniel auch nicht gerade aus. Aber es schien, als gäbe es niemanden, der für den Winzling jetzt sorgte. Franziska war stumm vor Verlegenheit und unfähig, ihren Gefühlen Ausdruck zu verleihen. Selbst das Knistern des Kaminfeuers trug nicht dazu bei, die Kälte, die sie plötzlich verspürte, zu vertreiben. »Hast du etwas mit?«, fragte sie endlich mit belegter Stimme, »ich meine, hast du alle Flaschen mit, ich fürchte Daniel Junior hat Hunger.«

»Ja, in der Tasche. Würdest du ihn noch einen Moment halten, solange, bis ich die Flasche hergerichtet habe?«

»Natürlich«, versicherte sie schnell.

Daniel nahm die Schultertasche, öffnete sie und bereitete dann geschickt die Flaschenmahlzeit. Währenddessen trug Franziska seinen Sohn summend und in den Armen wiegend in der Küche herum. Dann nahm Daniel ihr Junior wieder ab und gab ihm die Flasche. Still beobachteten sie, wie das Baby zügig und gierig trank. Dann nahm er es so, dass sein Köpfchen auf der Windel, die er sich zum Schutz über die Schulter gelegt hatte, ruhte und ließ es sein Bäuerchen machen.

»Hast du ein Bettchen dabei?«, erkundigte sich Franziska leise.

»Alles im Auto. Ich muss es nur noch zusammenbauen. Zum Glück schläft er dank der Flasche schnell ein.«

Franziska sah Daniel bittend an: »Komm, gib ihn mir noch mal.«

Daniel erfüllte ihr den Wunsch und behutsam ergriff sie das kleine Bündel. Sie schnupperte. »Hm, er duftet.«

»Ich werd erst das Bett aufbauen, dann wickel ich ihn.«

Sie musste lächeln. »Das meine ich nicht. Ich finde den Duft, den die Babys verströmen, so schön.«

»Hm, den meinst du, ja, du hast Recht«, murmelte er und trug die Babytasche hinüber in sein Zimmer. Franziska folgte ihm und genoss das Gefühl des weichen zarten Etwas in ihren Armen. »Geh nur, ich schaff das schon.«

Daniel ging hinaus und holte alle notwendigen Sachen herein – und Franziska staunte, was so ein kleines Menschenkind schon alles brauchte. Geschickt baute er das Bettchen auf, wickelte seinen Sohn und kurze Zeit später befand sich Daniel junior, der alles ohne Protest über sich ergehen ließ, selig schlummernd darin. Leise verließen sie das Zimmer – die Türen ließen sie zur Sicherheit offen stehen –, und dann setzten sie sich aufatmend in der Küche an den Tisch.

Endlich begann er zu erzählen.

»Tina und ich kannten uns seit wir Kinder waren. Ihre und meine Eltern waren befreundet, und ...«

»Wo sind ihre Eltern jetzt?«

»Ihre Mutter starb vor drei Jahren und ihr Vater liegt mit Alzheimer in einem Heim in München. Es geht ihm sehr schlecht, er weiß nicht, dass seine Tochter ein Kind hatte, er hat noch nicht einmal begriffen, dass seine Tochter tot ist.«

»O, der Ärmste«, sagte Franziska mitfühlend. »Ist genug Geld da? Kümmert sich jemand um ihn?«

»Ein jüngerer Bruder und ja, das Finanzielle ist geregelt.«

»Und du? Ist das mit der Vaterschaft ebenfalls geregelt?«

»Ja. Tina hat gleich nach der Geburt auf mein Drängen hin alle notwendigen Schritte unternommen, Gottseidank. Zum Glück ging jetzt alles schnell und unbürokratisch über die Bühne. Daniel ist vor dem Gesetz mein Sohn, ich habe das Sorgerecht und er wird für immer bei mir bleiben«, erklärte er energisch, wobei er ihr einen forschenden Blick zuwarf.

Franziska musste unwillkürlich lächeln, angesichts des kämpferischen Muts, der im Hintergrund seiner Augen lauerte. »Allein erziehender Vater – keine leichte Aufgabe, die da auf dich zugekommen ist. Das Baby tut mir Leid – ich meine, weil es doch seine Mutter verloren hat.«

Wieder fuhr er sich mit einer seiner typischen Gesten durch das Haar und schüttelte leicht den Kopf. »Er ist ja noch klein, ich glaube nicht, dass er wirklich darunter leiden wird.«

Sie schwieg und überlegte, ob sein Sohn es nicht doch spürte, wenn seine Mutter plötzlich nicht mehr da war – und ob der Verlust nicht tatsächlich später Auswirkungen zeigen würde. Niemand konnte es wissen. Diese Zweifel würde sie Daniel allerdings nicht verraten, dazu war jetzt nicht der richtige Zeitpunkt. Man konnte nur mit viel Liebe dafür sorgen, dass sein Sohn so wenig wie möglich darunter leiden würde.

»Wir werden das Kind schon schaukeln«, erklärte sie entschieden, um dann erschrocken innezuhalten: »Entschuldige, ich bin unmöglich. Es tut mir sehr Leid, dass du deine ... dass du Tina verloren hast, auch wenn ich sie nicht kenne, aber ich kann mir denken, dass es schrecklich für dich ist«, fügte sie hastig hinzu.

Er schüttelte leicht den Kopf. »Tina und ich waren kein Liebespaar, wenn du das meinst. Wir waren nichts weiter als gute Freunde. Mit der einzigen Besonderheit, dass wir einen gemeinsamen Sohn haben.«

Franziska schwieg.

Daniel stand auf und fragte. »Möchtest du auch etwas trinken?«

»Ja, eine Weinschorle bitte.«

Er nahm das Mineralwasser aus dem Kühlschrank. Fragend drehte er den Kopf. »Käse?«

Sie nickte und er stellte die Käseplatte zusammen mit der Weinflasche auf den Tisch. Während er die Gläser holte, öffnete Franziska den Wein.

Sie tranken die Weinschorle und aßen dabei den mildwürzigen Allgäuer.

»Ich bin nur der biologische Vater«, nahm Daniel das Gespräch auf, »wenn du weißt, was ich meine«, fuhr er mit belegter Stimme fort.

Stumm nickte sie.

»Eigentlich war es nur so gedacht, dass ich ihr meinen Samen zur Verfügung stelle und der Rest mich nichts angeht.«

Franziska verschluckte sich und wischte sich dann die Tränen aus den Augen. »Sag das noch mal. Heißt das, ihr habt nur so …? Also lediglich, um ihr zur Mutterschaft zu verhelfen?«

Er schenkte ihr ein schiefes Grinsen. Die Narbe in seinem Gesicht leuchtete weiß und sie entdeckte die tiefen Ränder unter seinen Augen, die sofort wieder ernst blickten. »Tina und ich waren nie ineinander verliebt. Wir kannten uns gut, waren beinahe wie Geschwister aufgewachsen. Ehrlich gesagt habe ich sie im Verdacht, dass sie sich gar nicht für Männer interessierte.«

»Sie war lesbisch mit anderen Worten.«

»So direkt will ich es nicht sagen. Sie hatte, glaube ich, ein, zwei Freunde, aber sie gehörte nicht zu den sehr weiblichen Frauen.« Er fuhr sich durchs Haar und trank einen großen Schluck Weinschorle, schenkte das Glas sofort wieder voll und verschränkte die Arme vor der Brust. »Eines Tages kam sie zu mir, stellte sich vor mich hin und sagte, dass sie nicht gedenke zu heiraten, aber, da sie mittlerweile zweiunddreißig sei und die biologische Uhr ticke, sich ein Kind wünsche. Ohne Mann selbstverständlich.«

»Selbstverständlich!«, wiederholte Franziska ironisch, der ein solcher Gedanke fürchterlich erschien, aber sie hielt den Mund.

»Und da sie mich durch und durch kenne …«

»… und schätze«, konnte Franziska sich nicht zurückhalten, frech dazwischenzufahren.

»… und schätze, jawohl«, bekräftigte er beinahe trotzig, »habe sie sich mich als Vater ihres Kindes ausgesucht.«

»Woraufhin du ihr dein bestes Stück samt Inhalt postwendend zum Geschenk machtest«, führte Franziska zu Ende, dachte dann jedoch an den Ernst der Lage und fügte, wenn auch ein wenig verspätet, ein »Entschuldige!«, hinzu.

»Was ich, ob du es nun glaubst oder nicht, damals als ziemliche Ehre empfand«, gab er seufzend zu.

»Ach du liebe Güte!« Spöttisch betrachtete sie ihn. In seiner Miene zeigte sich ein Ausdruck, der irgendwo zwischen Selbstmitleid und Ratlosigkeit angesiedelt war und der sie beinahe zum Lachen gebracht hätte. »Man sollte sich eben im Voraus überlegen, wem man was zum Geschenk macht«, entfuhr es ihr, was ihr einen ziemlich wütenden Blick eintrug.

»Zum Witzereißen ist jetzt tatsächlich nicht der richtige Zeitpunkt, meinst du nicht auch?«

Sie nickte zahm; im Stillen gab sie ihm natürlich Recht.

»Ich empfand es tatsächlich als Geschenk – für sie, natürlich.«

Franziska schlug die Augen rollend zur Decke.

»Es schien alles so einfach und auch so klar, völlig unkompliziert eben«, fuhr Daniel, der in sein Glas starrte, fort. »Als es dann so weit war, verzichtete sie auf jegliche Unterhaltsansprüche, lediglich die Vaterschaft hatte ich anzuerkennen, was ich natürlich auch tat. Das Komische ist, dass sie noch vor der Geburt von Daniel ihr Testament machte. So, als hätte sie ihr Ende geahnt«, fügte er nachdenklich hinzu.

Franziska schluckte. Diese Frau, die ihr angesichts ihres egoistischen Wunsches nicht sonderlich sympathisch war, tat ihr dennoch Leid. Sie war schließlich gerade einmal zweiunddreißig gewesen, als sie starb. Da hatte sie nun das Kind bekommen und dann war alles zu Ende. Und am schlimmsten war es für das Baby, das keine Mutter mehr hatte, ja anscheinend niemanden auf der Welt hatte. Außer Daniel.

»Sie verlangte von mir, dass ich mich um das Kind zu kümmern hätte, wenn ihr etwas zustöße. Natürlich sagte ich zu, erstens, weil ich rechtlich dazu verpflichtet war, zweitens, weil ich es sowieso getan hätte, ist doch selbstverständlich, und drittens ...«

»Weil du nicht mit ihrem Tod gerechnet hast«, führte Franziska mit leiser Stimme zu Ende.

Wieder schwiegen sie.

Er legte den Korkenzieher, mit dem er die ganze Zeit gespielt hatte, auf den Tisch und hob den Kopf. »Es wird schwierig in der nächsten Zeit für mich werden – und für Daniel. Willst du uns helfen?«

Sie erwiderte ernst seinen Blick und sagte: »Aber natürlich, wozu hat man schließlich Freunde.«

Jetzt lächelte er sie an und seine Augen strahlten dabei so warmherzig, dass sie beinahe gerührt war.

»Das ist ein Wort«, sagte er leise.

»Und den passenden Opa kann ich auch gleich hinzuliefern«, bemerkte sie. »Der wird sich vielleicht freuen. Wundert mich, dass er noch nicht unten ist, aber womöglich ist er über seinen neuen Fernseher eingeschlafen. Ja, da staunst du, nicht wahr?«, grinste sie befreit, amüsiert über seinen erstaunten Gesichtsausdruck und froh, dass die Traurigkeit für einen Moment ausgeschlossen war, »du siehst, nicht nur du kannst mit Überraschungen aufwarten.« Und dann erzählte sie.

Als sie geendet hatte, lehnte Daniel sich bequem zurück und kibbelte mit dem Stuhl so sehr, dass sie einen Moment fürchtete, er könnte hintenüber fallen. »Dann sind wir ja komplett.«

»Na ja, so ähnlich kann man es ausdrücken. Übrigens, um den Garten will er sich auch kümmern, das wäre er schon meinem Vater schuldig, hat er gesagt. Und außerdem ist er ein prima Koch, du wirst begeistert sein.«

»Vor allem ist er ein Mann«, stellte Daniel befriedigt fest, »so dass wir zu zweit sind und somit zumindest eine winzige Chance haben, uns gegen dich durchzusetzen.«

»Rechnen war noch nie deine Stärke, wie man sieht. Ihr seid zu dritt, ich Ärmste. Du vergisst deinen süßen Sohn«, korrigierte sie ihn lächelnd. »Und jetzt, lieber neugeborener Vater, geh ich schlafen, der Tag war anstrengend.« Sie stand auf. An der Tür blieb sie stehen: »Die Nacht ist kurz, schätze ich mal, hab ich Recht?«

Er stand ebenfalls auf, nahm die Gläser und räumte sie in

die Spülmaschine. »Die Nacht ist mitnichten kurz. Daniel schläft dank der Flasche durch«, gab er mit väterlichem Stolz zur Antwort.

»So viel Glück hast du gar nicht verdient«, neckte sie ihn, woraufhin er sich umdrehte und ihr spielerisch das Haar verwuschelte, bevor sie zur Küchentür hinausging.

»Sei nicht so frech.«

Mit einem kleinen Lächeln auf den Lippen ging sie versonnen nach oben. So viel also zu ihrem neuen Leben auf der Suche nach Ruhe und Selbstfindung. So wie die Dinge lagen, geriet dieses Bestreben zur Zeit ein wenig ins Hintertreffen, ein Umstand, der sie jedoch kein bisschen störte.

7

Am nächsten Morgen gab es ein großes Hallo. Wie erwartet, verstanden sich Daniel und Josef auf Anhieb. Josef nahm unbefangen das Baby in seine großen rauen Hände und schaukelte es vorsichtig auf seinem gesunden Knie, was ihm sichtlich Spaß machte und dem Baby sowieso. Zum Glück stand im Gästezimmer genügend Platz zur Verfügung, so dass das Bettchen und eine Wickelkommode hineinpassen würden. Diese würde Daniel noch heute auf Franziskas Drängen hin Hans in Auftrag geben.

Franziska war allein in der Küche. Daniel war im Nebenzimmer mit seinem Sohn beschäftigt und Josef hatte sich zu einem Rundgang in den Ort aufgemacht. Hoffentlich hatte Daniel nicht bemerkt, wie sie ihn angestarrt hatte. Wie ein Pirat hatte er ausgesehen, mit den dunklen tief liegenden Augen, unrasiert und mit verwuschelten Haaren. Sie grinste, dieses Aussehen hatte er natürlich nur einer Nacht zu verdanken, deren Ruhe des Öfteren unterbrochen worden war.

Nachdem sie sich eine letzte Tasse Kaffee eingegossen hatte, vertiefte sie sich in die Zeitung.

Plötzlich wurde sie von einem Klopfen an der Scheibe gestört. Sie hob den Kopf und entdeckte die schlaksige Gestalt von Tom im Hof. Erfreut ging sie zur Tür um ihm zu öffnen.

»Guten Morgen, komm rein. Das ist aber schön, dass du dich blicken lässt. Wir haben gerade erst gefrühstückt. Magst du auch eine Tasse Kaffee?«

»Natürlich, immer. Bei uns geht es zu wie im Taubenschlag, ist nicht zum Aushalten. Ich hab mich erst mal verdrückt. Mutter ist natürlich vollkommen in ihrem Element.«

»Na, da bist du bei uns ja gerade richtig, komm setz dich«, befahl sie gut gelaunt. »Mir geht's gut. Und ich hab Neuigkeiten, du wirst staunen, das schwör ich dir.«

»Prima, schieß los. Wo hast du übrigens die umwerfende Lisa gelassen?«

»Lisa ist für ein paar Tage zu ihrer Mutter gefahren. Eigentlich hatte ich sie längst zurückerwartet, aber wahrscheinlich hat Daniel sie über die neue Lage informiert«, kicherte Franziska, »und sie hat ihre Meinung geändert. Keine Ahnung, ob sie rechtzeitig zu deinem Fest da sein wird, ob sie überhaupt noch einmal herkommt. Sie hat dir wohl gut gefallen, die schöne Lisa?«, neckte sie ihn.

»Hör ich da Eifersucht heraus?«

»Aber nicht doch, so was ist mir völlig fremd«, widersprach sie scheinheilig. Dann begann sie auszführlich zu berichten, was vorgefallen war.

»Donnerwetter, hätte ich diesem Daniel gar nicht zugetraut.«

»Nicht wahr? Er ist nebenan und wickelt sein Baby, vielleicht siehst du es gleich noch, es ist ganz süß«, schwärmte sie und meinte es ehrlich. »Und was machst du denn heute Schönes?«

»Weiß noch nicht, das Wetter ist ja hundsmiserabel. Bleibt mir wohl nichts anderes übrig als meiner Mutter zu helfen. Hast du für heute was Besonderes vor?«

»Nein, heute Morgen habe ich frei.«

»Wieso frei, was arbeitest du denn?«

Franziska erzählte ihm von ihrem geplanten Geschäft und natürlich von dem Architektur-Wettbewerb. Ich muss unbedingt Herrn Jansen anrufen, fuhr es ihr durch den Kopf, vielleicht kann er uns etwas Konkretes sagen. Außerdem wollte sie Inge Theisen besuchen, um sich bei ihr zu bedanken und ihr einen dicken Blumenstrauß vorbeizubringen.

Als sie Tom von ihrer Möbelmalerei vorschwärmte, sagte er: »Mutter hat schon darüber berichtet. Finde ich gut. Schaffst du sicher«, murmelte er, verputzte dann zwei Semmeln und trank die Kaffeekanne halb leer.

»Bist du nun endlich satt?«, neckte sie ihn und klopfte ihm anzüglich auf den Bauch. »Sag mal, hast du nicht Lust mit mir spazieren zu gehen? Könnte dir nicht schaden!«

»Bei dem Regen? Willst du mich umbringen?«, kam die entsetzte Reaktion.

In dem Moment öffnete sich die Tür und Daniel erschien wieder in der Küche, den frisch gewickelten Daniel junior im Arm: »Warum sollst du umgebracht werden?«, erkundigte er sich mit kleinen, vor Müdigkeit blinzelnden Augen.

»Franziska will unbedingt bei dem Sauwetter spazieren gehen!«

»Auf so was kann auch nur sie kommen!«

Sie blinzelte ihn mutwillig an: »So wie du aussiehst, könnte dir etwas frische Luft auch nicht schaden.«

»Sehr freundlich, danke, schöne Frau!« Daniel setzte sich an den Tisch. »Da die Lady anscheinend mit unserem Aussehen nicht zufrieden ist, sollten wir vielleicht tatsächlich etwas für unsere Fitness tun, was meinst du, Junior?« Er tätschelte zärtlich die Wange seines Sohnes. »Wozu ist man schließlich sein eigener Chef.«

»Also komm mit! Ein bisschen frische Luft schnappen wird vor allem Klein-Daniel gut tun.« Sie stand auf. »In einer Viertelstunde bin ich fertig.«

»Ich muss auch noch duschen«, brummte Daniel, »Könntest du dich vielleicht so lange um meinen Sohn kümmern?«, wandte er sich an Tom.

»Wird gemacht.«

Nach einer Viertelstunde verließen sie gemeinsam das Haus. Draußen schob Daniel zu Beginn den Kinderwagen, überließ ihn dann jedoch großzügig Franziska. »Jeder wird mich für die Mutter halten«, witzelte sie angesichts ihrer dunklen Hautfarbe, was Daniel als Aufforderung zu verstehen schien. Er legte ihr den Arm um die Schultern und sie marschierten los. Nach einiger Zeit nahm der Sturm an Stärke ab und der Regen hörte auf. Tom und Daniel unterhielten sich angeregt über Eishockey, bis Franziska protestierend die Fachsimpelei unterbrach.

»Stimmt, Tom«, gab Daniel großherzig nach, »schöne Frauen soll man nicht langweilen!«

»So ist's recht!« Franziska funkelte ihn übermütig an und genoss das angenehme Gefühl, das die Wärme seines Körpers ihr vermittelte. »Du scheinst gute Lehrmeisterinnen gehabt zu haben.«

»Man gibt sich Mühe«, schmunzelte er, »und mit der Zeit lernt man.«

»Wie schön, wenn dann und wann was hängen bleibt, obwohl längst nicht alle zu den Überfliegern gehören. So ist unsere Arbeit doch nicht vergebens«, stellte sie übermütig fest. Zufrieden, beinahe glücklich marschierte sie zwischen den beiden Männern, bis sie nach zwei Stunden wieder zu Hause ankamen.

An der Straße vor dem Tor zum Hof sah Tom Franziska fragend an: »Kommst du noch mit rauf? Mutter freut sich bestimmt, wenn du bei uns zu Mittag isst.«

»Franziska, es tut mir Leid, aber würde es dir etwas ausmachen, wenn du hier bliebest und dich noch ein, zwei Stunden um Daniel kümmertest? Ich habe Josef versprochen, ihn nach Zwiesel zu fahren, und das kann ich schlecht mit dem Baby.«

»Natürlich mache ich das gern. Aber ich könnte Daniel

doch mit zu Isabell nehmen. Ich weiß, dass sie sich darüber freuen würde«, versuchte sie ihn umzustimmen.

»Nein, ich möchte nicht, dass er jetzt schon so herumgereicht wird«, entschied der Vater energisch und öffnete die Hoftür. Obwohl Franziska absolut nicht der Meinung war, dass das dem Baby schaden könnte, widersprach sie nicht. Schließlich hatten die beiden ziemlich viel mitgemacht. »Vielleicht ein andermal, Tom«, antwortete Franziska, während Daniel sie auffordernd ansah, damit sie ihm mit dem sperrigen Kinderwagen die Stufen hinunter in den Hof half. Ohne sich weiter um den verdutzten Tom zu kümmern, ging er zur Haustür. Franziska schloss auf und hielt ihm die Tür auf.

Schwankend zwischen Ärger und Verwunderung zog Franziska den Mantel aus und folgte ihm ins Wohnzimmer. »Du brauchst dir keine Sorgen zu machen. Einem Baby, das bereits ein paar Wochen alt ist, schadet es durchaus nicht, wenn es mit anderen Menschen zusammen gebracht wird. Das tut ihm gut und lässt gar nicht erst Scheu aufkommen.«

»Und ich sagte, ich möchte nicht, dass man es jetzt schon überall mit hinschleppt.«

»Na gut, du bist der Vater.«

Die Wohnzimmertür öffnete sich und Josef trat in den Flur. »Na, ihr Zwei, wo habt ihr denn gesteckt?«

»Wir waren spazieren«, erwiderte Daniel kurz. »Von mir aus können wir jetzt losfahren.«

»Gut, ich bin fertig.«

»Franziska, ich denke, in zwei Stunden sind wir wieder zurück.«

»Ach, übrigens, kommt eigentlich Lisa noch mal vorbei?«, erkundigte sich Franziska neugierig, bevor Daniel mit Josef das Haus verließ.

»Ja, am Wochenende. Nebenbei, wenn du Lust hast, lade ich dich für heute Abend zum Essen ein.«

»Mich?«, erwiderte sie zögernd auf seine beiläufige Einladung. »Was machen wir dann so lange mit Junior?«

»Um den kümmer ich mich schon«, sprang da Josef hilfsbereit ein.

»Danke Josef. Also, was ist?« Daniel, der bereits in der Tür stand, drehte sich halb um und sah sie an – herausfordernd und kein bisschen freundlich, fand sie.

»Na gut, wenn du willst.«

»O. k., also abgemacht.« Er nickte kurz mit dem Kopf. »Sagen wir um sieben.« Damit verschwand er mit Josef im Schlepptau.

Verdattert blickte Franziska beiden nach. »Zu Befehl, Herr Kommandant«, schickte sie leicht amüsiert hinterher und wandte sich dann dem Baby zu. »Also, mein Schatz, lassen wir die beiden ziehen und machen wir es uns gemütlich«, lächelte sie Junior liebevoll an, nahm ihn auf und schmuste mit ihm. Sie gestand sich ein, dass es wundervoll war, Mutter zu spielen, ohne Verantwortung für das Baby zu haben. Daniel junior war ein Schatz. Kein bisschen quengelig, wenn der Tisch pünktlich gedeckt war und ansonsten heiter und zufrieden – so wünschte man sich seine Kinder, dachte Franziska schmunzelnd.

Es hatte wieder zu regnen angefangen und sie schaltete die Stehlampe im Wohnzimmer ein, die in dem niedrigen Raum gedämpftes Licht verbreitete. Franziska legte sich der Länge nach auf die Couch und platzierte Daniel mitten auf ihren Bauch, eingepackt in eine warme Decke. Sie spielten miteinander, wobei seine klugen Augen sie fortwährend betrachteten. »Na, du weißt schon, dass ich nicht deine Mama bin, nicht wahr mein Kleiner?« Immer wieder legte sie ihre Wange an die wunderbar seidige Babyhaut und atmete tief den Babygeruch ein. Sie jedenfalls würde alles tun, damit dieses Kind nicht leiden musste – solange sein Vater hier in diesem Haus wohnte.

Wie versprochen erschienen die beiden Männer zwei Stunden später wieder. Daniel nahm seinen Sohn und verkrümelte sich in sein Zimmer. Josef tat es ihm nach und so verbrachte Franziska den regnerischen Nachmittag oben mit Lesen. Später arbeitete sie dann an Hans' neuester Kreation, einem modernen Schuhregal. Dieses war lediglich ein einfaches Brett, das man an die Wand lehnen konnte und in dessen untereinander liegende Schlitze man die Schuhpaare steckte. Franziska nahm die blauen und grünen Farbtöpfe und begann dann mit ihrer Malerei.

Allerdings konnte sie sich heute nicht so recht konzentrieren. Die ganze Zeit ging ihr Daniel nicht aus dem Kopf. Aus seinem Benehmen wurde sie einfach nicht klug. Vor einer Woche dieser flüchtige Kuss, den er mittlerweile vollkommen vergessen zu haben schien. Hatte wohl am Brandy gelegen, mutmaßte sie ironisch. Und dann dieses seltsame Verhalten am Vormittag, als sie sich mit Tom verabreden wollte, was er zu verhindern gewusst hatte, denn dass er mit seinem Sohn derart mimosenhaft umging, passte in keiner Weise zu ihm. Hatte er irgendwelche Bedenken gehabt, Josef sein Kind zu überlassen? Na also. Sie schüttelte den Kopf und räumte zerstreut ihr Schlafzimmer auf, ehe sie sich an den Schreibtisch setzte, um längst fällige Briefe zu schreiben.

Um fünf Uhr ließ sie Badewasser einlaufen und nahm genüsslich ein langes Bad. In ihrem Bauch kribbelte es. Beschwingt trocknete sie sich ab und benutzte verschwenderisch den duftenden Körperpuder, den sie sich vor kurzem gekauft hatte. Dann zog sie ein grünes, leicht ausgeschnittenes Samtkleid an, mit langen Ärmeln, das ihr hervorragend stand, steckte die Haare hoch und zog die Lippen nach. Nach einem letzten Blick in den Spiegel ging sie beschwingt hinunter.

Daniel, der im gleichen Moment aus dem Wohnzimmer trat, sah auf, als sie auf der Treppe erschien. Ihr Herz schien zu flattern und sie hielt sich am Geländer fest, denn ihre Beine begannen plötzlich zu zittern, als er ihr ernst entgegensah. Er hatte sich eine Krawatte umgebunden, was sehr ungewöhnlich an ihm war. Er liebte es nicht, dieses Kleidungsstück, das er selten trug, und wenn, riss er es stets mit ungeduldigen Bewegungen herunter, sobald er nach Hause kam.

Außerdem trug er ein dunkles Jackett und sah einfach herrlich aus; fast noch besser als heute Morgen, stellte Franziska bei sich fest. Er holte ihren Mantel, half ihr hinein und nahm sie dann mit einer selbstverständlichen Bewegung beim Arm, nachdem sie die Tür geschlossen hatten.

Sie stieg in seinen Golf und fragte: »Wohin fahren wir?«

»Lass dich überraschen!«

Sichtlich guter Laune, pfiff er den Schlager mit, der aus dem Autoradio erklang, und Franziska kuschelte sich in den bequemen Sitz. Sie ließ sich gern überraschen.

Sie fuhren nach Süden, Richtung Passau, und kurz vor Kirchdorföd bog er in einen schmalen Seitenweg, den sie nicht kannte. Sie folgten einem gewundenen Heckenweg, und als sie fast sicher war, dass sie sich verfahren hatten, hielt er an. Vor ihr lag ein versteckter, mit Efeu überwachsener Landgasthof, aus dessen bleiverglasten Fenstern gelbliches Licht schien. Drinnen wurden sie von einem spindeldürren Mann mit asketischen Gesichtszügen, der augenscheinlich der Chef war, freundlich begrüßt. Er schien Daniel gut zu kennen und führte sie zuvorkommend an einen kleinen runden Tisch in einer behaglichen Ecke neben einem Kamin, in dem ein Feuer brannte. Es war angenehm warm im Gastraum, ohne überheizt zu sein. Während sie einen Aperitif tranken, füllten sich nach und nach alle anderen Tische. Daniel und sie hatten viele gemeinsame Themen, die sie interessierten und Franziska fühlte sich heiter und gelöst.

»Übrigens, ich habe einen Auftrag an Land gezogen.«

»Du Glückspilz!«

»Mein Vater hat ihn mir natürlich verschafft«, gab er dann zu.

»Macht doch nichts«, erwiderte Franziska.

»Es handelt sich um das Haus der Eltern meiner Mutter, das jetzt, nachdem mein Opa im vorigen Jahr gestorben ist, meinem Vater gehört.«

»Deine Mutter lebt nicht mehr?«

»Nein, leider. Sie starb vor fünf Jahren an Krebs.«

»O, das tut mir Leid. Hat sie sehr leiden müssen?«

»Drei Monate war sie krank, in den letzten vier Wochen stellte sich heraus, dass es sich um einen Tumor handelte. Inoperabel.« Er hielt kurz inne, ehe er fortfuhr: »Das Haus ist ein altes Brauhaus. Mein Vater will es restaurieren und umgestalten. Er lässt mir völlig freie Hand, auch was die zukünftige Nutzung anbelangt. Er hat mir angeboten, es zu übernehmen, wenn es fertig ist. Meine Schwester ist nicht interessiert, sie wohnt mit ihrem Mann in Passau und sie will nicht weg von dort, da sie beide beruflich an die Stadt gebunden sind. Ich hab mich noch nicht entschieden, ob ich es bewohnen werde, denn es ist für einen allein ziemlich riesig.«

»Aber das macht doch nichts, im Gegenteil, ich find es wunderbar«, rief Franziska aus. Nach ihren beengten Wohnverhältnissen in München gab es für sie nichts Angenehmeres als ein großes Haus. »Schließlich könntest du darin dein Büro unterbringen und außerdem bist du jetzt nicht mehr allein, du hast schließlich einen Sohn.«

»Wenn du Lust hast, kannst du mitkommen und es dir ansehen. Ich habe morgen früh einen Termin mit den Handwerkern.«

»Furchtbar gern, ich liebe alte Häuser.«

»Abgemacht. Der Termin ist um acht, also müssten wir um halb acht losfahren.«

»Gut. Ich freu mich.« Lächelnd prostete sie ihm zu. Das Essen, das bald gebracht wurde, war ausgezeichnet, der Wein schmeckte ihr und nach zwei Stunden spürte sie, dass sie ein wenig beschwipst war. Ob er mich heute wohl wieder küssen wird?, fuhr es ihr durch den Kopf und allein der Gedanke daran erregte sie. Als sie sich gegen elf auf den Heimweg machten, saß sie ruhig und entspannt neben ihm.

»Hat es dir heute Abend gefallen?«

»Ja, danke, es war wirklich wunderschön.«

»Gut.«

Dann schwiegen sie einträchtig. »Also bis morgen früh.

Schlaf schön!«, mit diesen Worten verabschiedete er sich, als sie zu Hause angekommen waren und verschwand, ehe ihr Zeit blieb, ihm für das Essen zu danken.

Er hatte sie nicht geküsst – und sie ihn auch nicht!

8

Als Franziska am Morgen die Küche betrat, hatte Daniel bereits das Frühstück bereitet. Josef war zwar noch nicht unten, sie hatte ihn jedoch schon oben in seinem Zimmer gehört. Normalerweise stand jeder auf, wann er Lust hatte, dennoch hatte es sich so eingespielt, dass sie sich unter der Woche zwischen halb acht und acht nach und nach in der Küche einfanden.

»Und was wirst du heute Morgen unternehmen?«, fragte Franziska Josef, nachdem sie ihm mitgeteilt hatten, dass sie nach Frauenau wollten.

»Ich fahr hinauf zu Hans und werd ihm ein wenig helfen«, antwortete Josef. »Sollen wir dich hinfahren?«, bot Daniel ihm an.

»Nein, nicht nötig, ich nehm den Bus. Fahrt ihr man alleine los«, brummte Josef, der morgens erst langsam munter wurde. »Ich hab schließlich Zeit genug.« In aller Ruhe schenkte er sich noch eine Tasse Kaffee ein.

»Sollen wir dir etwas aus Frauenau mitbringen?«

Josef überlegte eine Weile, dann schüttelte er den Kopf. »Was gibt's heut zum Essen?«, fragte er Daniel.

»Nudelsuppe mit Rindfleisch.«

»Gut«, nickte Josef zufrieden. Dann deckten sie zu dritt den Tisch ab und verließen die Küche. Nachdem Daniel seinen Sohn versorgt hatte und vorsorglich eine Milchflasche eingepackt hatte, fuhren sie los.

Nach zwanzig Minuten hatten sie südlich von Frauenau das Haus erreicht. Es lag ein wenig abseits des Ortes, dort, wo zahlreiche Wanderwege hinauf zum Rachel begannen. Sie hielten auf dem kleinen Parkplatz neben dem Haus und stiegen aus.

Franziska blieb einen Moment stehen und sah sich neugierig um. Das Anwesen war umgeben von einem kleinen Park mit knorrigen alten Bäumen. Mannshohe Rhododendren, deren Knospen kurz vor der Blüte standen und zahlreiche Büsche in hellem Frühlingsgrün versperrten den Blick auf das Haus. Franziska und Daniel folgten dem gewundenen Kiesweg und erreichten kurz darauf den Eingang. Rechts und links der mächtigen Eingangstür aus dunkler Eiche fielen Franziska, die eine große Rosenliebhaberin war, die gepflegten Rosenstöcke auf.

»Es sind alte englische Rosen: ›Abraham Darby‹ in Apricot und ›Graham Thomas‹ in Gelb – sie haben ja alle Namen«, stellte Daniel erklärend fest.

»Toll, dass du sogar die Namen kennst.«

»Meine Oma liebte Rosen sehr. Immer, wenn ich bei ihr war, ging sie mit mir durch den Garten und brachte mir die Namen der Blumen bei. Du müsstest den Park im Sommer sehen, dann blüht es überall.«

Als er sie später herumführte, konnte sie seine Liebe zu dem Haus, die sie aus seinen Worten heraushörte, verstehen. Obwohl alles angestaubt und ein wenig heruntergekommen wirkte, war der Charme des Hauses unübersehbar. Überall standen einladend Sessel und Sofas in altmodisch gemusterten Bezügen und obwohl nicht alle Möbel ihrem Geschmack entsprachen, fand sie die Einrichtung sehr gemütlich. An der einen Wand stand eine Kommode neben einem übervollen Sekretär und an der anderen Seite zeugte das riesige Bücherregal von der Leselust der früheren Bewohner des Hauses. »Das Haus ist so schön, ich könnte sofort einziehen«, entfuhr es ihr. »Weißt du schon, was du mit den alten Möbeln machen wirst?«

»Nein. Ich weiß ja nicht einmal, ob ich mich tatsächlich entschließen werde hier einzuziehen. Das Haus ist wie gesagt für mich allein eigentlich viel zu groß. Außerdem vergisst du, dass du, falls ich hier mein Büro aufschlagen würde, deinen Partner los wärst.«

»Meinen Konkurrenten aber nicht, meinst du?«

»Genau.«

Franziska stellte vorsichtig die Fotografie in dem Silberrahmen, die sie betrachtet hatte, auf die Kommode zurück an ihren Platz. Einen Augenblick wusste sie nicht, wie sie reagieren sollten. »Du hast ja noch genug Zeit bis zum Einzug, schließlich hast du unser Haus für ein Jahr gemietet«, sagte sie dann. Sie hatte im Moment keine Lust, sich mit der Zukunft zu befassen.

»Stimmt. Was mit den Möbeln geschehen soll, ist im Moment nicht so wichtig. Wichtig ist die neue Heizung, die muss zuerst eingebaut werden. Dann müssen die Fenster isoliert und alle Rohre erneuert werden. Oben möchte ich ein oder zwei Wände entfernen, damit es großzügiger wird. Wenn die Handwerker erst einmal richtig loslegen, dann wird sich das ganze Haus schnell in eine Baustelle verwandeln.«

»Hoffentlich ist es danach noch so schön wie jetzt, manchmal wird die ganze Atmosphäre wegrenoviert.«

»Keine Angst, ich bin kein Barbar«, antwortete er lächelnd. »Schau dich ruhig mittlerweile im Haus um, während ich mit den Männern die Arbeit bespreche«, lud er sie ein, als die Handwerker schließlich erschienen.

Franziskas Weg führte sie in die Küche, die eben so groß war wie die in ihrem Haus. Ein alter Steinboden, ein Küchenschrank und Tellerborde, ein großes weißes Spülbecken und in der Ecke der riesige runde Tisch mit einer Holzbank ringsum – alles wirkte so, als wäre hier noch vor kurzem gekocht, gegessen, gelebt worden. Sie schaute hinaus. Das Haus war L-förmig gebaut. Der Längsseite gegenüber lag ein ehemaliger Pferdestall, durch eine Rhododendronhecke vom Haus getrennt; er könnte nach dem Umbau Daniels neues Büro beherbergen.

Nachdem Daniel mit den Handwerkern hinübergegangen war, stieg sie die breite Holztreppe hinauf. Hier oben befanden sich die Schlafzimmer der Familie. Die drei Zimmer waren jeweils durch ein Bad vom anderen getrennt, und als sie schließlich das zweite, etwas größere Bad betrat, betrachtete sie verzückt den winzigen Kamin, der an der Wand zum Schlafzimmer untergebracht war. Wunderschön. Wie glücklich musste eine Familie in so einem Haus gewesen sein.

Und wie viel Platz es den guten Kundinnen und intimen Freundinnen bieten würde, dachte Franziska spöttisch.

Kurze Zeit später hatte Daniel alles erledigt. Sie setzten Junior in den Kinderwagen und spazierten auf einem Fußweg eine Stunde lang durch den lichten Wald, der sich gleich hinter dem Haus über den Berg erstreckte und der, im hellen Grün der zarten Blätter und Nadeln, eine erste Vorahnung des nahenden Frühlings versprach. Anschließend setzten sie sich in eine einfache Gaststätte in Frauenau, wo man ihnen freundlicherweise die Flasche für Daniel zubereitete, während sie selbst Salate aßen. Erst gegen halb zwei machten sie sich wieder auf den Weg nach Hause.

Dort angekommen trennten sie sich. Franziska musste noch an einigen Möbeln arbeiten. Daniel wollte endlich mit Herrn Jansen telefonieren.

»Sag mir bitte, ob er sich bereits entschieden hat«, bat Franziska, sie konnte es kaum erwarten und rechnete jeden Tag mit einem Anruf, sei er positiv oder negativ. Bereits eine Viertelstunde später stürmte Daniel herein, zweifellos nervös, wie sie ihn normalerweise gar nicht kannte. Unruhig lief er in dem dämmrigen Raum auf und ab und berichtete, was der Investor hatte ausrichten lassen.

»Wir sollen beide kommen. Am fünfundzwanzigsten, Punkt fünf Uhr!«

»Beide?«, vergewisserte Franziska sich verwundert, »heißt das, einer von uns hat gewonnen? Was hat er genau gesagt?«

»Nichts, das ist es ja. Ich hab nur mit seiner Sekretärin gesprochen. Und aus ihr war nicht mehr herauszubekommen.«

Franziska spürte, wie ihr Herzschlag sich beschleunigte. »Egal. Wenn er uns zu sich zitiert, ist es auf jeden Fall positiv, da bin ich ganz sicher.«

»Hoffentlich.«

»Ich spüre es bis in den kleinen Zeh«, prophezeite sie siegessicher. »Hab ich es nicht gewusst? Ich werde den ersten Preis erhalten!«

»Oder ich.«

»Man wird sehen.« Damit ging sie in die Knie und widmete sich wieder ihrem Schuhregal.

»Jetzt lass doch mal die Pinselei!«, fuhr er sie ungewohnt nervös an.

Entrüstet schaute sie zu ihm hoch. »Das ist keine Pinselei. Vielleicht siehst du dich mal um. Das sind lauter Kunstwerke!«

»Von mir aus. Aber ich hab jetzt andere Sorgen.«

Sie seufzte. »Reg dich ab, Daniel, deine ganze Aufregung lohnt sich nicht. Ich hab ein gutes Gefühl. Einer von uns wird das Rennen machen, sonst hätte er uns nicht zu sich befohlen. Und ob du oder ich, was macht das schon?«, sagte sie großherzig und fühlte sich im Moment auch tatsächlich so. »Wir sind doch ein Team, nicht wahr?«

Er hielt inne und blieb vor ihr stehen. »Zum ersten Mal das Wort Team aus deinem Mund – klingt gut, muss ich schon sagen.« Sein angespanntes Gesicht überzog der Anflug eines Lächelns. Er zögerte einen Moment, so als wolle er noch etwas hinzufügen, dann drehte er sich jedoch um und hob beim Hinausgehen grüßend die Hand. »Essen gibt's um sechs. Bis gleich.«

Dann schlug die Holztür zu, Franziska war allein.

Wie kann er jetzt an Essen denken, dachte Franziska amüsiert und ging wieder in die Knie um die letzten Striche an ihrem Kunstwerk zu vollenden, das sie in wilden Rottönen bemalt hatte.

Nach dem Essen machte sie sich auf den Weg zu Eva. Gerade als sie auf die Straße hinaustrat, sah sie Lisas eleganten Wagen in den Parkplatz einbiegen. Sie verzog das Gesicht, und als Lisa aus dem Wagen stieg, grüßten sie sich mit kühler Höflichkeit. Schade, sie hatte gedacht, sie für immer los zu sein – angesichts Daniels Familienzuwachs.

Eva freute sich, sie zu sehen und als sie später gemütlich bei einem Glas Wein zusammensaßen, erzählte Franziska ihr von den vergangenen aufregenden Ereignissen.

Amüsiert lachte Eva auf. »Sag ich nicht immer, es hat keinen Zweck, sich zu viele Sorgen zu machen?«

»Übrigens, Lisa ist heute Abend zurückgekommen. Ich dachte eigentlich, sie wäre länger bei ihrer Mutter geblieben, aber die Sehnsucht trieb sie wohl wieder in Daniels Arme. Womöglich bleibt sie jetzt doch bis Samstag«, bedauerte Franziska.

»Ist sie etwa auch bei deiner Tante eingeladen?«

»Sicher. Als ich ihr von Daniel erzählte, lud sie ihn gleich mit ein und Tom besorgte den Rest und lud Lisa ein. Mir bleibt auch nichts erspart.«

»Mach dir nichts draus, du wirst auch so deinen Spaß haben, da bin ich ganz sicher«, tröstete Eva sie. »Und jetzt erzähl mir von Junior. Du musst ihn unbedingt einmal mitbringen, ich liebe Babys.«

»Wird gemacht. Ich gehe gern mit ihm spazieren. Morgen komme ich vielleicht einmal vorbei«, versprach Franziska.

Nach einer Stunde verabschiedeten sie sich voneinander, denn Eva musste noch ihre Buchführung erledigen, wie sie Franziska seufzend mitteilte.

Franziska spazierte langsam den Weg hinauf an der Kirche vorbei und traf prompt auf Daniel und Lisa, die zusammen einen Spaziergang machten, wobei Daniel gemächlich den Wagen mit seinem schlafenden Sohn vor sich herschob. Sie gingen auf der anderen Seite und nickten ihr zu. Franziska beschlich ein leises Gefühl der Eifersucht, als sie das Paar einträchtig beieinander sah. Lisa hatte sich bei ihm untergehakt und Franziska fand, dass sie wie das perfekte Ehepaar wirkten.

9

Die folgenden Tage brachte sie hinter sich, ohne später zu wissen, wie. Irgendetwas geschah mit ihr. Sie ging nicht wie sonst mit offenen Augen durch ihr Leben, sondern sie schwebte zehn Zentimeter über dem Boden. Sie ertappte sich immer öfter dabei, dass sie in den Tag hineinträumte, was normalerweise durchaus nicht zu ihren Angewohnheiten gehörte und sie träumte nicht nur von ihren zukünftigen Aufgaben. Mindestens so oft und intensiv dachte sie an Daniel und das verwirrte sie einigermaßen. Schließlich gab es Lisa, die ja wohl eine gewisse Rolle in seinem Leben spielte. Die raschen Blicke, mit denen er Franziska betrachtete, wenn er sich unbeobachtet fühlte, entgingen ihr jedoch nicht und verstärkten noch dieses unbestimmte Gefühl.

Franziska beschloss, sich mit einem Einkaufsbummel abzulenken, indem sie sich am Freitag mit ihrem Wagen auf den Weg nach Passau machte. Zwar hatte Daniel ihr angeboten sie mitzunehmen, da er ebenfalls etwas in der Stadt zu erledigen habe, sie lehnte jedoch ab. Sie wollte unabhängig durch die Geschäfte bummeln. Außerdem schien es ihr momentan ratsam, ihm ein wenig aus dem Weg zu gehen, damit sie zu Beginn der nächsten Woche, wenn die Arbeiten mit dem Bauprojekt begannen, einen klaren Kopf hatte, frei von Gefühlsduseleien, die sie vom Denken abhielten.

Obwohl es schon später Vormittag war, erwischte sie noch einen Parkplatz unten am Flussufer. Vergnügt stieg sie aus dem Wagen. Als erstes würde sie ein neues Kleid für das Fest bei Isabell und Paul kaufen. Irgendetwas Aufregendes. Keinen Hosenanzug und nichts schlicht Dezentes, wie sie es normalerweise für Feste dieser Art bevorzugte. Diesmal musste es etwas Ausgefallenes sein.

Auf Anhieb fand sie das neue Modegeschäft, das Eva ihr empfohlen hatte und das Kleidung in *Supergrößen für Superfrauen* führte. Sie wandte sich an die freundliche Zweizentnerdame am Eingang des Geschäftes und fühlte sich sofort gut aufgehoben. Nachdem sie in einem bequemen Sessel Platz genommen hatte, führte die Verkäuferin ihr einige Modelle vor, während Franziska die köstlichen Plätzchen genoss und den angebotenen Kakao trank. Gleich das erste Kleid, das sie anprobierte, passte auf Anhieb und schien wie für sie gemacht. Es handelte sich um ein wadenlanges Kleid aus einem schmeichelnden neuen Stoff, den sie nicht kannte, in einem zarten Mauve, einer Farbe, die sie gern und oft trug, da sie wundervoll zu ihrem Hautton passte. Das Außergewöhnliche an dem Kleid, das raffiniert und doch einfach geschnitten war, war lediglich der großzügige Auschnitt vorn und hinten, der ihr Dekolleté sehr schön zur Geltung brachte.

»Es steht Ihnen phantastisch, Sie müssen es einfach nehmen«, bestimmte die nette Verkäuferin. Sie war ein Juwel für das Geschäft, fand Franziska, denn sie hinterließ sicherlich nicht nur bei ihr das Gefühl, eine Freundin zurückgelassen zu haben. Sie schenkte der Frau ein abschließendes Lächeln und trat beschwingt hinaus auf die Gasse. Es war frühlingshaft warm geworden und Franziska genoss den Bummel durch die mittelalterlichen Gassen der Dreiflüssestadt. Jetzt noch schnell zum Frisör, danach wollte sie Inge Theisen besuchen und ihr einen Blumenstrauß vorbeibringen, falls sie schon aus Rom zurückgekehrt war.

Franziska wandte sich nach rechts, als sie plötzlich Daniel

aus dem Café heraustreten sah, in dem sie mit Eva bei ihrem letzten Besuch gewesen war. Eine Frau folgte ihm. Sie hatte genauso schwarze Haare wie er und sah sehr attraktiv aus. Sie war kein sportlicher Typ, sondern wirkte, schmal und hoch gewachsen, eher elegant. Die Eleganz ihrer schlanken Gestalt wurde vorteilhaft betont durch einen langen grauen Wollmantel mit breitem Kragen, der lediglich durch einen Bindegürtel zusammengehalten wurde. Sie sprachen lebhaft miteinander und wirkten sehr vertraut durch die Art, wie er den Arm um sie gelegt hatte.

Franziska blieb stehen und überlegte, ob sie zu ihm hinübergehen sollte, als sie beobachtete, wie er der Frau jetzt den anderen Arm um die Taille legte, sie an sich zog und auf die Wange küsste. Die Frau erwiderte den Kuss, dann trennten sie sich lachend voneinander. Schnell zog sich Franziska in den Eingang eines Hauses zurück. Aus einem unerfindlichen Grund hatte sie keine Lust mehr, ihm jetzt gegenüber zu treten. Ohne sie gesehen zu haben, überquerte er die Straße, stieg in sein Auto und fuhr davon.

An jedem Finger zehn, dachte Franziska ein wenig erbost und schlenderte plötzlich ziellos durch die Straße. Es war eindeutig, dass er diese Frau sehr gut kannte. Wenn das so weiter geht, dachte sie schnippisch, wurde selbst das größte Haus irgendwann zu klein. Obwohl ihr diese Frau bedeutend sympathischer schien als Lisa, ärgerte sie sich über ihn. Waren Männer tatsächlich nie mit einer Frau zufrieden? Sie hielt es für ein Gerücht, dass Männer nicht treu sein konnten und nahm im Gegenteil die Männer normalerweise in Schutz, wenn enttäuschte Frauen über sie herzogen. Und das, obwohl Bernd sie ebenfalls betrogen hatte. Aber dieser Mann schien das Vorurteil zu bekräftigen, was sie maßlos ärgerte. Sie beschloss, dieses unerfreuliche Thema aus ihrem Kopf zu streichen und erst einmal die Blumen für Inge Theisen zu besorgen. Nachdem sie einen wunderschönen Strauß erstanden hatte, besuchte sie Daniels und ihre Retterin. Inge Theisen führte sie in ihrer temperamentvollen Art ins Wohnzimmer, wo sie sich noch einmal an diesen schrecklichen Vormittag erinnerten.

»Ich konnte mir leicht denken, dass der Umschlag pünktlich abgegeben werden musste, denn Gottseidank stand ja alles vorn auf dem Aufkleber. Dieser Fritz Jansen ist übrigens ein sehr netter Mann«, fügte sie nachdenklich ein. »Dass Sie als Frau zu so etwas in der Lage sind, find ich Klasse. Sie müssen doch wahnsinnig gut rechnen können«, stellte sie mit naiver Bewunderung fest.

»Mit Zahlen umzugehen hat mir immer viel Freude bereitet und dann ist alles andere halb so schlimm«, schwächte Franziska das Lob ab. »Etwas zu planen, zu entwerfen und später sogar selbst bauen zu können, ist wirklich das Größte. Ich wollte nie etwas anderes werden als Architektin.«

»Und dabei wirken Sie eher wie eine Innenarchitektin, gar nicht wie eine vom Bau. Im Gegenteil, Sie wirken richtig weiblich.«

Franziska lachte angesichts dieser unverblümten Aussage. »Sie sehen, wir sollten nicht so viel auf das Äußere geben, sondern …«

»Sie haben ja so Recht«, beendete Inge Theisen resolut dieses Statement, »und jetzt zeige ich Ihnen, was Ihr netter Herr Föhr mir heute geschenkt hat. Ich bin froh, dass ich Ihnen und ihm habe helfen können.« Sie stand auf und zeigte Franziska das Geschenk von Daniel. Es war ein hübsches Seidentuch und ihr war anzumerken, wie sehr sie sich darüber freute.

Na, wenigstens ein netter Zug von ihm, dachte Franziska widerstrebend. Nachdem sie noch eine Weile geplaudert hatten, verabschiedeten sie sich herzlich. Ein wenig unschlüssig ließ Franziska den Blick suchend wandern, als sie plötzlich von dem auffallenden Schaufenster eines Frisörs angezogen wurde. Der Salon, hypermodern in Chrom und Glas, war leer. Kurzentschlossen ging sie hinein.

Ein junger Mann mit lila Haaren und Ohrring nahm sie in Empfang und begutachtete sie erbarmungslos: »Schreckliche Frisur! Das lange Haar macht Sie doch viel zu alt und dann diese langweilige schwarze Farbe!« Er ließ ihr Haar, das sie morgens frisch gewaschen hatte, durch seine spitzen Finger gleiten und sie kam sich vor, als wäre sie in ein Sauerkrautfass gefallen.

»Nun ja, wenn wir es ein wenig kürzen und dann eine Tönung machen, müsste es gehen.« Er schwieg abwartend und sah sie durchdringend an.

»Machen Sie irgendetwas, Hauptsache, es sieht gut aus. Aber auf gar keinen Fall färben Sie es mir!« Mit diesen Worten schloss Franziska die Augen und legte den Kopf nach hinten, um sich die Haare waschen zu lassen.

Zwei Stunden später verließ sie den Salon. Auf der Straße suchte sie in fast jedem Schaufenster ihr Gesicht und fand eine fremde Frau. Sie war nicht sicher, ob sie lachen oder weinen sollte. Er hatte ihr prächtiges Haar auf Millimeterlänge gekürzt und sie hatte es geschehen lassen. Nach dem zehnten Schaufenster hatte sie sich mit dem Frisör ausgesöhnt und sie fing an sich zu gefallen. Jawohl, er hatte Recht, sie sah entschieden jünger aus! Zögernd blieb sie vor einem Kino stehen, in dem *Titanic* lief. Alle ihre Bekannten hatten ihn bereits gesehen, nur sie noch nicht. Aber da sie heute nichts weiter vorhatte, ging sie einfach hinein. Danach benötigte sie einige Minuten, um ihr vom Weinen verquollenes Gesicht einigermaßen wieder herzurichten. In einem neuen beliebten Bistro, wo man kalorienarmes Essen auf winzigen Tellern an winzigen runden Tischen im Stehen einnahm, entdeckte sie einen freien Tisch. Sie ging hinein und aß einen leckeren Salat. Dann fuhr sie gut gelaunt nach Hause.

Während der Rückfahrt beschloss sie, sich nicht weiter mit dem Geschlechtsleben ihres Untermieters zu befassen. Männer, die Frauen wechselten wie die Hemden, waren keines ausschweifenden Gedankens wert! Und er und seine Frauen konnten ihr gestohlen bleiben.

Schwungvoll fuhr sie auf den Parkplatz. Als sie die Tür aufschloss, hörte sie aus dem Wohnzimmer die Stimmen von

Lisa und Daniel. Sie schaute in den Spiegel, zögerte nur einen Moment, dann öffnete sie kurz entschlossen die Tür. Daniel und Lisa saßen auf dem Sofa vor dem Kamin und lasen in der Zeitung, Junior lag friedlich schlafend zwischen ihnen.

»Hallo zusammen!«

»Hallo!«, begrüßte sie Lisa. »O, eine neue Frisur.«

Daniel ließ die Zeitung sinken: »Wie siehst du denn aus! Was hast du denn mit deinem Haar gemacht!?«

Beim Klang seiner fassungslosen Stimme fühlte sich Franziska, als sei sie gerade einem Schlammloch entstiegen. Ärger schoss in ihr hoch. Automatisch fuhr sie mit der Hand durchs Haar, vielmehr durch das, was noch übrig geblieben war, dann wurde sie sich ihrer Geste bewusst und legte trotzig die Hand hinter den Rücken.

»O, Daniel, sei doch nicht so unhöflich. Da machen wir uns für euch Männer schön und das Einzige was ihr sagen könnt ist: Was hast du mit deinem Haar gemacht«, säuselte Lisa und zu Franziska gewandt: »Sie sehen gut aus.« Aus ihrem Mund klangen die Worte sehr tröstend, geradeso, wie wenn man die Bilder eines zweijährigen Kindes oder die zaghafen Lyrikversuche eines verliebten Sechzehnjährigen lobt.

»Wie der neue Feuermelder an der Ecke!« verkündete er roh. »Was in aller Welt hat dich bloß dazu getrieben?!«

»Erstens«, bemerkte Franziska kühl in Richtung seiner Freundin, »ich mache mich grundsätzlich für mich selbst schön, und zweitens«, hiermit wandte sie ihren Blitze schleudernden Blick zu Daniel, »ich hatte Lust dazu, mir die Haare abschneiden und rot färben zu lassen. Reicht das?«

»Jetzt sei bloß nicht wieder beleidigt!« Mit dieser Bemerkung verschwand sein Kopf hinter der Zeitung.

Franziska war nicht nur beleidigt – sie kochte!

Die Absätze klapperten hart auf dem Steinboden, als sie durch das Wohnzimmer in die Küche stürmte. Sie füllte Waser in den elektrischen Wasserkocher und wartete ungeduldig darauf, dass es zu brodeln begann. Dann bereitete sie einen schwarzen Tee zu, nahm Sahne und Kandis und stellte alles auf ein Tablett. Sie würde oben den Tag mit Lesen beenden. Sollten die beiden ihr doch den Buckel runterrutschen. In ihrem Zimmer angekommen, stellte sie aufatmend das Tablett auf den Tisch an ihrem Bett. Dann fiel ihr Blick in den Spiegel. Kritisch drehte und wendete sie den Kopf. Die Frisur stand ihr einfach gut!

10

Samstagmorgen waren alle vereint um den Frühstückstisch versammelt und ausnehmend gut gelaunt. Daniel hatte Josef gebeten, am Abend ein Auge auf seinen Sohn zu haben. Das Fest bei Isabell und Paul sollte um sechs Uhr beginnen und Daniel hatte vorgeschlagen, dass sie zu dritt in seinem Auto fuhren. Zurück wollte Lisa fahren, die generell keinen Alkohol trank. Obwohl Franziska gern unabhängig war, nahm sie das Angebot an.

Um halb zehn kam Tom auf einen Sprung herein. »Hallo zusammen!«, grüßte er in die Runde, dann stutzte er als sein Blick auf Franziska fiel: »Du hast ja deine schönen Haare abschneiden lassen! Und diese Farbe!« Er drehte sie hin und her und betrachtete sie prüfend: »Ganz schön frech, steht dir aber gut. Passt zu dir!« Spielerisch fuhren seine Finger durch den kurz geschnittenen Krauskopf.

»Kein Wort über mein Haar, wenn dir dein Leben lieb ist!«, warnte sie, was ihr einen ironischen Seitenblick von Daniel eintrug.

»Ich wollte dich entführen. Mutter schickt mich los, die Getränke für heute Abend zu holen. Hast du Lust mitzukommen? Wir könnten uns danach einen schönen Vormittag machen«, schlug Tom vor.

»Franziska, wenn du mit mir das Programm durchgehen

willst, musst du schon auf deinen Ausflug verzichten, in den nächsten Tagen werde ich nicht dazu kommen«, erscholl es vom Buffet, wo Daniel damit beschäftigt war, für seinen Sohn ein Fläschchen mit Tee zu füllen.

»Schade, Tom, aber Daniel hat Recht. Wir hatten verabredet unsere Programme durchzugehen, mit denen wir arbeiten. Obwohl«, Franziska sah Daniel an, »könnten wir das nicht auch auf morgen verschieben?«

Er ging zum Tisch und setzte sich auf den Küchenstuhl. »Tut mir Leid, morgen hab ich keine Zeit.«

»Na gut«, seufzte sie, »also, du hörst es, Tom.«

»Und heute Nachmittag?«

»Ich glaube kaum, dass wir es bis dahin schaffen«, bemerkte Daniel, ehe Franziska zu Wort kam.

»Schade. Dann fahre ich jetzt zum Bahnhof und hole unseren Besuch aus München ab«, gab Tom sich geschlagen.

Franziska hob bedauernd die Schultern und fing zu ihrem Erstaunen den Blick auf, den Daniel Tom zuwarf, und wenn es nicht völliger Unsinn gewesen wäre, hätte sie schwören können, so etwas wie Triumph darin zu lesen.

»Ich sage euch, unser Haus ist voll bis unters Dach und Mutter ist absolut in ihrem Element.«

Franziska lachte. »Logisch, je mehr um sie herum passiert, desto glücklicher ist sie. Also bis heute Abend.«

»Übrigens, dein Partner«, Toms Kopf wies in Richtung der Essecke, in der Daniel auf dem Stuhl lümmelte, während er seinem Sohn dann und wann in seiner gemütlichen Tischwippe einen leichten Schubs gab, »wie kommst du mit dem zurecht? Scheint mir kein leichtes Los mit ihm zu sein«, frotzelte er.

»Es geht, ich weiß mich zu wehren«, beruhigte Franziska ihn grinsend, worauf Daniel sich im Stuhl zurücklehnte und die Arme lässig hinter dem Kopf verschränkte.

»Das kann ich nur bestätigen«, murmelte Josef dazwischen und bedachte Franziska mit einem Grinsen.

»Reiner Selbsterhaltungstrieb«, konterte Franziska.

»Richtig, Franziska, wir Frauen müssen uns gegen die Männer zu wehren wissen, sonst gehen wir unter«, mischte sich Lisa, die die ganze Zeit still am Tisch gesessen hatte, in das Gespräch.

»Übrigens, Franziska, zieh deine Tanzschuhe an«, befahl Tom, ehe er aus der Tür verschwand, »ich will mit dir die Nacht durch tanzen!« Damit drückte er ihr einen abschließenden Kuss auf die Wange, verabschiedete sich von den anderen und verschwand.

»Also, Daniel«, sagte Franziska und stand auf, »von mir aus können wir jetzt loslegen.«

»Später«, erwiderte Daniel leicht gelangweilt.

»Ich denke, du hast es so eilig«, sagte Franziska erstaunt.

»Jetzt nicht mehr«, antwortete ihr Partner überraschenderweise.

Kopfschüttelnd beobachtete Franziska, wie er sich seelenruhig eine neue Tasse Kaffee einschenkte.

»Ich verschwinde nach Grafenau, ich brauche dringend was Neues zum Anziehen«, verabschiedete Lisa sich und auch Josef, der dem ganzen schweigend und Pfeife schmauchend gefolgt war, verzog sich um einen alten Freund zu besuchen.

»Also, manchmal kann ich dich nicht verstehen«, insistierte Franziska verständnislos.

»Nein?«, murmelte Daniel.

»Nein! Aber egal. Wenn du mich suchst, ich bin nebenan.«

Nach einer Weile kam er ins Wohnzimmer und sie gingen ins Büro, wo sie ihre Arbeit nach kaum drei Stunden beendet hatten.

»Na siehst du, so schlimm war es doch gar nicht«, bemerkte Franziska aufseufzend und dehnte sich in ihrem Bürostuhl.

»Nein, wer hat das denn auch behauptet.«

»Na, du!« Verständnislos und ein wenig irritiert sah sie ihn an. »So hätte ich heute Nachmittag noch bequem mit Tom losfahren können.«

Daniel wich ihrem Blick aus und erhob sich. »Dann tu es doch, niemand hält dich zurück.«

»Nein, danke, jetzt will ich nicht mehr«, gab sie ein wenig gereizt zur Antwort und spürte doch im selben Moment, wie lächerlich ihr Gespräch war. »Also dann, wir sehen uns heute Abend.«

»Viertel vor sechs.« Er stand auf und sie erhob sich ebenfalls um in die Küche zu gehen. »Und versuch pünktlich zu sein«, raunte er in ihr Ohr, als sie an ihm vorbeiging, während er ihr die Tür aufhielt.

»Diese Bemerkung kannst du dir sparen, ich war noch nie in meinem Leben unpünktlich!«

»Bis auf mindestens eine Ausnahme«, benutzte er die Gelegenheit, sie wieder einmal an ihr Missgeschick zu erinnern.

Sie verzog das Gesicht und ignorierte seine Antwort. Diese Sache würde ihr wahrscheinlich bis zum Nimmerleinstag nachlaufen – zumindest solange er sich in ihrer Nähe aufhielt. Sie seufzte und machte sich dann daran, einen kleinen Imbiss herzurichten. Sie wunderte sich ein wenig über Daniels Verhalten. Mit dem voll beladenen Tablett ging sie nach oben in ihr Zimmer. Was immer mit Daniel los war, im Augenblick kümmerte es sie wenig. Sie öffnete den Kleiderschrank. Im Moment interessierte sie weit mehr die Frage, was sie heute Abend anziehen würde.

Als sie kurz vor sechs nach unten ging, betrachtete sie sich noch einmal kritisch im Spiegel. Sie hatte das neue Kleid angezogen, dazu ein Paar schwarze Pumps, in denen sie stundenlang tanzen konnte, rote Lippen, die Wimpern schwarz getuscht. Fertig. Sie sah gut aus. Und sie fühlte sich gut. Der Abend konnte beginnen.

Sie trafen zur gleichen Zeit in der Diele zusammen. Daniel sah hoch, als sie die Treppe hinunterstieg und einen kurzen Moment überfiel sie das unbestimmte Gefühl, ein anerkennendes Funkeln in seinen Augen zu entdecken. Unwillkürlich zog sie den Bauch ein und hatte das Gefühl zu schweben. »Ich bin fertig!«, stellte sie überflüssigerweise fest und bemerkte, dass ihre Stimme dabei ein wenig heiser klang.

»Fein, dann lass uns gehen!«

Während er die Mäntel aus der Garderobe holte, warfen die zwei Frauen sich unauffällig überprüfende Blicke zu und da Lisa sich eines Kommentars zu Franziskas Kleid enthielt, schwieg Franziska ebenfalls, obwohl sie das Kleid von Lisa wundervoll fand. Sie brachte es einfach nicht fertig, dieser Frau ein Kompliment zu machen. Lisa hatte ein schwarzes elegantes Kleid an, das kniekurz war und ihre schlanken Beine betonte. Ihre Haare waren frisch zu einem modischen Pagenkopf geschnitten – sie sah einfach atemberaubend aus, gestand Franziska sich neidlos ein.

»Ich habe vor, heute Abend alle Männer verrückt zu machen«, verkündete Lisa ausgelassen und drehte sich im Kreis.

»Sollte dir nicht schwer fallen, verrückt machst du uns doch sowieso jeden Tag!«, feixte Daniel und Franziska musste schlucken, als sie das ungute Gefühl beschlich, das fünfte Rad am Wagen zu sein. Du liebe Güte, Komplexe hatte sie doch nun wirklich nicht nötig. Und Langeweile würde sie heute Abend ganz sicher nicht haben, dafür würde Tom schon sorgen.

Aufgeräumt und in erwartungsvoller Stimmung legten sie die zwanzigminütige Fahrt nach Waldhaus, einem gemütlichen Straßendorf in eintausendmeter Höhe, zurück. Kurze Zeit später betraten sie das festlich beleuchtete Haus.

Isabell hatte mit viel Liebe und Fingerspitzengefühl das Haus geschmückt. Überall waren niedrig gesteckte Blumen in hübschen Schalen angeordnet und Kerzen verbreiteten ein anheimelndes Licht. Von der Eingangshalle aus gelangte man in das große Wohnzimmer. Hier war eine lange ovale Tafel aufgebaut, an der mindestens zwanzig Personen Platz hatten. In einer Ecke hatten sie einen separaten Tisch für die Kinder aufgestellt.

Als Franziska mit Daniel und Lisa hereinkam, waren bereits einige der Gäste da und herzlich wurden sie von Paul und Isabell begrüßt. Tom kam sogleich auf Franziska zu: »Du siehst phantastisch aus!«, flüsterte er ihr ins Ohr und legte auf besitzergreifende Art den Arm um sie. Dann erst begrüßte er Lisa und Daniel.

»Ich muss sagen, ihr beiden seid die schönsten Frauen des Abends!«, gab Tom enthusiastisch bekannt und Franziska, die den ironischen Gesichtsausdruck von Daniel bemerkte, wünschte sich unvermittelt, Tom wäre etwas zurückhaltender.

Nach und nach erschienen die anderen Gäste, von denen Franziska die meisten kannte. Sie saß zwischen Tom und Isabell, ihr gegenüber saßen Daniel und Lisa. Tom, der ihr heute Abend besonders aufgekratzt zu sein schien, belegte Franziska mit Beschlag.

Nach dem Essen räumten alle gemeinsam die Tafel ab und stellten die Tische an die Seite, so dass in der Mitte nun Platz für eine kleine Tanzfläche war. Die Jugendlichen kümmerten sich um den Aufbau der Musikanlage. An den Längsseiten des Wohnzimmers waren kleine Sitzgruppen angeordnet, wo die notorischen Nichttänzer und die Älteren nach dem Essen Platz nahmen, um den Tanzenden zusehen zu können.

Franziska kehrte ins Wohnzimmer zurück, nachdem sie geholfen hatte, das Geschirr in die Küche zu tragen. Die Umbauten nach dem Essen, bei denen jeder mithalf, waren typisch für Feste bei Isabell. Und das allgemeine Durcheinander, das unweigerlich dadurch entstand, sorgte für heitere Unterbrechungen. Isabell überstand gelassen dieses Tohuwabohu und führte Regie.

Sie gehörte zu den wunderbaren Gastgeberinnen, die am Tag der Party mit Lockenwicklern im Haar ackerte wie eine Wilde, es dennoch schaffte, zum Zeitpunkt, wenn die ersten Gäste eintrafen, ohne erhitzte Wangen oder einem Zeichen der Nervosität oder gar Erschöpfung ihre Gäste willkommen zu heißen. Eine halbe Stunde vor deren Eintreffen legte sie sich in die Wanne, entfernte danach die Lockenwickler, frisierte sich geschickt und die Party konnte starten – mit einer Gastgeberin in aufgeräumter Festtagslaune, die ihre Party mindestens eben so genoss wie die Gäste.

Die Freunde spürten das, kamen gern und blieben lange.

Franziska warf einen kurzen Blick zu Daniel, der von Lisa und zwei weiteren Frauen, die sie nur flüchtig kannte, umringt war. Er lehnte mit einem Arm am Kaminsims, ein Bierglas in der einen und ein Zigarillo in der anderen Hand – sehr dekorativ und ganz Hahn im Korb –, dachte Franziska spöttisch. Sie musste plötzlich an den Abend denken, an dem er sie geküsst hatte. Und an die herzliche Umarmung der unbekannten Frau in Passau.

Als sie an der Gruppe vorbeiging, fing sie einen kurzen Blick von ihm auf. Sie tat, als bemerke sie ihn nicht und versuchte, mit dem Ellbogen die Tür zur Küche zu öffnen, da sie ein Tablett trug. Tom, der ihr gefolgt war, hielt die Tür auf und drückte ihr bei dieser Gelegenheit wieder einmal einen Kuss auf die Wange. Sie unterdrückte ein Seufzen, denn langsam wurden ihr seine Aufmerksamkeiten ein bisschen zu viel.

Irgendwann im Laufe des Abends begannen die ersten Paare zu tanzen. Es wurden Standardtänze aufgelegt, und da Franziska lange nicht mehr getanzt hatte, bereiteten ihr die längst vergessenen Schrittkombinationen anfangs ein wenig Mühe, aber lachend zeigten ihre Tanzpartner Geduld und nach einer Weile tanzte sie ausgelassen und vergnügt auf der kleinen Tanzfläche. Später erklangen Schlager aus ihrer Jugend, bei denen sich die Tanzfläche füllte und alle hatten ihren Spaß. Wild entschlossen sich zu amüsieren nahm sich Franziska vor, Daniel und Lisa, mit denen sie den ganzen Abend nach ihrer Ankunft kein Wort mehr gesprochen hatte, keine Beachtung zu schenken, was ihr aber nicht leicht fiel.

Daniel war anscheinend ein Tanzmuffel, denn ihn sah sie nur einmal kurz mit Lisa und Isabell tanzen. Franziska wandte ihre Aufmerksamkeit wieder ihrem Tanzpartner zu.

So weit kam es noch, dass sie sich nach den beiden die Augen aussah. Sie war schließlich kein Mauerblümchen! Vor allem Tom ließ sie kaum aus seinen Armen. Mochte der Himmel wissen, womit sie seine plötzliche Anhänglichkeit verdient hatte, denn sie kannten sich seit einer Ewigkeit und er hatte nie Anwandlungen wie diese gehabt. Anscheinend hatte er schon reichlich Alkohol getrunken, wie seine leicht vernebelten Augen andeuteten. Sie versuchte, sich unauffällig ein wenig von ihm zu lösen. Aber wann immer sie die Tanzfläche verließ und sich zu den anderen gesellte, erschien er nach einer Weile und hing wieder wie eine Klette an ihr.

Sein Verhalten verwirrte sie und war ihr gleichzeitig unangenehm. Bisher war er nur ein guter Freund gewesen. Sie kannten sich in- und auswendig und in den letzten Jahren hatte sie Tom recht selten zu Gesicht bekommen, wenn er zu kurzen Besuchen aus Stuttgart gekommen war.

Mittlerweile war es ein Uhr geworden und Franziska – nun etwas müde – wollte sich gerade ein wenig vom Tanzen ausruhen, als Tom sie erneut an der Tür abfing, sie am Arm nahm und hinter sich her auf die Terrasse zog. Sie seufzte, denn er begann, ihr auf die Nerven zu gehen.

»O, Liebling«, stöhnte er undeutlich in ihr Ohr, und ehe sie sich versah, hatte er sie an sich gezogen und versuchte sie zu küssen. Sein Atem streifte ihr Gesicht und Franziska wandte den Kopf zur Seite. Sie stemmte sich energisch gegen ihn, aber er ließ keinen Zentimeter locker, sondern verstärkte seinen Griff.

»Tom, ich bitte dich«, presste sie hervor und ein Gefühl von Ekel übermannte sie, als sie seine feuchten Lippen an ihrem Hals spürte, »lass mich bitte los!«

»Liebling, stell dich nicht so an, ich möchte doch nur ein bisschen mit dir schmusen. Komm, ich hab genug vom Fest, lass uns nach oben gehen.«

Sie überlegte gerade, ob sie ihm einmal kräftig auf die Zehen treten sollte, damit er endlich von ihr ließ, als eine bekannte Stimme sie aus der Verlegenheit rettete.

»Hallo, Rotfuchs, ich möchte mit dir tanzen!«

Franziska fiel ein Stein der Erleichterung vom Herzen, als sie Daniels festen Arm spürte.

»Gestattest du?«, wandte dieser sich jetzt an Tom und drängte ihn mit seiner freien Hand energisch zurück.

»He, was soll das!«, stieß Tom mit aggressiver Stimme hervor und versuchte, Daniels Hand abzuschütteln, wobei er leicht strauchelte.

»Hast du doch gehört, ich werde mit Franziska tanzen!« Dabei ergriff er ihre Hand.

Franziska, die nicht so recht wusste, wie ihr geschah, folgte Daniel ein wenig verdutzt und gleichzeitig erleichtert. Als sie einen Blick zurückwarf, sah sie wie Tom mit hochrotem Kopf in der Tür stehen blieb.

Ehe er die Chance hatte, ihr zu folgen, erklang die energische Stimme seiner Mutter, »Tom, hilfst du mir eben bei den Getränken!« Ihr Blick deutete unmissverständlich an, dass dies ein echter Befehl war. Tom warf einen letzten ärgerlichen Blick auf Daniel und Franziska, drehte sich abrupt um und folgte seiner Mutter dann widerstrebend und mit düsterer Miene in die Küche.

»Du kannst mich jetzt loslassen.«

»Warum? Darf ich nicht einmal mit dir tanzen?«

»Nur, wenn du meine Hand nicht weiter so quetschst!«

Daniel lockerte seinen Griff geringfügig. An der Tanzfläche angelangt, legte er den Arm um ihre Hüfte. Die Art, in der er sie bei den letzten Takten eines langsamen Walzers mehr schob als führte reizte sie plötzlich, in albernes Kichern auszubrechen – was ihn anscheinend völlig aus dem Gleichgewicht warf, denn jetzt trat er ihr schmerzhaft auf den Fuß. Sie verzog leicht das Gesicht. Er murmelte eine undeutliche Entschuldigung und verstärkte erbarmungslos seinen Griff. Demonstrativ entzog Franziska ihre Finger dem Schraubstock um sie auszuschütteln. Unergründlich sahen seine Augen, die während des Tanzes konzentriert in die Ferne geschaut hatten, einen Moment auf sie hinunter, ehe er wieder den Kopf hob und wortlos an ihr vorbeiblickte, in selbstbewusster Missachtung von Rhythmus und Melodie. Sehr gemütlich, dachte Franziska amüsiert und vermutete, dass selbst Marschklänge diesen Tanzstil nur unwesentlich ändern würden.

Während der kurzen Pause harrte sie wie unter Hypnose ebenso steif und stumm wie er mitten auf der Tanzfläche neben ihm aus. Sie wunderte sich, dass er auch noch den nächsten Tanz mit ihr wagen wollte, denn sie hatte nicht das Gefühl, dass Tanzen ihm sonderlich Spaß bereitete. Wahrscheinlich flüchtet er nur nicht von hier, weil er noch damit beschäftigt ist, über die vergangenen Tanzschritte nachzugrübeln, fuhr es ihr belustigt durch den Kopf.

Da erklang das seidenweiche *Love me tender.*

Ein sehnsuchtsvoller Seufzer entrang sich ihrer Brust. Die Schmelzstimme von Percy Sledge klang einladend und als Daniel sie wieder umfasste, überfiel sie ein köstlicher Schauer. Daniel schien diese zarte Stimmung völlig kalt zu lassen. Seine feste Hand auf ihrem Rücken lockerte sich immer noch nicht, was es Franziska unmöglich machte, sich in seine Arme zu schmiegen – wozu ihr in diesem Moment durchaus der Sinn gestanden hätte. Unwillkürlich fielen ihr die mahnenden Worte ihrer Mutter ein, immer auf ihre Haltung zu achten. Angesichts dieser wirren Gedanken und des konzentrierten Blicks ihres Tanzherrn, der den Eindruck machte, als zähle er im Stillen den Takt mit, war es um ihre Fassung geschehen: Sie begann erneut zu kichern.

»Warum lachst du?«, kam postwendend die Gegenfrage, mit einem Blick, der zwischen Gereiztheit und einem Hauch von Unsicherheit schwankte.

Sie hustete ihren Lachanfall – ungewohnt weich gestimmt – hinunter. Mit tränenden Augen erwiderte sie: »Nur so. Ich musste plötzlich an etwas Lustiges denken. Übrigens war deine Rettungsaktion von eben völlig unnötig, ich kann sehr gut allein auf mich aufpassen!«

»Sah aber gar nicht danach aus. Mir schien es eher, als

wärst du recht unglücklich. Hat wohl ein bisschen zu viel getrunken, der gute Tom.«

Seine herablassende Art reizte sie zum Widerspruch: »Ach, sei nicht so! Das ist sein Fest, da kann er doch wohl mal etwas mehr trinken.«

In seine Augen trat ein distanzierter Schimmer, der sie ein wenig aus ihrer träumerischen Stimmung riss. Sie war erleichtert, dass der Tanz durch einen Sprung in der Platte plötzlich endete.

Er blieb mitten im Raum stehen, ihre Hand immer noch fest umklammert: »Wir sollten jetzt auch besser nach Hause gehen!«

Sein beinahe fordernder Ton ließ sie eigensinnig antworten: »Nein, danke! Wenn du dich langweilst, kannst du ja schon mit Frau Fußbahn heimfahren. Ich bleibe noch.«

»Dann sieh zu, wie du nach Hause kommst.«

Seine Stimme war ziemlich kühl geworden und fasziniert heftete sie ihre Augen auf sein Gesicht mit der interessanten Narbe.

Wie phantastisch er aussah – so männlich!

Sie schluckte und zwinkerte mit den Augen: Der Sekt, den sie den ganzen Abend über getrunken hatte, zeigte seine Wirkung. Sie spürte, wie ihre Hände feucht wurden. Er mochte seine Fehler haben, sinnierte sie, aber er sah ohne Zweifel verdammt gut aus, wenn er wütend war .

Sie räusperte sich, denn ihr Mund war ganz trocken geworden, und entgegnete: »Wird mir keine Schwierigkeiten bereiten, hier findet sich immer noch ein Plätzchen für mich.«

»Ohne Zweifel«, erwiderte er, drehte sich wortlos um und ließ sie mitten auf der Tanzfläche stehen.

Bemüht, sich ihren Ärger über seine Unhöflichkeit nicht anmerken zu lassen, ging sie durch die geöffnete Terrassentür hinaus an die frische Luft und atmete tief durch. Sollte er doch allein mit seiner Lisa nach Hause fahren. Sein Benehmen war einfach nicht zu tolerieren. Fröstelnd zog sie die

Schultern hoch. Nichts und niemand würde ihr diesen Abend verderben. Ihre erste Party seit Monaten.

Als sie wieder in den hell erleuchteten Raum trat, war von Daniel und Lisa nichts mehr zu sehen. Niemand drehte sich mehr zu den Klängen der Musik, die nur noch leise aus dem Hintergrund zu vernehmen war und Tom war ebenfalls nirgendwo ausfindig zu machen. Mittlerweile saßen außer Isabell und ihrem Mann lediglich noch drei, vier Freunde in einer gemütlichen Ecke beisammen. Franziska setzte sich zu ihnen, hatte jedoch plötzlich kein Interesse mehr an dem Geplauder mit den anderen. Sie schaute zur Uhr. Es war spät, aber um nichts in der Welt würde sie jetzt den beiden folgen. Mit Mühe überstand sie die nächste Stunde, ehe sie sich den letzten Gästen anschloss, die sie mit hinunter nach Lusenau nahmen.

Zum ersten Mal seit Beginn seines Einzugs bedauerte sie, dass das Gästezimmer am anderen Ende des Hauses lag, so dass Daniel nicht hören konnte, wann sie nach Hause gekommen war. Sie ging in die Küche und öffnete und schloss dabei geräuschvoll die Türen. Eigentlich war es doch ein ganz netter Abend gewesen, dachte sie und lächelte unbewusst dabei. Nach einem herzhaften Biss in ein großes Stück Käse, ging sie hinauf und fiel in ihr herrlich bequemes Bett.

11

Vom Glockengeläut der Kirche wurde sie um acht Uhr geweckt. Sie hatte geschlafen wie ein Stein und fühlte sich frisch und ausgeruht. Verträumt legte sie die Arme unter den Kopf und dachte an den vergangenen Abend, an die Freunde, von denen sie einige nach langer Zeit wieder gesehen hatte, an Isabell und ein bisschen an Tom.

Vor allem aber dachte sie an Daniel. Sein Verhalten war recht merkwürdig, um nicht zu sagen unerklärlich gewesen. Zuerst ignorierte er sie fast völlig: Er hatte bei Tisch nicht ein einziges Wort mit ihr gewechselt – was zugegebenermaßen auch schwierig gewesen war, denn Lisa hatte ihn erbarmungslos in Beschlag genommen. Trotzdem, wenn er gewollt hätte, hätte er gekonnt, überlegte sie trotzig. Und später hatte er sich unmöglich aufgeführt! Ebenso wie Tom. Was war nur plötzlich in Tom gefahren?

Sie seufzte. Jeder Psychologe würde sich angesichts ihres Gefühlswirrwarrs die Haare raufen. Nach einer Trennung, so weit waren Psychologie und sie einer Meinung, verlangten Geist, Seele und Körper nach einer Zeit der Selbstfindung, der Ruhe, mit anderen Worten der Langeweile. Und was tat sie? Sie stürzte sich mitten ins pulsierende Leben mit all seinen Gefühlstiraden, wenn sie auch, betrachtete man es einmal genauer, eigentlich völlig unschuldig an der Situation war. Allerdings fühlte sie sich ausgesprochen gut dabei, allen vernünftigen Überlegungen zum Trotz.

Sie schwang die Beine aus dem Bett und trat ans Fenster, wo sie sich ausgiebig dehnte und reckte. Blinzelnd sah sie in die Sonne, die durch den Spalt in der Gardine in ihr Zimmer fiel. Sie zog die Gardinen zur Seite, stützte sich auf die Fensterbank und lehnte sich weit hinaus. Auf jeden Fall ließ dieses neue aufregende Leben alle Erinnerungen an Bernd wunderbarerweise in weite Ferne rücken.

Sie ließ das Fenster ein wenig geöffnet, zog sich das Nachthemd aus und duschte ausgiebig. Nachdem sie sich angezogen hatte, ging sie die Treppe hinunter und bemerkte in der Diele den eleganten Koffer von Lisa. Das gab Hoffnung, dass Lisa Sehnsucht nach ihrem neuen Badezimmer verspürte. Beschwingt durchquerte Franziska das Wohnzimmer. Aus der Küche drang aromatischer Kaffeeduft. Die beiden waren zwar nicht zu sehen, aber hatten augenscheinlich schon gefrühstückt. Sie setzte sich an den Tisch und aß den Obstsalat, den Daniel zu ihrer Freude vorbereitet hatte.

Da öffnete sich die Tür und Lisa trat herein. Sie war mit einem hübschen beigen Hosenanzug bekleidet, der ihre Taille besonders schmal erscheinen ließ und sah blass und übernächtigt aus. Daniel folgte ihr und murmelte ein undeutliches guten Morgen.

»Guten Morgen, Frau Moss. Wie schön, dass ich Sie noch antreffe, ehe ich abreise.«

Franziska hob erstaunt den Kopf angesichts des ironischen Tonfalls von Lisa. Diese erwiderte den Blick, ihr angedeutetes Lächeln jedoch erreichte ihre Augen nicht. »Guten Morgen«, erwiderte Franziska, »ich wusste gar nicht, dass Sie heute abreisen wollten. Ist Ihr Apartment mittlerweile fertig?«

»Jedenfalls so weit, dass ich wieder darin wohnen kann. Es wird langsam Zeit, dass ich an meine Arbeit komme. So lange zu faulenzen bekommt mir nicht.« Sie hielt Franziska die Hand zum Abschied hin.

Daniel war währenddessen wortlos an ihnen vorbei zur Küchentür hinausgegangen, so dass sie sich einen Moment allein gegenüber standen. Lisa sah Franziska mit einem durchdringenden Blick an, der diese beinahe verunsicherte: »Sie sind gerissener, als ich glaubte. Er gehört Ihnen! Viel Glück.«

»Ich verstehe nicht, was Sie meinen!«, sagte Franziska verdutzt.

»O doch, Sie verstehen mich sehr gut!« Lisas Augen wurden jetzt noch um eine Spur kälter. »Glauben Sie, ich hätte Ihre schmachtenden Blicke gestern nicht gesehen? Den ganzen, langweiligen Abend haben Sie Daniel doch geradezu mit Ihren Augen verfolgt! Und der Abgang erst. Respekt, von Ihnen kann man noch lernen. Abgesehen davon: Wie Sie tanzen, davon kann nun wirklich jede Bardame lernen!«

»Na, ich bitte Sie! Das ist doch wohl!« Franziska fehlten die Worte. Dass sie aufreizend tanzte, war ihr noch nie aufgefallen. Sie tanzte ohnehin so gut wie nie. Und mit Sicherheit hatte sie es gestern Abend nicht darauf angelegt aufreizend zu erscheinen, zumindest nicht bewusst. »Und Sie irren, wenn Sie sich einbilden, ich sei in Daniel ... na, Sie wissen schon«, sagte sie. Lisa musste vollkommen verrückt geworden sein.

»Tun Sie nicht so naiv, das nehme ich Ihnen nicht ab.« Lisas Mund verzog sich abfällig. »Ich glaube, Sie haben jede Drehung, jede Wendung und jedes Wort gestern Abend bis ins Kleinste geplant, ich halte Sie nämlich für eine abgefeimte Schauspielerin. Auf Wiedersehen, Frau Moss und viel Spaß noch!«

»Danke«, rief Franziska der davon eilenden Gestalt nach, sie war halb verärgert und halb belustigt. Erleichtert, dass Lisa Fußbahn das Haus endlich verließ, stellte sie entschlossen den Obstsalat in den Kühlschrank, nahm ein Gedeck aus dem Schrank und legte zwei Semmeln auf den Toaster.

In Gedanken versunken trank sie ihren Kaffee, als Daniel zurückkam. »Ich wusste nicht, dass sie heute schon abfährt«, bemerkte sie in das Schweigen hinein.

»Nein, woher solltest du auch«, erwiderte er ruhig und ließ sich auf das alte Sofa neben der Essecke fallen, von dem sie sich nicht trennte, weil es so gemütlich zum Telefonieren war. »Hast du noch Kaffee für mich?«

»Natürlich.« Als er sich nicht rührte, deutete sie mit dem Finger in Richtung Buffet: »Die Kaffeemaschine befindet sich dort drüben!«

Seufzend erhob er sich und goss frischen Kaffee in die Tasse. Schweigend nahm sie die Butter und schmierte ihre Semmel. Er trank ebenso schweigsam seinen Kaffee.

Unglücklich sieht er nicht aus, fuhr es Franziska durch den Kopf. Ließ ihn Lisas Abreise so unberührt?

»Na, von Tom geträumt?«, unterbrach er ihre Betrachtungen über ihn.

»Jawohl und es handelte sich um einen ausgesprochen schönen Traum!«, stellte sie ein wenig übertrieben fest, gereizt durch seinen beinahe lauernden Blick aus den halb geschlossenen Augenlidern.

»Wann bist du nach Hause gekommen?«

»Geht dich gar nichts an!«

»Du siehst jedenfalls aus, als wär's spät geworden!«

»Danke für das Kompliment. Du siehst auch nicht gerade aus wie das blühende Leben, wenn die Bemerkung gestattet ist!«, erwiderte Franziska und traktierte heftig die fette Plockwurst, die Josef besorgt hatte.

»Wen zerstückeln wir denn da?«

»Dreimal darfst du raten!«

»O ha, die Messer fliegen tief heute. Aber steck sie wieder weg. Du siehst echt gut aus. Die Ränder unter den Augen machen dich richtig sexy«, neckte er sie und ließ sie dabei nicht aus den Augen, was sie heute Morgen ziemlich irritierend fand.

»Na, ich danke.«

»Ich dachte, du isst morgens nur Obst?«

»Du denkst zu viel. Dann und wann gönn ich mir durchaus eine Semmel.«

»Oder zwei.«

»Oder zwei, ganz richtig.« Sie hob kriegerisch den Kopf, aber als sie in seine amüsierten Augen sah, musste sie ebenfalls grinsen.

»Hast du für heute was Besonderes vor?«, fragte er.

»Eigentlich nicht.«

»Wie wär's mit Kofferpacken?«

»Hm?« Entgeistert ließ sie das Messer sinken und starrte ihn an.

»Ich werde morgen nach England reisen. Genauer auf die Isle of Skye. Und ich würde dich gern einladen mich zu begleiten.«

»Was machst du denn da?«, fragte sie und betrachtete verblüfft die Gestalt, die mit ausgestreckten Beinen und geschlossenen Augen auf dem Zweisitzersofa lümmelte.

»Ich ... habe geerbt.«

»Himmel!«

»Nicht ganz«, grinste er und öffnete die Augen, »aber beinahe. Ich hab von Tina ein Haus geerbt.«

»Mein Gott, die Frau muss dich wirklich gern gehabt haben. Ich versteh's nicht.«

»Tja, es gibt eben Frauen, die sich mit Männern auskennen.«

»Hm«, brummte sie, immer noch verdattert über sein Angebot.

»Komm doch mit. Die Insel soll sehr schön sein.« Seine Augen sahen sie bittend an und seine Stimme klang mit einem Mal ungewohnt sanft.

Sein Angebot klang tatsächlich verlockend, dennoch wollte sie ihn ein wenig schmoren lassen, schließlich hatte er sie gestern Abend nicht gerade sonderlich nett behandelt. »Und was geschieht mit unserer Arbeit?«

»Ich will nur drei, höchsten vier Tage wegbleiben. Ich muss bei dem Haus nach dem Rechten sehen. Daniel käme natürlich mit. Er ist mittlerweile so groß, dass ihm die Fahrt sicher nichts ausmacht. Wir werden natürlich genug Pausen einlegen. Aber du musst nicht meinen, ich wollte dich zum Babysitten mitnehmen«, fügte er eilig hinzu, «ich wollte dir damit nur eine Freude machen. Wir könnten wandern, uns die Insel ansehen, Langeweile hätten wir bestimmt nicht.«

Franziska war hin und her gerissen. Gerade erst war seine Lisa über alle Berge und schon bat er sie mit ihm zu verreisen. War sie etwa nur der Notstopfen? Sollte sie ihn womöglich trösten? Sie warf ihm einen musternden Seitenblick zu. Andererseits schien sein Angebot ehrlich gemeint und ohne Hintergedanken.

Der Mann war ihr ein Rätsel.

»Was ist, willst du nicht?«

»Doch, ich hätte schon Lust.«

»Aber?«

»Nichts aber, es kommt nur so plötzlich.«

»Ich beiße nicht! Du brauchst also keine Angst zu haben«, sagte er mit einschmeichelnder Stimme.

»Ach, wirklich?«, antwortete sie. Er sollte nicht meinen, mit diesem harmlosen Lächeln und seinem Charme könne er jede überrumpeln, »ich hab da ganz andere Erfahrungen gemacht.«

»Umso mehr ein Grund mitzufahren. Damit gibst du mir die Chance, dir meine besseren Seiten vorzuführen.«

»Die du natürlich zweifellos besitzt«, entgegnete sie darauf ironisch.

»Und die du zweifellos noch nicht zur Kenntnis genommen hast. Und ehe ich's vergesse, du bist natürlich eingeladen. Die Fahrt kostet dich keinen Pfennig. Und kochen brauchst du auch nicht, wir werden auswärts essen. Zur Not hilft uns aber sicher die Nachbarin, also sei unbesorgt.«

»Das ist ein Argument«, stimmte sie augenzwinkernd zu.

»Das heißt, du sagst Ja?« Er klang tatsächlich erfreut.

Sie wischte sich den Mund ab und nickte lächelnd. »Ja, ich komme gern mit. Wann fahren wir los?«

»Was hältst du von morgen neun Uhr? Ich meine, das ist zeitig genug. Uns treibt niemand. Außerdem sollten wir nicht vergessen warme Sachen einzupacken. Ich denke, da oben ist es kalt um diese Jahreszeit.« Er stand auf und begann den Tisch abzuräumen. »Und, Franziska?«, er warf ihr über die Schulter einen frechen Blick zu, während er die Spülmaschine einräumte, »lass den Schrankkoffer hier, es handelt sich nicht um eine Expedition!«

»Ich reise grundsätzlich mit kleinem Gepäck«, antwortete Franziska gespielt böse, »man weiß ja nie, wie schnell man wieder weg muss.«

»Ganz meine Devise.«

»Übrigens, werden wir fliegen? Oder wie hast du dir die Reise vorgestellt?«

»Ich bin mir nicht sicher, ob ich mit Junior schon fliegen sollte«, überlegte er laut. »Vielleicht sollten wir besser die Fähre nehmen. Was meinst du? Oder möchtest du lieber mit dem Zug das Meer unterqueren?«

Sie überlegte kurz. »Eine Schiffsreise fände ich ganz schön, aber wenn ich an Junior denke, bin ich mir nicht sicher, ob der Zug nicht besser wäre.«

»Ich schlage vor, wir überlegen es uns morgen noch. Dann sehen wir ja, wie ihm die Fahrt bekommt.«

»Gute Idee. Danke nochmals für die Einladung. Ich freue mich schon auf England.« Sie stand auf. »Apropos: Wo hast du eigentlich Junior gelassen?«

»Josef ist mit ihm spazieren.«

»Hast du ein Glück.«

»Ja, hab ich und das meine ich ganz im Ernst. Josef ist wirklich eine echte Hilfe.«

»Und ihm tut Daniel auch gut. Vor allem die Spaziergänge mit ihm«, bekräftigte sie. »Ich mag Josef gern, hab mich richtig an ihn gewöhnt. Außerdem ist er der beste Koch in diesem Haus.«

»Du hast völlig Recht«, erwiderte Daniel verschmitzt. »Für heute hat er wieder das Kochen übernommen, obwohl ich Dienst hätte. Er will heute Abend Speckpfannkuchen machen. Ich will bis dahin unbedingt wieder hier sein.«

»Wieso? Fährst du weg?«

»Ja, ich fahre auf den Arber zum Skifahren.«

»Zum Arber? Liegt denn noch genügend Schnee?«, erkundigte Franziska sich erstaunt.

»Wieder. Die Menge die hier als Regen runterkam, fiel dort als Schnee. Zum Skifahren reicht's. Daniel wollte ich eigentlich zuerst mitnehmen, aber Josef hat mit mir geschimpft und mich eines Besseren belehrt. Er sagt, viele Kinder trügen im Winter Erfrierungen in diesen Tragerucksäcken davon. Außerdem sei es zu gefährlich, mit den Babys auf dem Rücken Skizufahren. Und ich gebe zu, dass der Gedanke eine echte Schnapsidee war.«

»Und was machst du jetzt?«

»Josef kümmert sich heute allein um Daniel. Ich habe alles Notwendige vorbereitet, so dass ich beruhigt fahren kann.«

»Wie ich dich beneide!« Franziska bekam ganz sehnsüchtige Augen.

Vor einigen Jahren war sie regelmäßig mit ihren Freunden Ski gelaufen. Aber Bernd hatte absolut kein Interesse gezeigt. Anfangs war sie dann und wann allein mit ihren Münchener Freunden in den Schnee gefahren, später jedoch hatte sie es aufgegeben. Bernd hatte ihr die Freude daran verdorben, vielmehr seine schlechte Laune, mit der er sie nach einem ausgelassenen Skitag am Abend begrüßt hatte. Sie nahm sich vor, ihre Freunde aus Lusenau zusammenzutrommeln, damit sie für das nächste Jahr Skiferien in den Alpen einplanten. Sicherlich fanden sich einige, die dazu Lust hatten.

Daniel lehnte am Türrahmen und betrachtete sie mit einem langen Blick. »Kannst du Skifahren?«

»Ja. Früher bin ich ganz gut gefahren, aber es ist beinahe fünf Jahre her, seit ich das letzte Mal auf den Brettern gestanden habe.«

»Skifahren verlernt man nicht, ebensowenig wie Schwimmen.«

»Hättest du etwas dagegen, wenn ich mitkäme?«, platzte sie heraus.

»Ich wollte dich gerade dasselbe fragen.« Er wirkte ehrlich erfreut. »Schaffst du es in einer Viertelstunde? Ich bin nämlich für zehn Uhr mit meinen Freunden verabredet.«

»Kein Problem«, beruhigte Franziska ihn gut gelaunt und lief nach oben.

Eine Viertelstunde später trafen sie draußen vor seinem Auto zusammen. Sie holte ihre Ski aus dem Keller und nachdem Daniel diese auf dem Autodach befestigt hatte, ging die Fahrt los.

Franziska setzte die Sonnenbrille auf, denn die Sonne stand gleißend am Himmel.

Daniel sah Franziska von der Seite an, als er mit einem Funkeln in den Augen bemerkte: »Gottseidank müssen wir ja keine Angst haben dich zu verlieren, schließlich leuchten deine Haare meilenweit«, foppte er sie.

»Weiter so und ich werde mich fürchterlich bei einer Schneeballschlacht rächen.«

»Das ist ein Wort. Ich hab immer schon gern die Mädchen eingeseift.«

»Und das nicht nur mit Schnee«, vervollständigte sie, »nehm ich mal an.«

»Mit dieser Annahme liegst du goldrichtig.«

Gut gelaunt legten sie die wenigen Kilometer über die Bundesstraße zurück, auf der an diesem sonnigen Morgen lebhafter Verkehr herrschte. Franziska konnte sich angesichts der hellgrünen Baumspitzen gar nicht vorstellen, dass sie auf dem Arber noch genügend Schnee zum Skifahren vorfinden würden. Aber je höher sie kamen, umso kühler wurde es und als sie schließlich oben angelangt waren, zeugte der überfüllte Parkplatz davon, dass sie nicht die einzigen waren, die den letzten Schnee auskosten wollten. Sie hatten Glück und fanden trotz des Andrangs schnell einen Parkplatz. Daniel rangierte geschickt den Wagen in die freie Parklücke.

Als sie ausstiegen, bemerkte Franziska zu ihrer Freude den Volvo von Julia und Stefan. Freudig hob sie den Arm und winkte den beiden zu, die sofort auf sie zu kamen. Franziska stellte die beiden Männer einander vor und nachdem sie beschlossen hatten den Tag gemeinsam zu verbringen, machten sie sich auf die Suche nach Daniels Freunden.

Franziska, die schnell Freundschaft schloss, war neugierig, wie seine Freunde wohl sein mochten und sah sich erwartungsvoll um. Am Treffpunkt gleich beim Lift trafen sie Peter und Renate. Peter war ein sympathischer Riese, Renate wirkte fröhlich und unkompliziert. Daniel machte alle miteinander bekannt und sogleich nahmen seine Freunde die drei Neuankömmlinge unbefangen und freundlich in ihre Gruppe auf. Bester Laune reihten sie sich kurz darauf ein in die Schlange am Lift.

Franziska genoss das schöne Wetter und den Schnee, den sie so sehr vermisst hatte. Nach den ersten zögernden Schwüngen fühlte sie sich gleich wieder sicher auf den Brettern und fuhr schließlich sämtliche Pisten hinunter. Mittags kehrten sie in ein bis auf den letzten Platz besetztes Gasthaus ein. Zusammengedrängt auf der Holzbank aßen sie inmitten der ausgelassenen Schar köstliche Graupensuppe und tranken dazu ein Bier der immer noch zahlreichen einheimischen Brauereien. Daniel schlug allerdings Franziskas großzügiges Angebot, auf dem Rückweg das Auto zu fahren, so dass er ein Glas trinken konnte, aus.

»Selbst Schuld«, bemerkte sie gleichmütig und ließ sich genüsslich das köstliche niederbayerische Bier schmecken. Dann ging es wieder auf die Piste. Da der Schnee jedoch mittlerweile in der starken Sonne sehr weich geworden war, beschlossen sie, den Nachmittag in einem altmodischen Plüschcafé bei Tee und Kuchen ausklingen zu lassen. Auch hier herrschte drangvolle Enge, die die Bedienung jedoch zur Freude der Gäste souverän meisterte. Erst am späten Nachmittag machten sie sich auf den Heimweg, nicht ohne vorher zu versprechen, sich bald wieder einmal zu treffen.

»Franziska, hast du Lust, am Mittwochnachmittag zum Kaffee zu kommen?«, fragte Julia, ehe sie zu Stefan ins Auto stieg.

»Dieses Mal geht es leider nicht, ich fahre mit Daniel auf die Isle of Skye«, erwiderte Franziska und berichtete kurz von Daniels Einladung. Sie verabredeten sich für die Woche darauf.

»Ich muss was mit dir bereden. Bis dann«, verabschiedete Julia sich ein wenig geheimnisvoll und Franziskas Neugierde war geweckt.

»Müde?«, fragte Daniel, als sie schließlich im Auto saßen, schaltete das Licht ein und reihte sich in die lange Schlange der heimfahrenden Autofahrer.

»Hm, ein bisschen. Die Stunden sind nur so verflogen.« Franziska räkelte sich träge. »Es war wunderbar, einmal wieder Ski zu fahren! Deine Freunde sind sehr nett.«

»Deine ebenfalls.«

»Ja, ich mag sie beide«, stimmte Franziska zu. »Julia und ihr Mann lieben sich sehr. Er hat viel Zeit und Mühe in sein neues Glaszentrum gesteckt und das Dorf ist sehr stolz auf ihn. Die beiden sind übrigens zur Zeit das Gesprächsthema

Nummer eins: Beide haben sich als neue Bürgermeisterkandidaten aufstellen lassen und dreimal darfst du raten, für wen ich – und so weit ich informiert bin, der Rest der Frauen –, stimmen werde.«

»Ich ahne Fürchterliches. Dieser Mann interessiert mich wirklich«, schmunzelte Daniel. »Er muss verdammt viel Kraft besitzen, wenn er sich gegenüber Julia behaupten will.«

»Da kann ich dich wirklich beruhigen. Kraft besitzt er im Übermaß, sowohl körperlich als auch seelisch«, kicherte Franziska.

»Wird er brauchen können«, seufzte ihr Partner nun übertrieben.

»Wie immer wir wählen werden, einer von beiden wird das Rennen machen und das ist auf jeden Fall eine Bereicherung für den Ort«, stellte Franziska zufrieden fest.

Zu Hause angekommen nahmen sie die Skier vom Dach und gemeinsam trugen sie sie in den Keller. Als sie die Diele betraten, lockte aus der Küche der herrliche Duft gebackener Pfannkuchen und der Speckgeruch ließ ihnen das Wasser im Mund zusammenlaufen. Josef erwartete sie und wieder einmal wunderte Franziska sich, wie es dieser Mann verstand, scheinbar mühelos ein appetitliches Essen auf den Tisch zu zaubern. Als sie ihm Komplimente deswegen machte, wehrte er bescheiden ab. »Weißt du, das lernt man halt mit den Jahren, wenn man immer allein lebt.«

»Ich fürchte, ich würde dabei eher verhungern«, gestand Franziska und verzog das Gesicht.

»Das möchte ich allerdings bezweifeln, wenn ich dich so anseh«, neckte Josef sie, worauf alle grinsten – Franziska eingeschlossen.

Nach dem Essen verabschiedete sie sich. Sie wollte noch hinauf nach Waldhaus. Sie war zwar müde von der ungewohnten Bewegung und für ihre Kurzreise nach England musste sie noch packen, aber dennoch würde sie kurz bei Tom und Isabell vorbeischauen; schließlich trat Tom morgen früh in Deggendorf seine neue Stelle an. Sie wollte sich von ihm verabschieden, da sie ihn gestern Abend nicht mehr gesehen hatte. Obwohl sie eigentlich keinen Grund dazu hatte, empfand sie ein schlechtes Gewissen ihm gegenüber.

»Grüß dich, Franziska«, wurde sie von Paul begrüßt. »Geh nur ins Wohnzimmer, dort findest du Isabell.«

Isabell saß auf der Couch und las in einer Illustrierten. Als sie Franziska sah, erhob sie sich. »Schön, dass du noch vorbeischaust. Grüß dich.« Sie zog Franziska in die Arme. »Tom war zweimal bei dir drüben, aber du scheinst unterwegs gewesen zu sein.«

Sie setzten sich und Franziska berichtete von ihrem Tag am Arber. Ihre Augen leuchteten und ihr Gesicht glühte. Und dass sie mit Daniel nach England fahren würde, erzählte sie natürlich auch.

»Ich freu mich für dich, Franziska. Tom war zwar enttäuscht, dass er sich nicht von dir verabschieden konnte, aber es ist schön, dass du einen so herrlichen Tag hattest.« Isabells warmherziger Blick ruhte gedankenverloren auf Franziska. »Er hat sich in dich verliebt.«

»Ich weiß«, entgegnete Franziska leise.

»Und ich fürchte, er kommt zu spät.«

»Ja«, war das Einzige, was Franziska antworten konnte.

Die beiden Frauen tauschten einen Blick und es bedurfte keiner weiteren Worte.

»Nun, es kann ihm nicht schaden, einmal nicht an sein Ziel zu kommen«, sagte seine Mutter nachdenklich. »Obwohl ich es in diesem Fall bedaure.« Sie lächelte.

»Ich glaube eher, es geschah aus dem Grund, weil wir uns so lange nicht gesehen haben. Er verwechselte Vertrautheit mit ... na ja, du weißt schon.«

Isabell seufzte. »Mag sein. Aber hast du dir die Sache auch gut überlegt?«

»Hm, welche Sache meinst du jetzt?«, fragte Franziska verdutzt. »Redest du von meinem Entschluss, mich selbstständig zu machen?«

Isabell lachte laut auf. »Nein, du Schäfchen. Ich meine natürlich die Sache mit Daniel. Hast du dir Gedanken darüber gemacht, dass ihr mit einem Kind beginnen würdet? Also nicht viel Zeit habt euch erst einmal allein zu genießen?«

»Isabell!« Erregt sprang Franziska vom Sofa auf und stellte sich vor ihre Patentante.

»Ja, was denn?«, kam die harmlose Rückfrage.

»Ich bin nicht mit Daniel zusammen!« Erzürnt schaute sie von ihrer stattlichen Höhe hinunter auf die zierliche Person auf dem Sofa, die so harmlos wie ein Berufspokerspieler wirkte.

»Nein, nur dass du jede Minute deines Lebens mit ihm verbringst.«

»Na, gezwungenermaßen«, rief Franziska laut.

»Natürlich, was sonst«, beschwichtige Isabell sie amüsiert. »Und außerdem hättest du seine Blicke sehen sollen, als du mit Tom getanzt hast. Glaub mir, ich hab um das Leben meines Sohnes gezittert bei diesem Anblick.«

»Unsinn«, erwiderte Franziska mit belegter Stimme und konnte nicht verhindern, dass sie errötete.

»Und die Art und Weise wie er dich von der Terrasse fortgeschafft hat, ließ jede alte Ehefrau im Raum vor Neid erblassen, mich eingeschlossen, das glaub mir, mein Engel.«

»Meinst du?«, flüsterte Franziska entzückt.

»Das meine ich«, grinste Isabell.

»Ich finde, dass du dir alles nur einbildest«, sagte Franziska schwach und beendete das brisante Thema, indem sie das Gespräch geschickt auf die Tochter des Hauses lenkte. Kurze Zeit später verabschiedete sie sich. Herzlich nahm Isabell Franziska in den Arm: »Skye soll wunderschön sein. Genieß die Tage. Ich werde Tom von dir grüßen.«

»Ja, und sag ihm, dass es mir Leid tut.«

»Dass er dich nicht mehr angetroffen hat, meinst du«, erkundigte sich Isabell schmunzelnd, »ich verstehe.«

12

»Oh mein Gott, ist das schön hier.« Franziska setzte sich aufrecht in den Sitz des Golfs und genoss die Fahrt aus ganzem Herzen. Es würde nicht mehr lange dauern, bis sie die Insel Skye erreichten. Der gestrige Tag war so gewesen, wie sie sich einen Ferientag wünschte. Alles ging geruhsam vor sich, Daniel junior erwies sich wieder als Muster-Baby, das Wetter war fabelhaft und sie hatten sich während der Fahrt Zeit gelassen.

Und heute würden sie das Ziel ihrer Reise erreichen. Franziska war sehr gespannt auf das Haus, das Daniel geerbt hatte. Sie hatte eine neue helle Bluse unter ihrem Shetlandpullover angezogen, schwarze Jeans und feste Schuhe. Sie hatte keine Ahnung, wie es auf der Insel aussehen mochte. Auf jeden Fall regnerisch, hatte Daniel sie gewarnt.

Im Moment jedoch war das Wetter freundlich, wenn auch einige Wolken hinzugekommen waren. Über die Meeresenge hinweg konnten sie die Silhouette der Insel erahnen. Die Fahrt hatte sie durch herrliche und scheinbar unberührte Insellandschaften geführt. Immer wieder gab es unerwartete Ausblicke auf das Meer. Zwischen Bergkuppen und romantischen – und vermutlich eiskalten – Seen lagen ganz versteckt verträumte weiße Häuschen. Sie wirkten wie Spielzeugschachteln mit hübsch angelegten Gärten davor und waren anscheinend ungestört von jeglicher moderner Hektik.

»Warst du schon einmal in England?«, unterbrach Daniel ihre entrückten Betrachtungen.

»Nein, noch nie. Zwar üben nordische Landschaften eine starke Faszination auf mich aus. Ich mag die Stille und Unberührtheit. In den letzten Jahren hab ich meine Ferien jedoch immer im Süden verbracht – weit entfernt von Ruhe und Einsamkeit«, bekannte sie und verzog leicht das Gesicht.

»Wieso? Ich finde, wer es darauf anlegt, der findet auch

im Süden noch genügend Orte, die vom Massentourismus unberührt geblieben sind.«

»Sicher, aber die haben mein Freund und ich nicht aufgesucht.«

»Dann hättest du deine Wünsche in dieser Hinsicht äußern müssen, vielleicht ahnte er gar nichts von deiner Liebe zum Norden«, warf Daniel ein und im Stillen gab sie ihm Recht. Tatsächlich hatte sie Bernd gegenüber mit keinem Wort ihre Vorliebe für den Norden erwähnt. Und Gedankenlesen konnte er natürlich nicht.

Nach einer kurzen Rast auf einem kleinen Parkplatz an einem der zahllosen verwunschenen Lochs erreichten sie die Brücke, die sie hinüber zur Insel führte und die sich vor einem Jahr, als Daniel mit Tina hier gewesen war, noch im Bau befunden hatte.

»Jetzt ist zwar nicht gerade die schönste Jahreszeit, aber zumindest bist du jetzt garantiert vom Massentourismus verschont. Aber egal wie das Wetter auch ist, ich bin mir sicher, die Insel wird dir gefallen«, versprach Daniel.

»Regen schreckt mich nicht, keine Sorge! Aber du scheinst die Insel zu kennen. Warst du eigentlich schon öfter hier?«

»Nicht öfter, einmal nur.«

»Ja?«, fragte sie einladend, aber er ging nicht weiter auf das Thema ein.

Sie erreichten Skye und fuhren gemächlich Richtung Broadford. Dort verließen sie die Küstenstraße und bogen nach links ab. Die schmale Straße führte durch unbewohntes Bergland, in dem ab und zu vereinzelte Schafe zu entdecken waren. Kein Auto kam ihnen auf dieser wildromantischen Straße entgegen. Bei einem kleinen Weiler namens Elgol bog Daniel von der engen Hauptstraße nach links auf einen noch schmaleren Single-Track, eine der zahlreichen Einbahnstraßen der Insel, ab. Noch einmal bog er nach links auf einen engen unbefestigten Weg und hielt dann an – mitten in der

Wildnis, so erschien es ihr, jedenfalls war weit und breit kein Mensch, geschweige denn ein Haus zu sehen.

»Hier ist es.«

Schweigend stieg sie aus dem Auto und drehte sich dann um die eigene Achse. »Ich seh nichts«, sagte sie.

»Lass dich überraschen!«, sagte er geheimnisvoll und sie folgte ihm mit der Reisetasche in der Hand, während er Daniel auf dem Arm zum Haus trug.

Und da entdeckte sie hinter einem hohen Wall aus dicht verzweigten Sträuchern das Anwesen. Anwesen war allerdings ziemlich übertrieben. Stumm betrachtete sie das mit weißer Kalkfarbe gestrichene Haus mit der Bank aus verwittertem Holz vor der Tür und dem Bauerngarten, der von einem schneeweißen Zaun begrenzt wurde. An alles hatte sie gedacht, jedoch nicht, mit Daniel womöglich in einem Spielzeughaus zu übernachten – allein.

Zu Hause in Lusenau war es natürlich etwas ganz anderes. Das Haus ihrer Eltern war riesig und ihre Zimmer lagen so weit voneinander entfernt, dass sie nie das Gefühl von intimer Nähe gehabt hatte. Sie sah sich um und spürte, wie es in ihrem Magen zu kribbeln begann. Allein in tiefster Einsamkeit! Aber, dachte sie spöttisch, hatte sie diese nicht eben noch vermisst?

»Nun, wie findest du es?«, fragte er sie mit dem Stolz des neuen Besitzers.

»Schön. Wenn auch etwas klein«, entschlüpfte es ihr, wobei sie ihre Worte sogleich bereute, »aber sonst find ich es sehr romantisch«, fügte sie rasch hinzu.

»Wart ab, bis du es von innen siehst. Es wird dir gefallen.« Er schloss die Tür auf und sie betraten einen hellen Vorraum.

An den Wänden waren Haken angebracht, an denen Jacken, Mützen und Mäntel in allen Größen hingen und auf dem Holzfußboden herrschte ein buntes Durcheinander von Stiefeln, Angelruten und Körben. Sie zogen die Jacken aus und betraten den Wohnraum.

»Aber hier ist doch überhaupt kein Platz für uns beide zum Schlafen!«, stellte sie zweifelnd fest.

»Hier ist nicht nur Platz für uns Zwei, sondern sogar für uns Drei«, erwiderte er schmunzelnd und führte sie dann in den Raum nebenan, wo sich das Schlafzimmer mit einem großen Doppelbett befand. »Ich schlafe oben«, beruhigte er sie.

Sie gingen zurück ins Wohnzimmer und nun bemerkte sie die schmale Holzstiege, die hinaufführte.

»Hier unter dem Dach werden Junior und ich schlafen. Komm, ich zeig's dir.«

Der Raum oben war winzig und gerade so hoch, dass Franziska in der Mitte stehen konnte, ohne den Kopf einziehen zu müssen. An der Längsseite befand sich auf der einen Seite ein breites Bett während gegenüber tiefe Regale praktischen Stauraum boten und durch die in die Firstseiten eingelassenen Fenster wirkte der Raum hell und freundlich.

»Daniel kommt auf die Matratze auf dem Boden, da kann ihm nichts passieren, denn krabbeln kann er zum Glück ja noch nicht«, überlegte Daniel laut.

»Gute Idee«, murmelte Franziska, trat an eines der Fenster und schaute hinaus. Ihr stockte der Atem angesichts des unvergleichlichen Ausblicks auf die Bucht und den dahinter aufragenden Bergen.

»Das ist die Meeresbucht von Loch Scavaig und dahinter die Berge sind die Cuillin Mountains«, erklärte Daniel.

Er war hinter sie getreten und hatte den Arm um ihre Schultern gelegt und urplötzlich wurde ihr die Enge des Raumes bewusst. Damit ihr Herzschlag sich beruhigte, öffnete sie eines der Fenster und lehnte sich hinaus, so weit es die winzige Öffnung zuließ. Tief zog sie den Duft ein, den der kühle Seewind hereintrug, ein ihrer Nase fremdartiges Gemisch aus Salz, Wasser und Tang.

In der Ferne schaukelten die Fischerboote mit der abgeblätterten Farbe sanft in der Meeresbucht. Der natürliche Hafen war eingerahmt von dunklen schroffen Bergflanken, deren Düsterheit gemildert wurde durch die weißen Hauben aus Schnee, die ihre Spitzen zierten. Plötzlich wurde der leichte Nebelschleier von zaghaften Sonnenstrahlen auseinandergerissen, die die Szenerie in ein mildes Licht tauchten. Das tiefdunkle Meer ließ die Kälte, die es zuvor noch ausgestrahlt hatte, augenblicklich vergessen. Es begann zu glitzern und gab freundlich das Spiegelbild des weißblauen Himmels wider. Franziska hielt den Atem an. Der Anblick glich einem Gemälde. In diesem Moment wünschte sie, sie wäre in der Lage, es genauso zu malen, war sich jedoch bewusst, dass ihre Fähigkeiten nicht ausreichten, die unwirkliche Stimmung einzufangen.

»Phantastisch!«, hauchte sie mit heiserer Stimme.

»Die Cuillin Mountains sind ein beliebtes Bergsteigergebiet. Darum hatte Tina sich hier auch das Häuschen gekauft, sie war eine begeisterte Bergsteigerin. Man sollte sich jedoch nur bei klarem Wetter auf den Weg machen, die Berge haben ihre Tücken, selbst für erfahrene Leute.«

»Einfach wunderschön.« Mit leuchtenden Augen wandte Franziska sich ihm zu. »Es ist ein gemütliches Haus in einer phantastischen Lage.«

»Ja, find ich auch«, stimmte er ihr zufrieden zu.

Sie wandte sich vom Fenster ab und ging zur Stiege. »Wann warst du hier?«

»Ist jetzt ungefähr«, er hielt eine Sekunde inne, »ja, ungefähr ein Jahr her.«

»Ein Jahr«, wiederholte sie gedankenverloren, während sie vorsichtig die Stufen hinunterkletterte. Dann blieb sie so abrupt stehen, dass er beinahe über sie gestolpert wäre. »Ein Jahr! Das heißt …«

»Genau.«

»O«, murmelte sie, während sie die letzte Stufe hinunterging.

»Ja.«

Sie ging hinüber zu dem Sofa. »Wie sinnig, mich hierher mitzunehmen. Ihr habt doch wohl nicht hier unten …?«

Er warf ihr einen belustigten Blick zu, während er ihr gegenüber in den tiefen Sessel sank, nachdem er Daniel junior in seine Tischwippe gesetzt hatte, die dieser zu lieben schien. »Stell dich nicht so an, du bist doch sonst nicht so prüde. Außerdem ist das Bett neu bezogen«, schickte er – unnützerweise, fand sie – hinterher.

»Ob ich prüde bin oder nicht, kannst du gar nicht wissen«, verwies sie ihn mit einem Augenzwinkern.

Sie sah sich in dem niedrigen Raum um. An den Wänden hingen Aquarellbilder, die die Bucht von Loch Scavaig zeigten und ein Bücherregal umrahmte die Tür zum Schlafzimmer. An der gegenüberliegenden Seite stand zu Franziskas Erheiterung ein altes Harmonium, das jedoch leider nicht mehr funktionstüchtig war, auf dem einige gerahmte Fotos aufgestellt waren. Der Raum wirkte sehr behaglich. Was immer man gegen Tina haben konnte, sie hatte Geschmack besessen.

Franziska zog die Strickjacke aus, die sie während der Fahrt getragen hatte. »Mich wundert, dass es im Haus so schön warm ist.«

»Das war Ellen Burns. Sie ist unsere Nachbarin. Ich rief sie gestern an und sie schaltete die Heizung ein. Sie ist ein Schatz – und außerdem liebt sie mich«, fügte er spitzbübisch hinzu.

»Was sonst!«, lachte Franziska.

»Sie hält das Haus in Ordnung, wenn niemand da ist.« In dem Moment vernahmen sie ein Geräusch von der Eingangstür her. »Wenn man vom Teufel spricht«, raunte er ihr schmunzelnd zu und schon ging die Wohnzimmertür auf. Herein trat eine kleine rundliche Frau mit glatten weißen Haaren, die ganz kurz geschnitten waren. Ihr Gesicht ließ es nicht zu ihr Alter zu schätzen.

»Daniel, endlich sieht man dich mal wieder!«, begrüßte sie ihn, geradeso, als kannte sie ihn seit Urzeiten. Ihr Gesicht war mit feinen Linien überzogen und die lebhaften hellen Augen leuchteten auf, als sie ihn in die Arme nahm. Er beugte sich tief hinunter und gab ihr einen Kuss auf die Wange.

Dann blickte sie entzückt auf Junior und murmelte etwas, das Franziska nicht verstand. Erst dann begrüßte sie Franziska mit einem freundlichen Lächeln. »Ihr habt euch ja eine feine Jahreszeit ausgewählt, ist man gut, dass du vorher angerufen hast, Daniel, so konnte ich wenigstens die Heizung anstellen.«

Wieder legte er den Arm um sie: »Ach Ellen, du bist eben doch ein Prachtstück«, sagte er in Englisch und Franziska staunte über seine guten Sprachkenntnisse. Sie war zwar eine gute Schülerin gewesen, in Mathe sogar ein Ass, aber Englisch hatte ihr immer einige Mühe bereitet.

»Ich hab mal vorsichtshalber einen Auflauf gemacht, dann müsst ihr nicht mehr raus essen gehen. Steht im Kühlschrank, muss nur noch aufgewärmt werden.« Schon wandte sie sich wieder zur Tür und verabschiedete sich fröhlich.

»Wo wohnt sie eigentlich, ich habe auf der Fahrt gar kein anderes Haus gesehen.«

»Nicht weit von hier, aber du hast Recht, man kann das Haus von der Straße aus nicht sehen.« Er blickte auf die Uhr. »Franziska, ich muss heute noch mal weg. Kann ich dich mit Daniel allein lassen? Ich hab noch was wegen des Hauses zu regeln. Es lohnt sich nicht, dass du mitkommst, ich weiß nicht, wie lange es dauern wird.« Er nahm seine Jacke. »Ich habe in der Tasche alles Nötige mitgebracht, wenn du Kaffee oder Tee willst. Schau dich um, mach es dir gemütlich. Ein paar Krimis müssten noch im Regal sein.«

»Keine Sorge, ich find mich schon zurecht.«

»Und wenn Daniel müde wird, leg ihn einfach hin.«

»Jawohl, Vater. Was, denkst du, hätte ich sonst mit ihm gemacht?«, fragte sie belustigt.

Im Vorraum drehte er sich noch einmal mit ernstem Gesicht um: »Franziska, noch etwas. Solltest du auf die Idee kommen, allein spazieren zu gehen, lass es bleiben! Das Wetter soll schlechter werden. Der Nebel kommt unvermutet schnell und du kennst dich hier nicht aus. Du wärst nicht die erste, die sich verläuft. Also bitte!«

Franziska verkniff sich eine Antwort und nickte ihm beruhigend zu.

Als er draußen war, nahm sie ihre Tasche und räumte die Sachen in den Schrank. Das Schlafzimmer war einfach eingerichtet. Der Fußboden bestand aus Holzdielen, auf denen ein dicker knallroter Wollteppich lag. An den Wänden hingen einige Bilder mit Landschaftsmalerei von der Insel. In der Hoffnung, Bettwäsche zu finden, öffnete sie die Kommode. Tatsächlich fand sie alles, was sie benötigte und so bezog sie die eine Seite des Bettes. Dann zog sie die Schuhe aus und warme Socken an und schlenderte zurück ins Wohnzimmer. Sie öffnete die niedrige Tür in der Ecke, die sie bis jetzt noch nicht entdeckt hatte und schaute in eine Kammer, die als Küche diente. Wie eine Puppenküche, dachte sie und blickte aus einem der zwei kleinen Fenster, die einen bezaubernden Blick auf das Meer freigaben. Ein Herd, ein Kühlschrank, das Spülbecken mit altmodischen Messinghähnen und ein Wandtisch bildeten das einzige Mobiliar. Über diesem war ein einfaches Bord für das Geschirr angebracht, darunter einige Haken für Kochutensilien und allerlei Krimskrams.

Sie stellte Wasser auf, machte sich einen Kaffee und holte aus der Tasche die angebrochene Packung mit den Butterkeksen. Dann bereitete sie die Mahlzeit für Daniel und nachdem er gewickelt war, legte sie ihn einfach in ihr Bett, wo er unverzüglich einschlief. So wünschte man sich sein Kind, dachte sie wohl zum hundertsten Mal, obwohl er ja durchaus nicht ihr Sohn war. Entzückt betrachtete sie das zarte Gesicht. Er war ihr so sehr ans Herz gewachsen, dass sie gar nicht daran denken durfte, dass er in einem Jahr nicht mehr bei ihr sein würde, womöglich auch schon früher, je nachdem, wann Daniel das Brauhaus fertig restauriert hatte. Sie seufzte und schloss leise die Tür des Schlafzimmers. Dann kuschelte sie sich in den weichen alten Sessel im Wohnzimmer und legte die Füße auf die Heizung. Sie hatte auf einem kleinen Tisch ein Radio entdeckt und lauschte nun einer

Musiksendung mit altmodischen Melodien. Sie passten genau zu ihrer Stimmung und der wildromantischen Umgebung. Sie nahm das politische Wochenmagazin zur Hand, das sie zu Hause eingesteckt hatte. Doch obwohl sie es normalerweise mit Begeisterung von der ersten bis zur letzten Seite verschlang, vermochte sie sich heute nicht recht auf den Inhalt zu konzentrieren. Also legte sie es beiseite und suchte in dem Regal nach neuem Lesestoff. Neben zerlesenen Exemplaren eines Bergsteigermagazins aus dem vorigen Jahr wurde sie schließlich fündig. Sie goss sich erneut Kaffee in den Becher und dann widmete sie sich einem Krimi.

Nach einer Stunde legte sie ihn aus der Hand, reckte sich, stand auf und ging ans Fenster. Es hatte sich bewölkt, aber es regnete nicht. Nach einem kurzen Blick ins Schlafzimmer zog sie sich an und verließ das Haus. Daniel hatte sicherlich übertrieben mit seiner Warnung. Vergnügt vor sich hin summend folgte sie einem schmalen Pfad hinter dem Haus, der zum Schluss nur noch einige Trittspuren aufwies. Leider hatte sich der Nebel nun doch verdichtet, so dass sie nicht viel von der Landschaft erkennen konnte. Vielleicht war morgen das Wetter besser, so dass sie mit Daniel ein wenig wandern konnte. Sie lief und wie so oft, verließ sie dabei jegliches Zeitgefühl. Irgendwann warf sie einen erschrockenen Blick auf die Armbanduhr. Es war vier, höchste Zeit, sich auf den Rückweg zu machen. Da sie, obwohl so warm angezogen, plötzlich anfing zu frieren, ging sie jetzt ein wenig rascher.

Es wurde bereits dämmrig, sie kniff die Augen zusammen und blinzelte nach vorn. Sie war den wenigen Trittspuren zurück gefolgt und hätte eigentlich das Haus mittlerweile sehen müssen. Sie blieb stehen und sah sich ratlos um. Von dem Haus war weit und breit keine Spur. Sie dachte an Daniel und spürte, dass sie unruhig wurde. Er würde nicht begeistert sein, wenn er sie nicht im Haus vorfand.

Viel größere Sorge bereitete ihr jedoch Junior. Zwar war auf ihn Verlass – nachmittags schlief er regelmäßig zwei Stunden. Dennoch beschlich sie jetzt das schlechte Gewissen. Natürlich hätte sie ihn nicht allein lassen dürfen. Nicht auszudenken, dass er jetzt womöglich schreiend und aufgelöst mit heißem Gesichtchen im Bett lag.

Sie spürte, wie ihr flacher Atem sich beschleunigte. Sie musste der Tatsache ins Auge sehen, dass sie sich verlaufen hatte.

Mittlerweile war es stockfinster geworden. Ihr wurde bewusst, dass sie im Haus kein Licht eingeschaltet hatte. Auch das noch! Daniel würde sich sicherlich auf die Suche nach ihr machen, wenn er seinen Sohn allein vorfand. Hoffentlich! Vielleicht sollte sie sich einmal durch Rufen bemerkbar machen? Zögernd setzte sie ihren Entschluss in die Tat um: »Hallo!« Ihre Stimme in der Dunkelheit erschien ihr furchtbar lächerlich und sie spürte, dass ihre Wangen sich trotz der Kälte erhitzten. Erneut horchte sie in die Finsternis. Aber außer dem Rauschen des Windes war nichts zu hören. »Hallo!«, rief sie ein zweites Mal. Gern hätte sie sich hingesetzt, denn ihre Füße schmerzten mittlerweile, aber die Nässe machte es gänzlich unmöglich. Sie ärgerte sich, nicht einmal eine Taschenlampe mitgenommen zu haben.

»Hallo!«, rief sie laut und entschlossen. Lächerlich oder nicht, ihr war jetzt mehr als mulmig zumute, und wenn sie an das Baby dachte, überlief es sie heiß und kalt. Wie konnte sie nur!

»Wo bist du!«, erkannte sie zu ihrer Erleichterung Daniels Stimme. Endlich. Und er klang natürlich keineswegs besorgt, wie sie gehofft hatte, sondern ganz im Gegenteil, seine Wut war unüberhörbar.

»Hier!« Erleichtert rannte sie dem Schein der Taschenlampe entgegen. Er leuchtete ihr voll ins Gesicht und sie hob die Hand, um ihre Augen vor dem blendenden Licht zu schützen. Sein Gesicht war in der Finsternis nicht zu erkennen. »Du bist schon zurück? Ich habe beinahe die Zeit vergessen.« Der Versuch, ihre Stimme normal klingen zu lassen, misslang eindeutig. Zu allem Übel stolperte sie jetzt auch noch und fiel ihm geradewegs in die Arme. Sie nahm seinen

Duft wahr und augenblicklich begann ihr Herz, das immer noch nicht seinen gleichmäßigen Rhythmus wiedergefunden hatte, erneut aus dem Takt zu geraten.

»Hab ich gemerkt«, knurrte er und fing sie mit festem Griff auf. Seine Stimme klang immer noch ziemlich verärgert. Kein Wunder, dachte sie mit schlechtem Gewissen und gab sich Mühe mit ihm Schritt zu halten. Da der Weg – oder vielmehr der Steig – ziemlich holprig war, hielt sie zur Vorsicht seine Hand umklammert. »Geh bitte etwas langsamer!« Er folgte ihrer Bitte – wenn auch nur unwesentlich.

»Bist du schon lange zurück?«, unternahm sie den Versuch die Stimmung aufzulockern, aber auch das misslang, denn er würdigte sie keiner Antwort. Nun, sie konnte ebenfalls schweigen. Seine Hand hielt die ihre genauso fest umspannt wie beim Tanz auf Isabells Fest. Sie lächelte, als ihr dieser Vergleich hier unter diesen Umständen einfiel und versuchte die Finger zu bewegen, worauf er wortlos seinen Griff lockerte. »Wie … ich meine, ist mit Daniel alles in Ordnung?«

»Schön, dass du auch mal an meinen Sohn denkst«, knurrte er immerhin.

»Ich weiß, ich hätte ihn nicht allein lassen dürfen«, murmelte sie schuldbewusst.

»Er schlief, als ich kam. Bevor ich mich auf die Suche nach dir machte, brachte ich ihn zu Ellen.«

»Gottseidank.« Sie atmete erleichtert auf. Niemals wieder würde sie den Kleinen allein lassen, schwor sie sich. Schweigend legten sie den Rest des Weges zurück. Keine fünf Minuten später standen sie vor dem hell erleuchteten Haus.

Er schloss die Tür auf.

»Du könntest mich jetzt loslassen«, sagte sie trocken.

Wortlos ließ er sie stehen. Im angenehm warmen Flur zogen sie – immer noch schweigend – ihre Jacken aus. Dann stürmte er ins Wohnzimmer, blieb mitten im Raum stehen und drehte sich zu ihr um. Sie folgte ihm langsam. Die Hände in den Hosentaschen vergraben, baute er sich vor ihr auf und musterte sie mit finster zusammengezogenen Augenbrauen. Seine Haare fielen ihm feucht in die Stirn. Die dünne Narbe leuchtete rötlich in seinem blassen Gesicht. «Einmal davon abgesehen, dass du Daniel allein gelassen hast – kannst du eigentlich nicht einmal das tun, was man dir sagt?«, herrschte er sie an. »Ich habe dir doch klar gemacht, dass es nicht ungefährlich ist, hier bei Nebel herumzulaufen, wenn man sich nicht auskennt.«

Angesichts seiner unfreundlichen Miene – und seiner Art, sie wie einen unbedarften Teenager zu behandeln – verwandelte sich ihr schlechtes Gewissen in Trotz. Sie straffte die Schultern und stemmte die Hände in die Hüften: »Meine Güte, reg dich ab!«, erwiderte sie schärfer als beabsichtigt, »ich bin alt genug, allein auf mich aufzupassen. Ich …«

»Na, das hat man ja gemerkt, wie gut du auf dich aufpassen kannst«, höhnte er.

»Ich wollte nur ein bisschen spazieren gehen.«

»Ein bisschen spazieren gehen!? Auf dem Trampelpfad, den sonst nur die Schafe benutzen!? Du wärst nicht die Erste, die sich im Nebel verläuft und viel zu spät gefunden wird, mit Unterkühlung oder verknackstem Knöchel oder sonstwas. Jedes Jahr erwischt es jemanden, der diese Regeln nicht beachtete. Zu spät!«

»Als ich losging, war das Wetter noch in Ordnung«, verteidigte sie sich. Dass sie seinen Sohn allein gelassen hatte, bedauerte sie sehr und das würde wirklich nicht wieder passieren. Aber ansonsten übertrieb Daniel maßlos. Sie seufzte, drehte sich um und ging wortlos in die Küche. Sollte er den Beleidigten spielen, sie würde jetzt erst einmal etwas zu essen machen, denn dass sie sich heute ums Essen kümmerte, dazu fühlte sie sich beinahe moralisch verpflichtet. Sie öffnete die Kühlschranktür und nahm den Auflauf heraus.

»Würdest du bitte zuhören, wenn ich mit dir rede?!«, erklang es aufgebracht von der Tür gerade in jenem Moment, als sie sich seitwärts drehte, um den Auflauf in den Ofen zu schieben.

Es kam, wie es kommen musste: Sie stießen mit voller Wucht gegeneinander.

Der Aufprall war so heftig, dass die Auflaufform ihren Händen – die tatsächlich ein wenig gezittert hatten – entglitt. Es gab ein lautes Getöse, als die Form auf dem Steinboden zerbrach und gleich darauf setzte atemlose Stille ein.

Zugleich warfen sie einen kurzen Blick auf die Bescherung auf dem Boden und starrten sich dann wortlos an. Immer noch herrschte Totenstille und für einen Moment beschlich Franziska das unangenehme Gefühl, als befinde sie sich in dem bedrohlichen Auge eines Hurrikans. Die Spannung, die in der Luft lag, war körperlich spürbar.

»Jetzt siehst du, was du mit deinem Theater angerichtet hast! Du bist Schuld«, bemerkte sie sachlich und ohne sich um das unappetitliche Gemisch aus Auflauf und zerbrochenem Steingut zu kümmern, begab sie sich durch das Wohnzimmer hinüber in das angrenzende Schlafzimmer. Vernehmlich schloss sie die Tür, ging zum Fenster und schaute blicklos hinaus.

Der erste Tag auf dieser Insel war eindeutig daneben gegangen.

Kurze Zeit später öffnete sich die Tür. Sie drehte sich nicht um.

»Hier, trink das!«, befahl er und stieß leicht an ihren Arm.

Sie drehte sich um und erblickte das Glas in seiner Hand. Sie hob eine Augenbraue und bemerkte spöttisch: »Willst du mich jetzt vergiften?«

»Nicht doch, ist als Friedenspfeife gedacht«, witzelte er und schien tatsächlich leicht verlegen zu sein.

»Tu dies, tu das, du kommandierst eindeutig zu viel.« Vorwurfsvoll sah sie ihn an, nahm dann aber doch das Glas entgegen. »Was ist das für ein Schnaps?«

»Das ist kein Schnaps, sondern der letzte Rest guten alten schottischen Malt-Whiskys.« Er hob sein Glas: »Friede!«

»Na gut. Friede. Aber ich warne dich, Schnaps auf nüchternen Magen erzielt bei mir oft unvorhersehbare Reaktionen.« An dem Aufblitzen seiner Augen bemerkte sie dann, wie sehr er sich amüsierte. Sie schluckte hastig den Whisky hinunter und zugleich brachen sie in lautes Gelächter aus – die Spannung war vorüber.

»Und jetzt lass uns Junior abholen«, seufzte sie erleichtert.

»Das ist ein Wort, und wenn wir uns beeilen, kriegen wir vielleicht im Pub noch was zu essen.«

»O, ein Lichtblick, aber gibt's denn so was hier in der Einsamkeit?«

»Gerade hier in der Einsamkeit«, erwiderte er lächelnd.

Dann machten sie sich daran, gemeinsam die Bescherung in der Küche zu entfernen. Nachdem sie das erledigt hatten, holten sie den quietschvergnügten Junior bei der freundlichen Nachbarin ab, die ihnen versicherte, sie könnten den süßen Liebling ruhig zu ihr bringen, wann immer sie einmal für sich sein wollten. Anschließend fuhren sie zu einem einfachen Pub, der gar nicht weit vom Haus entfernt hinter einer Eibenhecke verborgen lag. Nur in der hinteren Ecke saß ein Gast, ein älterer Mann, an einem niedrigen Tisch. Es war nicht besonders warm im Gastraum und so bestellten sie zuerst einen heißen Tee zum Aufwärmen. Dann wurde ihnen das einzige Gericht des Tages, eine bunte Gemüsesuppe gebracht. Junior, der bereits von der Nachbarin die Flasche erhalten hatte, schaute ihnen zufrieden beim Essen zu.

Es war nach acht, als sie schließlich ins Haus zurückkehrten. Nachdem Klein-Daniel auf seine Matratze gelegt worden war, schalteten sie das Radio an – ein Fernseher war wunderbarerweise nicht vorhanden. Im Zimmer war es gemütlich warm. Franziska legte das politische Wochenmagazin, das immer noch auf dem Sessel lag zur Seite und setzte sich.

»Möchtest du noch etwas trinken?«, fragte Daniel, »allerdings ist außer Wasser, Milch, Tee und Kaffee nichts im Haus.«

»Nein, danke.«

Er setzte sich, lehnte sich nach hinten zu dem kleinen

Tisch und schaltete das Radio ein. Als leise Popmusik erklang, sah er sie fragend an: »O. k.?«

Sie nickte. Plötzlich empfand sie eine angenehme Vertrautheit, wie sie sie lediglich in der ersten Zeit mit Bernd verspürt hatte.

Daniel lehnte sich bequem im Sessel zurück und sah sie nachdenklich an. »Weißt du, mich wundert es eigentlich, dass eine junge moderne Frau wie du auf die Idee kommt, sich in ein Landhaus in Lusenau zu verkriechen.«

Sie fühlte einen leichten Stich und das Gefühl der Vertrautheit verflüchtigte sich. Begann er jetzt mit der großen Fragestunde? Wenn ja, war er bei ihr an der falschen Adresse, so etwas hatte ihr noch nie behagt. Wie auch immer, sie würde ihm zeigen, welche schauspielerischen Qualitäten sie besaß. Sie setzte sich aufrecht – auf der Hut, von den Haarspitzen bis zum kleinen Zeh. »Wieso wundert dich das? Lusenau ist ein sehr schöner Ort und außerdem verstecke ich mich nicht.«

»Klar versteckst du dich. Das muss doch irgendeinen Grund haben. Bist du einem Mann davongelaufen?«

»Bist du einer Frau davongelaufen?«, konterte sie.

»Nein, ich kam nach Lusenau um mich selbstständig zu machen.«

»Na siehst du. Ich ebenfalls. Das Haus meiner Eltern stand leer und daher zog ich dorthin. Und wenn du nicht gewesen wärst, hätte ich in Frieden meinem Beruf als Architektin nachgehen können.«

»Hattest du bisher noch keine feste Beziehung?«

»Hattest du denn bisher schon eine?«

»Beantwortest du alle Fragen mit einer Gegenfrage?«

»Nur besonders neugierige Fragen. Aber ich kann mir schon denken, wie sehr du hinter den Frauen her bist.« Kaum waren ihr die Worte entschlüpft, ahnte sie, wie er reagieren würde – und er enttäuschte sie nicht.

»Klingt fast wie eine Einladung aus deinem Mund«, sagte er mit verhaltenem Lachen in der Stimme.

»Es handelte sich um keine Einladung«, protestierte sie vehement. »Apropos Einladung, was ist eigentlich zwischen dir und Lisa?«

»Du fragst zu viel.«

»Musst du gerade sagen. Wer hat denn mit der Ausfragerei angefangen.«

»Das beantwortet nicht meine Frage.«

Sie sandte einen strafenden Blick in seine Richtung. »Es geht dich zwar nichts an, aber bis vor kurzem habe ich fünf Jahre mit einem Mann zusammengelebt.«

»Bis vor kurzem?«

»Bis vor einigen Wochen.«

»Also war doch ein Mann im Spiel«, beharrte er.

Sie verzog das Gesicht und sah zur Decke.

»Und jetzt ist es vorbei!«, konstatierte er. Er hatte die Beine weit ausgestreckt und sich zurückgelehnt, während er die Arme hinter dem Kopf verschränkte.

Sein Blick unter den halb gesenkten Lidern schien völlig harmlos und sie ertappte sich dabei, dass sie überlegte, ob seine scheinbare Gleichgültigkeit nur gespielt war. »Jetzt ist es vorbei!«

»Vermisst du ihn?«

Sie verzog das Gesicht und seufzte. »Du kannst es nicht lassen, stimmt's? Wenn du es unbedingt wissen willst: Ich vermisse ihn nicht.«

Es entstand eine kleine Pause und Franziska erkannte, dass sie tatsächlich keinerlei Sehnsucht mehr nach Bernd verspürte, im Gegenteil er war ihr herzlich egal. Diese Erkenntnis war wundervoll und bewirkte, dass sie sich mit einem Mal frei und beschwingt fühlte. »Und jetzt mach ich mir einen Kakao und … du brauchst gar nicht so zu gucken, ich liebe nun mal Kakao«, bemerkte sie selbstbewusst, als sie seinen ironischen Gesichtsausdruck registrierte, »und dann gehe ich ins Bett.«

Er lachte leise. »Feigling, jetzt wird's doch gerade erst spannend.«

»Wenn's am spannendsten ist, soll man aufhören.«

»Ich schätze, da verwechselst du was.« Spielerisch nahm er ein Garnkneuel, das in einem Korb neben dem Sofa lag und warf es in ihre Richtung.

Sie floh in die Küche. »Willst du auch einen?«, rief sie aus sicherer Entfernung.

»Einen was?«, murmelte er plötzlich vom Türrahmen her.

Sie schrak zusammen und verzog das Gesicht. »Einen Kakao, natürlich.«

»Ach so, das meinst du«, erwiderte er gedehnt, »nein danke.«

Als sie die Milch in den Topf goss, bemerkte sie, dass ihre Hand zitterte. »Ich bin durchaus allein imstande, eine Milch zu erwärmen«, sagte sie mit belegter Stimme, sich seiner Anwesenheit allzu deutlich bewusst. Es wurde Zeit, dass sie dieses Gefühl der Unsicherheit, die sich in letzter Zeit so oft in seiner Nähe einzustellen pflegte, wieder unter Kontrolle bekam.

Untypischerweise verstand er den Wink mit dem Zaunpfahl und ging wieder zurück ins Wohnzimmer. Während sie darauf wartete, dass die Milch warm wurde, lauschte sie auf die einschmeichelnde Musik aus dem Nebenraum. Dann füllte sie den Becher mit der Milch und ging, ohne Daniel, der sie nicht aus den Augen ließ, weiter zu beachten, zur Schlafzimmertür: »Gute Nacht.«

»Schlaf schön. Und, Franziska?«, hielt er sie zurück.

Sie seufzte übertrieben und drehte sich um: »Was noch?«

»Denk dran: Was man in der ersten Nacht in einem fremden Bett träumt, geht in Erfüllung.«

»Ich träume nie!«

Er stand auf und versperrte ihr den Weg zur Schlafzimmertür. »Wer weiß, in dieser Nacht vielleicht doch«, behielt er das letzte Wort.

Franziska schob ihn mit einer energischen Bewegung ihrer freien Hand zur Seite und verschwand ins Schlafzimmer – wobei es sich selbst in ihren Augen um eine Flucht handelte.

Drinnen lehnte sie sich aufatmend gegen die Tür. Benahm sich so eine erwachsene Frau? O nein! So benahm sich höchstens eine verliebte Siebzehnjährige. Sie verzog das Gesicht.

Verliebt in diesen Mann? Bloß das nicht!

13

Am nächsten Morgen erwachte sie wie üblich gegen sieben Uhr. Sie hatte keine Lust mehr im Bett zu liegen. Also nahm sie ihre Sachen und den Waschbeutel, zog den Bademantel über, der am Haken der Tür hing, und ging hinaus.

»Hallo, gut geschlafen?« Daniel war noch unrasiert und verstrubbelt. Er betrachtete sie mit blinzelnden Augen.

»Wie ein Stein, tief und traumlos«, fügte sie mit Betonung hinzu.

»Steht dir gut, mein Bademantel.«

»O, ich wusste nicht, dass es deiner ist«, erwiderte sie leicht verlegen und hatte plötzlich das unsinnige Gefühl, dass der Bademantel noch ganz leicht nach ihm roch.

»Konntest du auch nicht wissen«, bemerkte er mit einem leisen Lachen, »ich hab ihn bei meinem letzten Aufenthalt hier vergessen.«

»Verstehe. Kann ich zuerst ins Bad?«

»Aber natürlich, Ladies first«, sagte er charmant.

Franziska betrat das winzige Bad, zog den Bademantel aus und stellte sich unter den Duschkopf. Himmlisch, eine Dusche in dieser wilden Gegend! Wohlig streckte sie sich unter dem heißen Wasserstrahl. Sie liebte das einfache Leben – sofern es ihr warmes Wasser, eine Heizung und ausreichend zu essen bescherte. Danach zog sie Jeans, eine weiße Bluse und darüber einen dicken Wollpullover in Gelb an. Nachdem sie die Wimpern getuscht und die Lippen nachgezogen hatte, ging sie in die Küche um zu sehen, ob es etwas zum Frühstück gab. Im Kühlschrank fand sie alles Notwendige, da Daniel gestern eingekauft hatte.

»Nächstes Mal dusche ich zuerst.«

Sie hatte ihn nicht kommen hören und fuhr zusammen, als seine Stimme direkt hinter ihr erklang.

»Warum? Das heißt, wenn es zu einem nächsten Mal kommt«, betonte sie.

»Du hast das ganze heiße Wasser verbraucht«, entgegnete er gespielt vorwurfsvoll.

»O, tut mir Leid«, entgegnete sie in einem Ton, der unmissverständlich das Gegenteil andeutete.

»Lügnerin! Übrigens, Ellen hat sicher Semmeln vorbeigebracht. Hast du sie schon hereingeholt?«

»Nein.« Die Küche war sehr eng und er stand so nah bei ihr, dass sie seinen frischen Duft einatmen konnte. Sie spürte, wie ihre Befangenheit zurückkehrte und wünschte, er würde wieder hinausgehen.

Er rührte sich nicht von der Stelle. »Hast du alles gefunden? Ich hab gestern Nachmittag etwas eingekauft, du müsstest alles im Kühlschrank finden.«

»Ja, danke«, sagte sie und verwünschte ihre belegte Stimme. Sie benahm sich wirklich wie eine hoffnungslos verliebte – und daher leicht zu verunsichernde – Frau. Man sollte meinen, mit zweiunddreißig Jahren über diesen Zustand hinaus zu sein. Sie seufzte unbewusst. Hoffentlich bemerkte er nicht ihre zittrigen Hände.

»Übrigens, du duftest köstlich.« Mit diesen Worten ließ er sie endlich allein und verschwand nach oben. Sie öffnete die Haustür und atmete tief die frische Luft ein. Das Wetter war miserabel. Es goss in Strömen und der Nebel war immer noch so undurchdringlich wie am Abend zuvor.

Daniel kam herunter mit Junior und versorgte ihn, wobei Franziska ihm lächelnd zusah. Dann setzte er das Baby in die Wippe und während des anschließenden Frühstücks beratschlagten sie, was sie unternehmen wollten.

»Ich muss heute nur noch einmal kurz beim Notar vorbeischauen, das wird nicht allzu lange dauern. Dann haben wir den Rest des Tages Zeit. Du kannst in der Zwischenzeit ja ein wenig in Portree bummeln oder ins Café gehen, wenn du willst.«

»Mach dir um mich keine Sorgen, ich werde schon keine Langeweile haben. Außerdem hab ich ja deinen Sohn dabei.«

Sie vereinbarten einen Treffpunkt in einem kleinen Café am Hafen. Franziska hatte sich warm angezogen und genoss den Spaziergang in den engen Gassen des pittoresken Städtchens. Sie fand es lustig, dass beinahe jede Frau einen interessierten Blick zuerst in den Kinderwagen und dann auf sie warf, die ihrem Baby in nichts ähnlich sah. Dann trank sie mit Daniel im Café Tee, während sie die Zeitung lasen. Er hatte alles Notwendige erledigt und war nun als der rechtmäßige Besitzer des Häuschens eingetragen.

»Tina hat sich für dein Geschenk wirklich revanchiert«, grinste Franziska und blinzelte ihn spöttisch an.

»O ja«, erwiderte er voller Ernst und betrachtete stolz seinen Sohn. Sie zahlten und machten sich auf den Weg. Beide waren fröhlicher Stimmung und Junior war wie immer ein Schatz. Er betrachtete seine Umwelt interessiert aus seinem bequemen Kinderwagen heraus. Sie bummelten eine Stunde durch den Ort und aßen mittags in dem bei den Einheimischen beliebten *Portree House* in der Home Farm Road, wo Daniel ein saftiges Steak und Franziska Schellfisch bestellte. Dazu tranken sie köstliches Lagerbier.

»Wie wärs jetzt mit einer kleinen Inselrundfahrt? Hast du Lust? Ich kenne einige schöne Ecken.«

Franziska nickte, sie war mit allem einverstanden. Gemächlich fuhren sie nach Norden durch eine faszinierende Landschaft aus schroffen Basaltklippen, vorbei an malerischen Häuschen mit kleinen Gärten. Irgendwann hielten sie auf einem Parkplatz der Forstkommission. Sie stiegen aus dem Auto und sofort zerrte der Sturm an ihrer Kleidung.

Glücklicherweise hatte es jedoch aufgehört zu regnen. Daniel vergewisserte sich, dass Junior warm verpackt war und Franziska bat Daniel, ihn auf den Arm nehmen zu dürfen. Sie liebte es, Junior zu spüren.

»Hier oben siehst du den berühmten »Old Man of Storr«. Im Sommer kann man eine schöne Wanderung auf das Plateau hinauf machen, aber um diese Jahreszeit sollte man die Tour nicht unternehmen. Der Pfad ist ziemlich glitschig und niemand ist für die Instandhaltung zuständig.«

»Wie lange geht man hinauf?«

»Ungefähr eine Stunde, es sind immerhin dreihundert Meter Höhenunterschied zu überwinden. Oben auf dem Grat kann man eine phantastische Tour über fünfundzwanzig Meilen bis »Beinn Edra« machen. Sie führt durch das Niemandsland im Inneren der Halbinsel. Von dort hast du eine wunderbare Aussicht auf die Glens mit ihren Bergbächen und Schafherden.«

Sie hätte gern gewusst, ob er die Touren mit Tina gemacht hatte. In seinem Gesicht stand die Begeisterung und Liebe zur Natur, eine Begeisterung, die sie mit ihm teilte.

»Na, wie gefällt's dir?«

Daniel war hinter sie getreten. Sie registrierte seinen warmen Atem an ihrem Hals und angenehm wurde sie sich der Wärme seines Körpers bewusst. Sie drehte sich um.

»Es ist wunderschön.«

»Wollen wir weiter?«

Sie nickte und machte automatisch einen Schritt zur Seite. »Ja, von mir aus.« Seine Stimme war tatsächlich ebenso hinreißend wie sein Lächeln, dachte sie ein wenig spöttisch. Sein vermaledeiter Charme – wahrscheinlich knipste er ihn an und aus, wie es ihm gerade beliebte. Bei ihm musste man auf der Hut sein.

Die Fahrt führte sie nun weiter nach Norden zur Inselzunge Trotternish, einer unwirtlichen und karstartigen Felslandschaft mit wild zerklüfteter Klippen- und Gebirgsszenerie. Nur ab und zu durchquerten sie kleine Dörfer.

»Diese Gegend ist neben den Cuillins die Schönste der Insel, finde ich. Hier ist es noch einsamer. Soviel ich weiß, ist das Innere gänzlich unbesiedelt«, stellte er erklärend fest.

Sie folgte seinen Schilderungen und während sie träumend aus dem Auto sah, genoss sie den Klang seiner angenehmen Stimme.

In Kilmuir besuchten sie das Skye Museum, das um diese Zeit geschlossen hatte. Daniel kannte jedoch den Hausmeister des Museums und besorgte den Schlüssel.

»Ich habe das Gefühl, du kennst mindestens die Hälfte der Inselbewohner.«

»Mindestens. Nicht zu vergessen die Bewohnerinnen«, antwortete er keck und Franziska verdrehte dazu lachend die Augen.

Im Museum waren die Schmiede, Bauernhäuschen und Weberhütten, die sogenannten Black Houses, zu sehen. In einem der Häuser lag im Wandbett eine bunte Schlafmütze auf der Matratze und es wirkte so, als sei der Crofter gerade eben aufgestanden.

Nach zehn Meilen erreichten sie Uig, den wichtigsten Fährhafen zu den Äußeren Hebriden. Daniel parkte das Auto am Hafen und wieder stiegen sie aus.

In Uig, am Fuß einer halbkreisförmigen Bucht mit hohem, grasbewachsenem Abhang gelegen, war es um diese Zeit vollkommen still, nur das Kreischen der Seevögel und das Tosen des Meeres waren zu hören. In der Ferne erkannte man die Silhouette der vorgelagerten Inseln. Der Ort machte einen verträumten Eindruck und Franziska ließ sich gern verzaubern. »Du kannst dich wirklich glücklich schätzen, hier ein Häuschen zu besitzen.«

»Ich kann mich an den Gedanken noch gar nicht gewöhnen. Um ehrlich zu sein, alles, was in der letzten Zeit auf mich eingestürmt ist, erscheint mir noch verdammt ungewohnt«, gestand er nachdenklich, »ich fange jedoch langsam an es zu genießen.« Sie schwiegen einen Moment. »Wenn du

Lust hast, können wir von hier einen Abstecher nach Balnaknock machen, dort ist ein hübscher kleiner Wasserfall«, schlug er dann vor.

»Gern.«

Sie setzten Junior in das Tragegestell, das er glücklicherweise akzeptierte. Franziska war froh, dass sie an die festen Wanderschuhe gedacht hatte und ausgelassen machten sie sich auf den Weg. Sie trafen niemanden auf dem schmalen Feldweg und schon nach zirka zwei Meilen hatten sie den Wasserfall erreicht. Anschließend kehrten sie ins Uig Hotel ein, einem weiß gekalkten, mit Schindeln bedecktem Haus an der Bay, wo sie von der freundlichen Bedienung, die sich sichtlich über die Abwechslung in dieser stillen Jahreszeit freute, mit heißem Tee und Gebäck verwöhnt wurden. Von Uig ging es wieder südwärts Richtung Portree.

»Lass uns hier etwas essen. Um diese Jahreszeit ist die Auswahl nicht sehr groß«, sagte Daniel und hielt vor einem Hotel kurz vor Portree mit wunderschönem Ausblick auf den Hafen. Sie gingen hinein und verbrachten einen romantischen Abend mit Kerzenschein und anheimelndem Kaminfeuer, das der Wirt extra für sie entzündet hatte. Sie unterhielten sich angeregt und lachten viel und je länger sie zusammen waren, um so mehr genoss Franziska Daniels Anwesenheit.

Um halb zehn zahlten sie und fuhren die Strecke zurück zum Haus. Dort angekommen versorgte Daniel seinen Sohn und brachte ihn anschließend ins Bett.

Franziska saß im Sessel und las in der Tageszeitung, die sie in Portree gekauft hatte. Nach einer Weile ließ sie die Zeitung sinken. Ihre Augen schauten in das geheimnisvolle Dunkel der Fensterscheiben. Sie hob die Hand und spielte abwesend mit einer Locke ihres Haares. Der helle Lichtkegel der Stehlampe, der den Rest des Raumes kaum erreichte, ließ ihr Haar in kräftigem Rot leuchten. Außer der leisen Instrumentalmusik aus dem altmodischen Radio war kein

Laut zu vernehmen. Alles war ruhig und friedlich und Franziska spürte unverhofft dieses unbestimmte Gefühl, das sich zuweilen bei ihr einstellte, wenn sie sich an einem außergewöhnlichen Ort befand. Diese besondere Atmosphäre, eine gewisse Weltentrücktheit, schenkte ihr für einen winzigen Moment jenen unbeschreiblichen Zauber, den sie als das wahre Glück empfand.

Gedankenversunken hob sie den Kopf, als sie Daniel auf der Treppe bemerkte. Er hatte den grauen Pullover, den er den Tag über getragen hatte, ausgezogen und die Ärmel seines Hemdes hochgerollt, so dass jetzt seine Armmuskeln sichtbar wurden. Die Art und Weise, in der er beim Hinuntergehen den Kopf einzog, um sich nicht an dem Dachboden zu stoßen, betonte seine auffallend breiten Schultern und wieder einmal wurde ihr seine Attraktivität bewusst. Obwohl an seinem Äußeren – außer seiner Größe – nichts Besonderes war, wirkte er auf eine eindringliche Weise sehr maskulin.

»Schläft Junior schon?«

»Ja, auf ihn ist Verlass«, erklärte Daniel zufrieden und näherte sich der Couch.

Aus einer inneren Unruhe heraus stand sie auf, wobei die Zeitung von ihrem Schoß auf die Erde fiel. Sie bückte sich und hob sie auf. »Es war ein herrlicher Tag und ich möchte dir dafür danken, Daniel, aber jetzt geh ich ins Bett.«

Er überging wortlos ihre hastig hervorgestoßenen Worte, trat auf sie zu und zog sie sanft in seinen Arm.

»Ich möchte gehen«, bekundete sie heiser und stemmte sich dabei leicht gegen seine Brust, die Zeitungsblätter immer noch in Händen, wobei sie den Blick auf die feine Narbe in seinem Gesicht geheftet hielt.

Er entwand ihr die Zeitung mit einer beinahe zärtlichen Geste, ergriff dann ihre Hände und fragte mit sanfter Stimme: »Möchtest du dich nicht noch etwas zu mir setzen?«

Es war ihr unmöglich, den Ausdruck seiner Augen zu deuten. Wie so oft, blitzte auch jetzt jenes unverhoffte

Lächeln darin auf, das sie so gut kannte und plötzlich fühlte sie alarmiert, dass die Situation ihr zu entgleiten drohte. Sie wandte rasch den Blick zur Seite und löste sich aus seiner Umarmung. »Nein, danke«, entgegnete sie mit atemloser Stimme, »es war ein wunderbarer Tag, aber jetzt bin ich todmüde. Schlaf gut, bis morgen früh.«

Damit verschwand sie in ihr Schlafzimmer.

Mitten im Raum blieb sie mit angehaltenem Atem stehen. Mein liebes Mädchen, gerade hast du dich angestellt wie die Jungfer im Bade, dachte sie sarkastisch und lauschte hinaus. Aus dem Wohnzimmer war jedoch kein Laut zu hören.

Leise zog sie sich aus und schlüpfte dann, ohne noch einmal ins Bad zu gehen, ins Bett und zog die Bettdecke hoch. Mit weit offenen Augen blickte sie hinaus in das nachtschwarze Dunkel der Insel. Sie hatte die Vorhänge nicht zugezogen und die Fenster weit geöffnet. Das eintönige Geräusch des sanft niedergehenden Regens und die entfernte Brandung lullten sie ein.

Sie fühlte, wie das gleichmäßige Rauschen langsam ihre gereizten Nerven zu beruhigen begann. Sich ausgerechnet in diesen Mann zu verlieben, wäre reinster Schwachsinn. Obzwar er einen Sohn hatte, der so süß war, dass sie ihn am liebsten jede Minute in den Arm nahm, um mit ihm zu schmusen. Zudem besaß dieser Mann die gleichen Vorlieben wie sie. Franziska seufzte, jawohl, er hatte sogar Sinn für Humor, konnte dann und wann richtig witzig sein, Eigenschaften, die sie sehr an einem Mann schätzte.

Zu allem Überfluss besaß er – zumindest zeitweise – einen unwiderstehlichen Charme!

Und das weiß dieser Mann sehr genau, nutzt es hinterhältig aus und rennt allen Frauen hinterher! Damit drehte sie sich auf die Seite und schlief ein.

Der Gegenstand ihrer düsteren Betrachtungen hatte sich unterdessen ein Zigarillo angezündet. Seine Augen, vom Rauch verengt, blickten kühl auf die geschlossene Schlafzimmertür. Dann veränderte sich plötzlich sein Gesichtsausdruck und machte einer Entschlossenheit Platz, die Franziska, hätte sie ihn sehen können, wahrscheinlich einen ziemlichen Schrecken eingejagt hätte.

14

Beim Frühstück am nächsten Morgen hatte sie das Gefühl, dass nicht nur sie befangen war. Beide erwähnten mit keinem Wort den vergangenen Abend und erst nach und nach stellte sich wieder der ungezwungene Ton ein, der meistens zwischen ihnen herrschte.

Daniel blickte aus dem Fenster in den strahlenden Morgen: »Ich denke, bei dem Wetter sollten wir uns noch einen weiteren Urlaubstag gönnen, was hältst du davon?«

»Prima Idee, finde ich.«

»Wir könnten nach Glenbrittle fahren und von dort aus ein wenig wandern.«

»Glenbrittle?«

»Ein kleines Bergsteigernest, direkt am Fuß des Cuillin Massivs, von dort gehen viele Klettertouren ab, aber auch herrliche Wanderwege.«

»Wunderbar. Hauptsache, du bist fit und machst nicht vorzeitig schlapp, nicht, dass ich später den Verpflegungsrucksack und Daniel tragen muss«, neckte Franziska ihn.

»Du ahnst nicht, wie kraftvoll ich bin«, erwiderte er und Franziska grinste, »außerdem können wir die Tour jederzeit abbrechen«, bekannte er lachend.

Gut gelaunt machten sie sich auf den Weg und freuten sich über den frühlingshaften Sonnenschein. Als sie die engen Serpentinen der Glenbrittle Road hinauffuhren, stieß Franziska immer wieder Begeisterungsrufe aus und Daniel freute sich mit ihr. Er hatte sich für die relativ leichte Tour auf den zirka neunhundertsiebzig Meter hohen »Sgurr Deorg« entschieden.

Der Pfad begann hinter dem »Glenbrittle House« und war breit und problemlos. In gleichmäßigem Tempo wanderten sie bergan. Immer wieder wurde ihr Blick von einsamen Gipfeln und Tälern angezogen, die eingezwängt lagen zwischen schroffen Gebirgswänden. Reißende Wildbäche begleiteten ihren Weg und nur selten versperrten ihnen kleine Wolkenfetzen die Aussicht. Franziska hatte das Gefühl, ewig so mit Daniel weitergehen zu können. Sie sprachen nicht viel, aber dieses Schweigen bedeutete Vertrautheit, Wärme und Einklang. Nach drei Stunden standen sie auf dem Gipfel.

»Du kennst doch sicher die gute alte Sitte, sich auf einem Gipfel den Gipfelkuss zu geben?«, fragte er mit harmloser Miene und noch ehe Franziska etwas dagegen hätte tun können, nahm er sie in den Arm und küsste sie.

Ein wenig atemlos trennten sie sich nach einer Weile voneinander und Franziska fand, dass dieser Kuss absolut nichts Kameradschaftliches an sich gehabt hatte. Befangen rückte sie einen Schritt zur Seite und schaute in die Ferne und auch Daniel sah sie nicht an, ließ aber einen Arm wie selbstverständlich um ihre Schultern liegen.

»Belohnst du alle deine Begleiterinnen mit solchen Gipfelküssen?«, fragte sie mit belegter Stimme.

»Nur die Süßesten«, erwiderte er, worauf es nichts zu sagen gab.

Er stellte das Tragegestell, in dem Junior selig schlummerte, auf den steinigen Boden und Franziska beförderte zwei Alusitzkissen aus dem Rucksack, den sie getragen hatte. Schweigend setzten sie sich und widmeten sich dann dem Picknick, das aus Hartwurst, Brot und Käse bestand.

Gerade, als Franziska sich verzweifelt den Kopf zermarterte, worüber sie reden könnten, unterbrach er das Schweigen, das ihr mittlerweile angespannt erschien: »Es ist ewig her, dass ich einen Berg bestiegen habe.«

»Dafür hast du dich tapfer geschlagen.«

»Hat Spaß gemacht«, entgegnete er. »Manche Menschen reisen Tausende von Kilometern, suchen die wildesten Abenteuer oder sonst was, um sich Kraft für ihren Alltag zu holen oder eine Weile ihre Sorgen zu vergessen. Ich brauche lediglich einige Tage in freier Natur, Ruhe und ein paar Freunde zur Unterhaltung.«

»Und ab und zu eine nette Begleiterin«, warf Franziska trocken ein.

»Und ab und zu eine nette Begleiterin, genau so ist es.« Er lächelte sie kurz an, nahm die Thermosflasche und goss den gesüßten heißen Tee in den mitgebrachten Becher. Er hielt ihn ihr hin und sie trank einen Schluck. »Früher«, fuhr er fort, »bin ich oft in den Bergen gewesen, aber in den letzten Jahren nicht mehr.«

»Dann geht es dir wie mir«, sagte sie.

»Warum bist du nicht mehr in die Berge gefahren?«

»Weil mein Freund keine Lust dazu hatte. Aber das ist jetzt vorbei, jetzt werde ich wieder öfter im Gebirge wandern.«

»Weil deine Beziehung mit deinem Freund gescheitert ist und du endlich tun und lassen kannst, was du willst?«

»Genau.«

»Wir haben viele Gemeinsamkeiten«, stellte er fest, schnitt einen Zipfel der Wurst ab und bot ihn ihr an.

»Wieso? Redest du vom Wandern«, fragte sie verwirrt – seine Stimme, die ein wenig heiser geklungen hatte, musste Schuld daran sein, dass er dieses Gefühl wieder einmal in ihr hervorrief, »oder meinst du das Scheitern deiner Beziehung zu Lisa?« Sie nahm das Wurststückchen entgegen und hielt es in der Hand ohne hineinzubeißen.

Er lachte leise: »Das mit Lisa war keine richtige Beziehung.«

»Na, du bist ja gut«, entgegnete sie und warf ihm einen strengen Blick von der Seite zu, »was war's denn dann?«

»Nun«, erwiderte er träge und schob sich ein Stück Käse

in den Mund, das er mit dem Messer aufgespießt hatte, »sagen wir eine Zweckgemeinschaft.«

»Eine Zweckgemeinschaft?!«, wiederholte sie.

»Du hast richtig gehört«, bestätigte er, anscheinend höchst amüsiert angesichts ihrer Entrüstung. »Ich habe sie getröstet, wenn sie Trost benötigte – was ehrlich gesagt nicht so häufig vorkam.«

Was nicht verwundert, wenn man diesen Eisbrocken erst einmal kennen gelernt hat, dachte Franziska bissig, verbot sich jedoch diesen Kommentar.

»Und sie hat mich getröstet.«

»Was noch seltener vorkam?«

»Nun – ja!«

Sie schüttelte den Kopf und steckte sich den Wurstzipfel in den Mund, während sie mit der anderen Hand den Becher mit dem Tee entgegennahm.

»Trotzdem, um noch einmal auf den Punkt zu kommen«, begann er erneut, »finde ich, wir haben viel gemeinsam.«

»Stimmt. Unser Beruf ist derselbe und wir wohnen zur Zeit im selben Haus«, stellte sie sachlich fest.

»Was folgerichtig den Schluss zuließe, es nicht bei dieser Zweckgemeinschaft zu belassen.«

Beinahe hätte sie sich verbrannt. Sie fuhr mit der Zunge über die Lippe und warf ihm einen fassungslosen Blick zu. »Was hast du da gesagt?«

»Ich meine, es liegt nahe«, er stockte einen Moment und Franziska wartete ungeduldig, dass er fortfuhr, »nun, du musst zugeben, dass uns nicht nur der Beruf und die Örtlichkeiten verbinden, sondern auch unsere Liebe zur Natur und unser gemeinsamer Sinn für Komik.«

»Pah, Komik ist gut!«, entfuhr es ihr, ihrem Partner bekam ganz eindeutig die Höhenluft nicht.

»Bitte, unterbrich mich nicht«, bat er sanft. »All diese Dinge fügen sich wie ein Teilchen ins andere ...«

»Ja, ja, weiter«, trieb sie ihn an, gespannt, was er als nächstes von sich geben mochte.

»Das heißt mit anderen Worten, ich finde wir sollten nicht nur geschäftlich ein Paar sein.«

Franziskas Herz machte einen Hüpfer. »Wie bitte?« Atemlos hielt sie die Luft an und wagte nicht sich zu rühren.

Seine Augen fixierten einen entfernten Punkt am Horizont, als er wiederholte: »Du hast richtig gehört. Wir sollten auch privat ... eh, ein Paar werden.«

»Du meinst, wir sollten heiraten?«, vergewisserte sie sich mit heiserer Stimme.

»Nun, man muss es ja nicht bis zum Äußersten treiben«, kam die prompte Antwort.

»Das heißt mit anderen Worten, du liebst mich, willst mich nur nicht heiraten?« Die Worte waren heraus, bevor sie recht bedachte, was sie sagte. »Und wieso bedeutet Heirat für dich das Äußerste?« Sie betrachtete ihn mit offenem Mund. Sie hatte keine Ahnung wie sie reagieren sollte, ja, selbst ihre Gefühle konnte sie momentan nicht analysieren.

»Liebe?«, murmelte er phlegmatisch und hielt seinen Blick immer noch in die Ferne geheftet, »was bedeutet schon Liebe? Liebe kommt und Liebe geht. Ich finde Freundschaft viel wichtiger. Und Freundschaft verbindet uns doch mittlerweile oder etwa nicht?«

Endlich sah er sie an und sie erwiderte mit der gleichen Intensität seinen Blick – auf der Suche nach Liebe oder wenigstens Zärtlichkeit in diesen grauen Augen.

Er schien ihre Gedanken erraten zu haben. »So negativ wie es sich anhörte war es nicht gemeint, was die Ehe anbelangt«, schränkte er seine vorherige Bemerkung ein, »ich meine nur, es gibt viele Variationen des Zusammenlebens, Partnerschaften, die keinen Trauschein benötigen. Könntest du dir etwas in dieser Richtung zwischen uns beiden vorstellen?«, fragte er, wobei seine Stimme zum ersten Mal beinahe sanft klang. »Wir passen recht gut zusammen, wie sich nicht nur hier auf der Insel, sondern überhaupt in der letzten Zeit herausgestellt hat – beruflich wie auch privat –, wobei das Berufliche sich noch zeigen wird, aber auch da bin ich ganz optimistisch«, sagte er. »Und darum bin ich der Meinung, wir sollten uns eben ganz zusammentun – Freundschaft war nie die schlechteste Basis für gute Ehen«, schloss er sachlich.

Franziska fehlten die Worte. So also sah er die Sache. »Du meinst, wenn wir schon den Alltag teilen, können wir auch den Rest teilen?«, hörte sie sich sagen und war selbst erstaunt, wie scharf ihre Stimme dabei klang.

»Du bist manchmal recht krass.«

»Ich bin nicht krass, sondern ich nenne das Kind beim Namen.«

»Also. Ich warte immer noch auf eine Antwort.«

»Was ich von einer Partnerschaft im Bett halte?«, fragte sie sarkastisch. Sie betrachtete die Gestalt zu ihrer Rechten, so, als sähe sie sie zum ersten Mal. Für die Schönheit ringsum hatte sie keinen Blick mehr; das Geräusch der herabfallenden Steinchen, mit denen er spielte, war das einzige, was in ihr Bewusstsein trat.

»Bitte, Franziska, ich meine es ernst. Ich könnte mir vorstellen, dass das zwischen uns funktionieren könnte.« Jetzt wandte er den Kopf und sah ihr direkt ins Gesicht, mit einem Ausdruck, in dem sich keinerlei Emotionen widerspiegelten.

Sie konnte es noch immer nicht glauben. Bedeutete das Ganze nun eine Liebeserklärung oder nur eine Erweiterung ihres Vertrags – quasi ausgeweitet auf die leiblichen Genüsse? Entgeistert erwiderte sie seinen Blick. Sie sollte also nicht nur Haus, Schreibtisch und Bürostuhl mit ihm teilen, sondern auch bequemerweise das Bett, als das Sahne-Baiser-Häubchen – und das Ganze ohne den Funken von so etwas wie Gefühl, denn was er von der Liebe hielt, das hatte er ja frank und frei erklärt.

»Und soll ich mich jetzt geschmeichelt fühlen? Also weißt du, ein dümmerer Antrag, entschuldige, ich meine natürlich Vorschlag, ist mir noch nie untergekommen.«

»Ach ja?«, antwortete er gedehnt, »hast du denn überhaupt schon mal so einen Vorschlag erhalten?«

»Danke, ja, das hab ich«, erwiderte sie kühl und begann, mit fahrigen Händen die Reste ihres Brotes einzuwickeln, »und das ist noch gar nicht so lange her. Glaub mir, der war um einiges besser, als das, was du von dir gegeben hast.« Sie stand auf und sah auffordernd auf ihn hinunter, damit er ebenfalls aufstünde. Die Gipfelrast machte ihr keinen Spaß mehr.

»Dein Verflossener hat dich also gebeten ihn zu heiraten?«, fragte er und blieb stur sitzen.

»Jawohl. Und ich lehnte ab.«

»Logisch, sonst wären wir jetzt nicht hier«, folgerte er richtig.

Franziska betrachtete ihn, sie war zugleich verwirrt und gereizt. Sie verstaute die Reste des Picknicks im Rucksack und endlich fühlte auch Daniel sich bemüßigt aufzustehen.

»Ich würde vorschlagen, wir betrachten das Ganze als Scherz und rechnen es deiner komischen Ader zu«, resümierte sie und zwang ihrer Stimme eine Gelassenheit auf, die sie im Moment keineswegs verspürte.

Er nahm das Tragegestell, in dem sein Sohn zufrieden der Aufführung gefolgt war, und entgegnete, immer noch mit ausdrucksloser Miene: »Als Witz war das eigentlich nicht gedacht, ich meinte es vollkommen ernst.«

Täuschte sie sich oder hatte diese sonst so selbstbewusste Stimme unsicher geklungen? »Mir ist klar, dass du ein ungemein praktischer Mann bist, das Timing mit den einzelnen Frauen scheint langsam in Stress auszuarten. Da ist es doch bedeutend einfacher, man hat einen festen Stützpunkt zu Hause, zu dem hättest du immer noch jemanden bei der Hand, der sich um den Sohn kümmert, nicht wahr? Jünger wird man schließlich auch nicht, hab ich Recht?«, stellte sie abschließend fest, bemüht um einen munteren Ton in ihrer Stimme, damit er nicht merkte, wie sehr sein sachlicher Vorschlag, bei dem es sich schließlich nicht um einen x-beliebigen Vertrag handelte, ihr nahe ging.

»Ich wusste nicht, dass du mich so siehst.«

Seine grauen Augen hielten sie mit einem Ausdruck des Befremdens fest und einen Augenblick wünschte sie, er würde sie nicht so ansehen und schon gar nicht so viel reden, sondern sie einfach in den Arm nehmen. Gerade, als sie erwog, die Dinge selbst in die Hand zu nehmen und diese gute Idee in die Tat umzusetzen, ließ er sie diese einleuchtende Erwägung sofort vergessen, als er kühl fortfuhr:

»Aber an deinen Worten erkenne ich, dass ich mich wohl doch getäuscht habe und einige Dinge anders sehe als du. Darum sollten wir das Thema schnellstens vergessen.« Mit einer energischen Bewegung nahm er das Tragegestell mit Junior hoch, was dieser mit einem erstaunten Augenaufschlag quittierte, und begann den Rückweg.

»Das erste vernünftige Wort seit einer Viertelstunde«, sagte sie mit heiserer Stimme und folgte ihm in einigem Abstand.

Die zwei Stunden, die sie für den Abstieg brauchten, erschienen Franziska plötzlich doppelt so lang – was nicht nur daran lag, dass sie auf dem Rückweg kaum ein Wort miteinander wechselten.

Am Auto angekommen wandte Daniel sich mit unbewegter Miene ihr zu: »Ich glaube, es ist das Beste, du vergisst, was ich dich oben auf dem Berg gefragt hab, o. k.? Ich weiß nicht, was in mich gefahren ist. Es«, er räusperte sich, »hatte keine Bedeutung.«

»Schon vergessen.« Franziska musste sich schnell abwenden, damit er nicht mitbekam, dass in ihren Augen Tränen schimmerten. Sie hatte durchaus nicht nah am Wasser gebaut und weinte so gut wie nie, aber diesmal hatte sie das Gefühl, als würden selbst einem Holzklotz wie diesem Mann das unnatürliche Glitzern in ihren Augen auffallen. Und das wollte sie nicht. Sie unterdrückte ein Schnauben. Sein letzter Vorschlag war praktisch die Krönung. Zuerst bat er sie, sich mit ihm auch privat zusammenzutun, wenn man es einmal so prosaisch ausdrücken wollte und nun bot er ihr an, all dies schnellstens zu vergessen. Sie blinzelte die Tränen weg und stieg ins Auto.

Schweigend traten sie die Rückfahrt an. Mittlerweile war es sieben Uhr geworden. Das Haus empfing sie mit verführerischem Duft. Frau Burns hatte eine köstliche Suppe auf den Herd gestellt, und obwohl Franziska das Gefühl hatte, keinen Bissen hinunterzubekommen, setzten sie sich an den Tisch und aßen. Mühsam versuchten sie ein Gespräch in Gang zu halten.

Endlich war der Alptraum zu Ende. Franziska erhob sich und floh in die Küche, während Daniel sich um das Baby kümmerte.

Als sie fertig waren und Franziska bereits an der Tür zum Schlafzimmer stand, drehte sie sich um. »Daniel, ich möchte morgen nach Hause fahren.«

»War genau mein Gedanke«, stimmte er knapp zu ohne sie anzusehen.

Obwohl es noch so früh war, fiel Franziska, der es unmöglich schien, noch eine Sekunde länger mit ihm in einem Zimmer zu verbringen, todmüde ins Bett. Sie fühlte sich wie gerädert und wusste, dass dies nicht vom Wandern kam.

An Schlaf war nicht zu denken. Wie konnte er nur! Liebe kommt und Liebe geht! Was wusste er schon von Liebe? Hatte er nicht auch dieses Kribbeln verspürt, so wie sie?

Möglicherweise schon – rein sexuell gesehen!

Aber dieses Kribbeln im Herzen? War wohl Fehlanzeige!

Daniel saß währenddessen mit zusammengepressten Lippen im Sessel und brütete vor sich hin. Plötzlich erhob er sich und zog die Jacke an. Laut fiel die Haustür ins Schloss.

Franziska wälzte sich schlaflos in ihrem Bett herum. Nachdem sie das Zufallen der Tür gehört hatte, schaltete sie das Licht an. Sie versuchte zu lesen, konnte sich jedoch nicht konzentrieren. Die Stunden vergingen. Plötzlich fuhr sie hoch. Sie war kurz eingedöst und hatte geträumt. Sie machte Licht und schaute auf den Wecker an ihrem Bett. Ein Uhr. Sie ließ das Licht brennen und lag mit offenen Augen da. Es war zwecklos, sie konnte keine Ruhe finden.

Entschlossen stand sie auf. Sie würde sich eine Milch

warm machen. Sie tappte in die Küche und goss die Milch in den Topf. Plötzlich vernahm sie ein Poltern im Flur. Erschrocken stellte sie den Topf auf die Herdplatte, als ihr klar wurde, dass Daniel erst jetzt zurückkam. Gehetzt schaute sie ins Wohnzimmer. Ehe sie jedoch im Schlafzimmer verschwinden konnte, erschien er mit beängstigend provozierendem Gesichtsausdruck im Türrahmen.

»Hallo, Rotfuchs, kannst du wieder nicht schlafen?«

»Wie du siehst«, erwiderte sie kühl. Er nahm doch wohl nicht an, dass sie jetzt ein Schwätzchen mit ihm halten wollte! Dennoch konnte sie sich nicht zurückhalten zu fragen: »Wo kommst du denn jetzt noch her?«

»Interessiert dich das wirklich?« Mit einer geschmeidigen Bewegung betrat er den kleinen Raum, stellte sich vor sie hin und stützte seine Arme links und rechts von ihr an der Tür ab, so dass sie gefangen war, sein Gesicht nur wenige Zentimeter von ihrem entfernt.

Wenn er es jetzt wagte sie zu küssen, konnte er was erleben! »Nimm sofort deine Hände da weg und lass mich durch!«

Ein mutwilliges Glitzern trat in seine Augen. »Was ist, wenn ich es nicht tue?«

»Du solltest lieber nicht so viel trinken«, stellte sie fest, angesichts seines nach Whisky riechenden Atems in ihrem Gesicht, »das tötet Gehirnzellen, wie man bei dir sehr gut feststellen kann.«

»Du meine Güte, die Pastorentochter spricht ... Ab und zu ein Schluck würde dir ebenfalls nicht schaden, dann könntest du auch besser schlafen«, sagte er mit frechem Blick auf ihre Milchtasse. »Außerdem wärst du dann vielleicht nicht immer so verkniffen«, fügte er aggressiv hinzu.

Das langte! Wütend schob sie ihn mit einem kräftigen Stoß zur Seite und hetzte ins Wohnzimmer. Im gleichen Augenblick spürte sie eine blitzschnelle Bewegung und einen heftigen Ruck. Sie brauchte eine Schrecksekunde, bis sie registrierte, was da mit ihr geschah.

Dieser Mann überrumpelte sie, wie schon einmal zuvor! Diesmal, indem er schlicht auf einen Zipfel des Bademantels trat, der ein wenig über den Boden schleifte! »Verdammt!«, fluchte sie laut und fiel rückwärts in seine Arme. Warum hatte sie auch seinen dämlichen Bademantel angezogen!

Er hatte die Stirn, ihre Wut zu missachten und drehte sie mit jenem siegessicheren Lächeln, das sie mittlerweile so gut an ihm kannte, zu sich herum.

Sie glaubte, ihr Herz hörte auf zu schlagen, als sie spürte, wie kraftvoll er sie in seinen Armen festhielt. Eingewickelt im Morgenmantel stand sie wehrlos vor ihm. Er erkannte natürlich seine Chance, nutzte sie und Franziska bemerkte, wie sich auf ihrer Stirn Schweißperlen bildeten, als er langsam den Kopf senkte.

Sie bebte am ganzen Körper.

Er würde es nicht wagen!

Sie täuschte sich wieder einmal. Natürlich küsste er sie, der Schuft!

Der Moment des Schreckens dauerte nur einen Sekundenbruchteil. Noch ehe er sie dazu brachte, dass sie in seinen Armen die Welt um sich herum vergaß, langte sie seitwärts auf den Tisch. Das Einzige, das ihre suchende Hand fand, war die Dose mit Erdnüssen. Blitzschnell leerte sie sie über seinem Kopf aus.

Mit einem Gesichtsausdruck, den man wirklich nicht als intelligent bezeichnen konnte, wie sie schadenfroh registrierte, hob er den Kopf. Verdattert blickte er auf sie hinunter. Eine Sekunde standen sie sich gegenüber und sie entdeckte vier Erdnüsse auf seinem Haarschopf. In diesem Moment überfiel sie ein unwiderstehlicher Lachreiz. Sie prustete los.

Ohne sie aus den Augen zu lassen, griff er ungerührt in sein Haar und steckte sich dann ganz langsam eine Erdnuss in den Mund: »Reizend, Liebling, wie du mich heute wieder verwöhnst.«

Schnell wandte sie sich ab und immer noch kichernd floh

sie in ihr Schlafzimmer. Atemlos lauschte sie hinter der sicheren Tür auf sein mutwilliges Lachen.

»Schöne Träume noch, mein Mädchen!«

15

Am folgenden Morgen machte er einen völlig gelassenen Eindruck und schien absolut nicht verlegen zu sein. Sein Gesicht war unbefangen, wie das eines Kindes – sie traute ihm keine Sekunde! Im Gegenteil, er kam ihr vor wie die Schlange, die gleich ihr Opfer verschlingt.

In diesem Augenblick klopfte es und herein kam Mrs. Burns: »O, wie schön, dass ich euch noch antreffe.« Lebhaft begrüßte sie Franziska und wandte sich dann ohne Umschweife Daniel zu, der sich zu ihr hinunterbeugte und ihr einen herzhaften Kuss auf die Wange gab, was sie mit einem Strahlen quittierte: »Daniel, Oliver schickt mich, er wollte dich noch mal wegen der Dachreparatur sprechen.«

»Ach ja, gestern sind wir ja nicht mehr dazu gekommen.« Sie tauschten einen amüsierten Blick, wobei er ihr zuzwinkerte. Dann stand er auf: »Ich bin gleich zurück«, sagte er in Franziskas Richtung und ging hinaus.

Ellen Burns blieb bei Franziska und Franziska bot ihr eine Tasse Tee an, die die ältere Frau nicht ausschlug. »O, meine Liebe«, seufzte sie. »Die beiden haben vielleicht gebechert, gestern Abend. Oliver hatte ganz schön einen sitzen.« Ihre Augen funkelten liebevoll bei dieser Feststellung.

Franziska hatte sie sofort in ihr Herz geschlossen. »Ich möchte mich noch für Ihre ausgezeichnete Suppe bedanken. Sie hat wunderbar geschmeckt. Den Auflauf konnten wir leider nicht probieren. Durch meine Ungeschicklichkeit fiel er auf den Boden und wir mussten alles in den Mülleimer werfen«, gestand sie kleinlaut. Freundschaftlich unterhielten sie sich und sprachen über dies und das.

Plötzlich trat ein neugieriger Ausdruck in Ellens Augen: »Sie haben sich gestern gestritten, nicht wahr?«

»Eh, ja.«

Ellen kicherte vergnügt: »Er war schrecklich wütend«, bekannte sie. »Sein Sohn ist furchbar süß. Sie müssen wissen, ich kannte seine ... also die Mutter von dem kleinen Daniel.«

»Ach so«, antwortete Franziska vage.

»Und wir dachten immer, dass er sie irgendwann einmal heiraten würde. Eine schrecklich tragische Geschichte.«

»Ja«, sagte Franziska hilflos.

»Aber jetzt sehen wir, dass er in Sie verliebt ist und das finden wir gut so«, bekannte Mrs. Burns zufrieden und Franziska legte erstaunt ihr Messer aus der Hand.

»Wieso glauben Sie denn, er sei in mich verliebt?«, fragte sie ehrlich erstaunt.

»Na hören Sie, wenn man einer Frau einen Antrag macht, ist man wohl in sie verliebt«, bekannte Ellen vergnügt. »Nachdem er einige Gläser Whisky mit meinem Mann getrunken hatte, erzählte er ihm von seinem Antrag und dass Sie ihn abgelehnt hätten.« In ihre Augen trat ein Funkeln als sie weiter sprach: »Mein liebes Mädchen, sein Gesicht hätten sie sehen müssen. Er sah aus wie ein kleiner Junge, dem man sein liebstes Spielzeug weggenommen hat.«

Junge ist gut, dachte Franziska amüsiert.

»Warum wollen Sie ihn nicht heiraten?«

Angesichts dieser unverblümten Frage wusste Franziska nicht, wie sie reagieren sollte.

»Auf jeden Fall sind Sie ebenfalls in ihn verliebt«, stellte Ellen zufrieden fest, »das sieht doch ein Blinder. Aber die modernen jungen Frauen von heute wollen halt nicht so schnell heiraten, hab ich Recht? Und wahrscheinlich ist so eine nette und hübsche Frau wie Sie bereits anderweitig gebunden?« Die Augen der Frau blinzelten sie spitzbübisch an und Franziska konnte nicht anders: Sie begann zu kichern und Ellen fiel prompt in ihr Lachen ein. »O, verzeihen Sie meine Neugierde, aber hier in der Gegend ist so wenig los, da freut man sich über ein bisschen Tratsch«, entschuldigte sie sich treuherzig.

Franziska lächelte immer noch und erfüllte ihr dann den Wunsch: »Ich mag ihn, aber ich habe nicht das Gefühl, dass er in mich verliebt ist. Sie hätten ihn gestern hören sollen! Er bot mir an, dass wir uns zusammentun, wie er es nannte, nicht nur beruflich, sondern auch privat. Das müssen Sie sich mal vorstellen! Und außerdem glaub ich nicht, dass er treu sein kann. Ich könnte aber niemals einen Mann heiraten oder mit jemandem zusammenleben, der nicht absolut treu ist und dem ich nicht vollkommen vertrauen könnte.«

Sie schaute aus dem Fenster, als sie leise und eine Spur trotzig fortfuhr: »Wenn ihm wirklich an mir gelegen ist, muss ihm schon etwas Besseres einfallen.«

»Franziska«, begann Ellen, »Sie gestatten doch, dass ich Sie Franziska nenne?«

»Aber sicher«, sagte Franziska spontan.

»Ich weiß ja nicht genau, was zwischen Ihnen vorgefallen ist, aber dass es sich bei ihm um einen Mann handelt, der verliebt ist, erkennt jeder, der über einen Funken Menschenverstand verfügt. Und wenn er sich vorher die Hörner abgestoßen hat, macht das doch nichts«, ihre Augen blickten verschmitzt, »umso leichter fällt ihm dann anschließend die Treue.«

Oder auch nicht, dachte Franziska trocken, dennoch spürte sie, dass sich ihre Stimmung bei den Worten der Älteren deutlich verbesserte.

»Aber Sie haben schon ganz Recht: Lassen Sie sich ein wenig Zeit, ehe Sie eine endgültige Entscheidung treffen. Es hat noch keinem Mann geschadet, wenn er sich ein wenig gedulden musste. Und jetzt, meine Liebe, hoffe ich, dass Sie mir nicht böse sind, dass ich so offen und direkt zu Ihnen gesprochen habe.« Mit diesen Worten stand sie entschlossen auf und reichte Franziska die Hand. »Ich hoffe, Sie irgendwann einmal wieder hier sehen zu können. Sie glauben nicht, wie mich das freuen würde.» Herzlich reichten sie sich zum Abschied die Hände und Ellen Burns verließ mit raschen Schritten das Haus.

Franziska blieb versonnen am Küchentisch sitzen. Die Worte der resoluten Frau hatten ihr gut getan und sie spürte, wie ihre Fröhlichkeit zurückkehrte. Also hatte sie – oder vielmehr ihre Absage – ihn nicht unberührt gelassen und er war vielleicht doch nicht so gleichgültig, wie sie ihn gestern eingeschätzt hatte.

Sie lächelte und dachte an Ellen. Sie gefiel ihr. Sie war zwar neugierig, dennoch mochte sie sie, denn sie liebte es, wenn Menschen unumwunden ihre Meinung äußerten und nicht lange um den heißen Brei redeten. Das erleichterte das Leben ungemein.

Als Daniel nach einer Weile zurückkam, hatte sie bereits Junior versorgt, und während dieser ihnen vergnügt von seiner Wippe auf dem Tisch aus zusah, räumten sie auf und packten. Nach einer Stunde machten sie sich auf den Rückweg. Die Spannung des vergangenen Tages hatte sich gelöst, zumindest waren sie wieder in der Lage, sich ohne Gereiztheit zu unterhalten. Franziska, die es nicht ausstehen konnte, wenn in ihrer unmittelbaren Umgebung Unfrieden herrschte, war froh, dass sie relativ unbefangen miteinander umgehen konnten und genoss die Rückfahrt.

Sie fuhren die Strecke in einem Rutsch, wobei sie sich regelmäßig abwechselten. Als sie am späten Abend Lusenau erreichten, lag das Haus in tiefer Dunkelheit. Franziska öffnete die Tür und knipste das Licht an. Dann nahm sie ihre Reisetasche und wünschte Daniel eine gute Nacht.

Er trug Junior, der die lange Rückfahrt problemlos überstanden hatte und bereits tief und fest schlief, auf dem Arm und hielt sie, bevor sie nach oben ging, noch einmal zurück: »Morgen früh muss ich kurz rüber zum Haus fahren und sehen, wie weit die Handwerker sind. Würdest du freundlicherweise noch einmal auf Daniel aufpassen?«

»Natürlich.«

»Danke. Und, Franziska, ich möchte, dass du nicht das Gefühl hast, ich wolle dich ausnutzen. Eh ... unser Gespräch auf dem Berg ist schief gelaufen und trotzdem würde ich mich freuen, wenn wir wieder so normal wie vorher miteinander umgehen könnten.« Er hielt inne und Franziska weidete sich an seiner augenscheinlichen Verlegenheit.

»Ich würde vorschlagen, wir vergessen diesen Teil der Reise«, kam sie ihm zu Hilfe. »Der Rest war übrigens trotzdem sehr nett und ich danke dir, dass du mich mitgenommen hast.« Sie schenkte ihm ein Lächeln und lief dann die Treppen zum Obergeschoss hinauf. Josef war nirgendwo zu sehen und sie vermutete, dass er bereits schlief, denn mittlerweile war es halb elf, eine Zeit, zu der er normalerweise immer schon im Bett lag. Das war ganz gut so, denn seinen klugen Augen entging so leicht nichts. Er würde sicherlich spüren, dass zwischen Daniel und ihr etwas vorgefallen war und Fragen stellen, Fragen, denen sie sich momentan noch nicht gewachsen fühlte. So hatte sie noch ein wenig Zeit ihre Gefühle zu ordnen.

16

In den folgenden Tagen erwähnten sie die Zeit auf Skye nicht mehr. Josef kümmerte sich liebevoll um Klein-Daniel und half mit den letzten Verrichtungen am Möbelgeschäft, das Franziska endgültig am zweiten Mai eröffnen wollte. Sie, Eva und Josef hatten ausgemacht, dass sie sich samstags abwechselnd um das Geschäft kümmern wollten.

Franziska gelang es nur schwer, den vergangenen Gefühlsaufruhr unter Kontrolle zu bringen und es kostete sie einige Mühe, gelassen die Abende mit Daniel zu überstehen.

Daniel hingegen schien damit keine Probleme zu haben, was sie nicht wenig kränkte.

Verstohlen betrachtete sie ihn. Obwohl er sich so gelassen gab, schien er dennoch verändert, irgendwie wirkte er noch entschlossener als sonst, warum, konnte sie sich nicht erklären. Es war ein seltsames Gefühl. Er kam ihr mit einem Mal noch zielstrebiger und energiegeladener vor als in den vergangenen Wochen, was einiges heißen wollte, denn an diesen Eigenschaften hatte es ihm nie gemangelt. Gedankenverloren schaute sie in das Kaminfeuer, das Daniel vor zwei Stunden entfacht hatte. Er saß beunruhigend nahe neben ihr auf dem Sofa und las wie sie Zeitung.

Ihr war mittlerweile sonnenklar, dass sie sich in Daniel verliebt hatte. Obwohl dies eine Tatsache war, hatte sie nicht vor, auf sein sonderbares Angebot einzugehen. Wie konnte er nur! Ihr einfach so zu erklären, sie sollten – aus Freundschaft – nicht nur eine berufliche, sondern auch eine private Partnerschaft eingehen! Wo blieben denn da die Gefühle? Wenn er wenigstens das Wörtchen Liebe erwähnt hätte. Gut, um genau zu sein, dieses kleine Wörtchen hatte er durchaus erwähnt, aber wie!

Erstaunt über sich selbst war ihr klar geworden, dass sie unter anderen Umständen einem Zusammenleben mit allem Drum und Dran, ja, sogar einer Ehe mit ihm nicht abgeneigt gewesen wäre. Sie hätte ihn sogar mit Kusshand geheiratet! Und das stand überhaupt nicht im Widerspruch zu ihrer Absage Bernd gegenüber, denn Daniel war in nichts mit ihrem früheren Lebensgefährten zu vergleichen!

Daniel war einfach wunderbar – trotz seiner nicht zu übersehenen Fehler!

Und dann war da noch Junior. Bei dem Gedanken, ihn ebenfalls zu verlieren, wenn Daniel nach Frauenau übersiedelte, zog sich ihr Herz zusammen.

Franziska seufzte und schob die wehmütigen Gedanken beiseite.

»He, aufwachen!« Daniel sah sie lächelnd von der Seite

an. Es war halb zehn am Abend. Josef hatte sich gerade nach oben verabschiedet und auch Franziska beabsichtigte, ins Bett zu gehen.

»Bitte?«

»Ich spreche die ganze Zeit mit dir, aber du hörst mir gar nicht zu.«

»Entschuldige, aber ich war in Gedanken.«

»Ich fragte, ob du Lust hast, morgen mit mir ins Kino zu gehen.«

Franziska zögerte. Das war jetzt seine dritte Einladung in dieser Woche. Zweimal hatte er sie zum Essen eingeladen und beide Male hatte sie abgesagt. »Nein, danke, morgen kann ich nicht, da bin ich mit Julia verabredet.«

»Dann übermorgen«, bat er mit unbewegter Miene.

Wieder schüttelte sie den Kopf.

»Nenn mir einen Zeitpunkt.«

Sie seufzte und schwieg. Dann beschloss sie, Nägel mit Köpfen zu machen. »Daniel, es tut mir Leid, aber ich möchte nicht mit dir ausgehen. Es hat auch keinen Zweck, dass du mich ins Kino einlädtst, ich möchte, dass wir uns nur noch auf beruflicher Ebene treffen.«

Sein Gesicht hatte sich bei ihren Worten verfinstert: »Dürfte ein bisschen schwierig werden, wo wir uns jeden Tag über den Weg laufen.«

»Das wird sich irgendwann ja ändern, spätestens dann, wenn dein Haus fertig ist«, entgegnete sie leise.

Er fuhr sich mit beiden Händen durch die Haare. »Franziska, könnten wir nicht versuchen, einen neuen Anfang zu finden?«

Sie suchte seinen Blick und entgegnete: »Ich versuche momentan, wieder eine sachliche Basis zwischen uns herzustellen. Und das geht nicht, wenn wir privat so viel miteinander umgehen. Ich bitte dich das zu akzeptieren.«

Seine Miene veränderte sich augenblicklich und wurde zu jener undurchsichtigen Maske, die sie in den letzten Tagen so oft an ihm bemerkt hatte. »O. k., wie du willst.«

»Ja«, erwiderte sie knapp und stand auf. »Und jetzt gehe ich nach oben. Gute Nacht.«

Oben in ihrem Schlafzimmer betrachtete sie versonnen die Blumen, die er ihr aus Frauenau mitgebracht hatte, als Dank, weil sie auf seinen Sohn aufgepasst hatte. Ob ihre Entscheidung, sich mit ihm nur noch auf beruflicher Ebene zu treffen wohl richtig war? Später lag sie noch lange mit offenen Augen im Bett. Vielleicht wusste ja Julia einen Rat. Morgen würden sie gemeinsam bei ihr Kaffee trinken. Sie freute sich schon darauf und war gespannt, was ihre Freundin mit ihr besprechen wollte.

Am folgenden Nachmittag berichtete sie Julia, was in Skye vorgefallen war.

»Und welchen Rat erwartest du jetzt von mir«, fragte Julia anschließend ein wenig ratlos. »Ich hab dir gesagt, was ich von ihm halte. Ich find ihn einfach in Ordnung. Ein Mann zum Verlieben, auch wenn er sich manchmal ein wenig wie ein Holzklotz aufführt. Du gibst zu, dich in ihn verliebt zu haben, wo also liegt dein Problem?«

»Ich weiß nicht. Es ist der entscheidende Fingerzeig, nenn es wie du willst. Der alles entscheidende Funke, der von ihm ausgeht und der mir sagt: So, das war's.«

»Nun, das verstehe ich jetzt nicht, aber du wirst schon wissen, was du damit meinst. Aber warte nicht darauf, dass er sich dir zu Füßen wirft und dir seine Liebe gesteht. Meine Erfahrung lehrte mich, dass Männer zu dieser einfachen Handlung nicht unbedingt fähig sind«, seufzte sie drollig. »Ich kann dir nur raten, tu einfach das Naheliegende und sprich mit ihm, anstatt ihn abzuweisen. Du wartest doch insgeheim darauf, dass er da weitermacht, wo er auf Skye aufgehört hat. Gib ihm eine zweite Chance!«

»Vielleicht hast du Recht. Bei dir klingt alles so vernünftig und einfach«, räumte Franziska ein. »Das ist aber noch nicht alles. Hinzu kommt, dass wir beide ausgesprochene Karrieremenschen sind. Ein neues Minenfeld, auf dem jederzeit

Explosionen stattfinden könnten«, gab sie äußerst bildhaft zu bedenken.

»Ja, und morgen können wir alle tot sein, ach, Franziska, du bist doch sonst nicht so kompliziert«, stöhnte Julia und warf ihr einen liebevollen Blick zu. »Aber apropos Karriere. Das ist das Problem, das ich mit dir besprechen wollte.«

»Ja? Schieß los«, ermunterte Franziska sie.

»Du weißt doch, dass Stefan und ich beide als Bürgermeister zur Wahl stehen.«

»O ja. Und du errätst nicht, wen ich am Wochenende wählen werde.«

»Doch, natürlich tu ich das«, stellte Julia mit einem wehmütigen Lächeln fest. »Aber es wird nicht dazu kommen, denn ich werde meine Kandidatur zurückziehen!«

»Das ist nicht dein Ernst!« Franziska musterte entgeistert ihre Freundin, die sich stets für die Probleme des Ortes engagierte, die es kaum erwarten konnte, für ihre Ideen und Ziele zu kämpfen und die mit einem Gewinn der Wahl ihren Idealen ein Stückchen näher rücken würde. Und die beinahe alle Frauen des Ortes auf ihrer Seite hatte. »Du bist nicht recht gescheit! Wieso das denn!?«

»Ich denke dabei an meine Ehe«, bekannte Julia kleinlaut, »ich fürchte, es könnte Komplikationen mit Stefan geben, für den Fall, dass ich gewinne, meine ich.«

Franziska sprang von dem Sessel auf und baute sich empört vor ihrer Freundin auf: »Sag das noch mal! Ich höre ja wohl nicht richtig! Wenn du gewinnst, wird er sich mit dir freuen, ihr werdet ein riesiges Fest geben und dann kannst du loslegen. Und Stefan wird dich tatkräftig unterstützen. Also ich glaub's ja wohl nicht!« Erregt blitzte sie ihre Freundin an.

»Meinst du wirklich, er hätte keine Probleme mit einer Bürgermeisterin an seiner Seite?«, gab Julia mit ungewohnt verzagter Stimme zu bedenken.

»Und ob ich das meine!«, bekräftigte Franziska laut. »Du bist seit drei Jahren mit ihm verheiratet und hast es nicht geschafft, sein Selbstbewusstsein zu schmälern, im Gegenteil, ich habe das Gefühl, er ist, seit er ständig mit dir im Ehekampf seinen Mann stehen muss, noch kräftiger geworden – seelisch und auch sonst«, schmunzelte sie, »also warum sollte er jetzt damit Probleme haben? Benimm dich doch bitte nicht plötzlich wie eine dieser pubertären, kleinmädchenhaften Weibchentypen!«, schimpfte sie auf ihre Freundin ein und bedachte Julia, die mit ihren weichen Gesichtszügen und dem seidigen Haar zwar sehr weiblich wirkte, mit Franziskas Charakterisierung ansonsten aber nichts gemein hatte, mit einem wilden Blick.

Julia fuhr sich durch ihre Haare und ließ dann die Hände sinken. »O. k., du hast mich überzeugt, ich mach's!«, sagte sie dann mit einer Stimme, die sie wieder ganz in die kämpferische Freundin zurückverwandelte, die Franziska so bewunderte und mochte. »Und wenn Stefan damit Probleme haben sollte, ist er nicht der Mann, den ich geheiratet habe.«

»Was immer das jetzt bedeuten soll«, nickte Franziska weise. Dann schauten sie sich in die Augen und lachten schallend.

»Womit eines deiner sogenannten Probleme – nämlich deine Sorgen angesichts eurer beider Karrieren – ebenfalls gelöst ist, nicht wahr?«

Seufzend ließ Franziska sich wieder in den Sessel gegenüber fallen und nickte. »Stimmt! Und jetzt, wo wir uns gegenseitig den Kopf zurechtgerückt haben, lass uns in Ruhe Kuchen essen. Wenn meine Nase mich nicht täuscht, hast du einen in der Röhre.«

Mit einem Aufschrei stand Julia auf und stürzte in die Küche, wo sie den besten aller Käsekuchen aus dem Rohr nahm. Franziska lief das Wasser im Mund zusammen.

»Übrigens, am fünfundzwanzigsten fahren wir zum Investor. Mir ist schon ganz schlecht vor Aufregung«, seufzte Franziska einige Minuten später und schob sich genüsslich ein Stückchen des leckeren Kuchens in den Mund.

»Man merkt's«, kicherte Julia. »Und wenn du den Wettbewerb gewonnen hast, erinnerst du dich daran, was du mir gerade eben gepredigt hast.«

»Jawohl, so wahr ich hier sitze und dieses Gedicht von einem Kuchen genieße!«

Sie klönten noch den ganzen Nachmittag, bis Franziska sich von Julia verabschiedete, nicht jedoch ohne ihr das Versprechen abzunehmen, tatsächlich nicht zu kneifen, sondern bei der Wahl ihre Frau zu stehen. »Denk dran, wir Frauen von Lusenau setzen alle Hoffnung in dich. Du bist unsere schärfste Waffe im Kampf gegen die herrschende Männerwelt dieses Ortes. Enttäusch uns nicht!«, beschwor Franziska sie theatralisch, woraufhin beide in Lachen ausbrachen. Dann machte Franziska sich auf den Weg nach Hause. Der Wahlsonntag kam und Franziska wählte.

»Ich wünschte, wir hätten schon das Ergebnis. Ich halt's nicht aus, bis heute Abend«, sagte sie zu Eva, die sie in der Gaststätte getroffen hatte.

»Frag mich mal«, entgegnete diese stöhnend. »Wir brauchen Julia einfach. Nur sie ist in der Lage, dieses größenwahnsinnige Brückenprojekt zu verhindern. Und sie wird dafür sorgen, dass endlich die Gasbusse im Nationalparkgebiet eingesetzt werden. Und dass die Ampel an der Schule installiert wird. Wenn sie nicht gewinnt, beiß ich mich Werweißwohin. Vor allem, wo ich doch in meinem Laden den besten Wahlkampf aller Zeiten abgehalten hab. Glaub mir, keine Frau hat das Geschäft verlassen, die hinterher nicht auf Julias Seite gestanden hat.«

»Das glaub ich dir aufs Wort«, kicherte Franziska. »Was hältst du davon, wenn wir ein bisschen spazieren gehen? Das beruhigt die Nerven.«

»Spaziergang ja, aber keine Dreistundenwanderung«, stimmte Eva zu. Sie spazierten nach Guglöd und träumten dabei von der neuen Frauenpolitik des Ortes.

Endlich am Abend dann der ersehnte Anruf. Als das Telefon klingelte, stürzte Franziska, begleitet von einem ironischen Seitenblick Daniels und einem Schmunzeln Josefs, ans

Telefon. Die beiden Männer hatten sie den ganzen Nachmittag geneckt, angesichts der düsteren Aussichten, die die Frauen des Ortes der Politik bescheren mochten. Als aus der Ecke dann der begeisterte Aufschrei von Franziska kam, sahen sie sich mit einem beziehungsvollen Blick an, hoben ihre Biergläser und prosteten sich zu.

»Gewonnen! Sie hat tatsächlich gewonnen!«, schrie Franziska begeistert und wandte sich mit heißen Wangen den Männern zu. »Und wir sollen alle Mann zu ihnen nach Hause kommen um zu feiern. Eva sollen wir auch mitbringen.«

»Armes Lusenau«, murmelte Daniel, aber man konnte ihm ansehen, dass er es nicht so meinte. Dann packte er seinen Sohn in den Kinderwagen, sie zogen sich die Jacken an und wanderten die wenigen Minuten hinüber zu Julias und Stefans Haus, wo die Freunde und Bekannten sich nach und nach unter lautem Hallo einfanden.

»Meine Frau wird die beste Bürgermeisterin aller Zeiten«, gab Stefan spät am Abend bekannt und Franziska und Julia sahen sich mit einem glücklichen Lächeln an.

»Was hab ich dir gesagt? Er platzt vor Stolz«, flüsterte Franziska Julia zu.

»Obwohl sie die Wahl natürlich nur dem Frauenüberschuss des Ortes zu verdanken hat«, schob der Ehemann der frisch gebackenen neuen Bürgermeisterin grinsend hinterher, dem zum Wahlerfolg ganze drei Stimmen gefehlt hatten.

»So, Franziska! Jetzt gewinnst du noch deinen Wettbewerb und dann zeigen wir der Männerwelt dieses Ortes, was eine Harke ist«, verabschiedete Julia sich schließlich übermütig von Franziska.

»Es wird ein Triumpf, du wirst sehen!«, schwärmte Franziska unter dem Gelächter der anwesenden Männerwelt und verschwand dann nach draußen in die verheißungsvolle klare Frühlingsnacht.

Der fünfundzwanzigste kam und zeitig saßen Daniel und Franziska in ihrem rotem BMW und fuhren nach Passau.

Trotz Julias freundschaftlichem Beistand war Franziska nervös. Und sie spürte, dass es Daniel ebenso erging, denn während der gesamten Fahrt nach Passau war er im Gegensatz zu sonst höchst einsilbig. Mühelos parkte sie den großen Wagen vor dem Haus, das das Büro des Investors beherbergte. Sie stiegen aus und Franziska betätigte den altmodischen Klopfer an der Tür. Keine drei Sekunden später wurde ihnen von einer hübschen jungen Frau geöffnet, die sie zu Fritz Jansen führte.

»Gut, dass Sie pünktlich sind, ich hab gleich noch einen anderen Termin«, teilte ihnen dieser energisch, jedoch keineswegs unfreundlich mit.

Franziska mochte den Mann, der, weit über fünfzig, immer noch kraftvoll, beinahe drahtig wirkte und dessen Augen, wenn sie einen ins Visier nahmen, ihre Blicke wie aus Pistolenläufen schossen. Sie bezweifelte, dass dieser feste Blick jemals sein Ziel verfehlt hatte, seine sieben Kinder – fünf mit seiner ersten Frau und die anderen zwei mit seiner zwanzig Jahre jüngeren zweiten Frau – zum Schweigen zu bringen, wenn er danach verlangte.

Auf Franziskas Frage, wieso niemand an dem fraglichen Tag geöffnet hatte, antwortete er amüsiert: »Weil alle bei mir zu Hause saßen, vielmehr auf dem Weg dahin waren. Das konnten Sie natürlich nicht wissen, es war nämlich mein sechzigster Geburtstag und ich habe allen im Haus strengstens untersagt, irgendjemandem darüber Mitteilung zu machen. Ich wollte diesen besonderen Tag mit meinen Leuten in Ruhe feiern. Ungestört im Büro zu feiern ist jedoch unmöglich, also kamen sie zu mir nach Hause. Und da der Nachmittag für meine Familie reserviert war, musste ich pünktlich das Büro schließen. Aus einem unerfindlichen Grund heraus übersah ich bei der Terminvergabe, dass es sich um mein Geburtsdatum handelte. Der Einfachheit halber machte ich daher Pünktlichkeit zur absoluten Bedingung.«

»Zu Recht, ich verstehe«, erwiderte Franziska schwach.

»Übrigens, diese Inge Theisen: prima Person. Ich muss sie unbedingt zum Essen einladen. Die Frau hat was auf dem Kasten.«

»Da gebe ich Ihnen Recht«, pflichtete Daniel ihm bei. Ihre Blicke trafen sich über den Schreibtisch hinweg in männlichem Einverständnis und Franziska konnte ein Schmunzeln nicht unterdrücken. Dennoch fieberte sie dem entgegen, was Fritz Jansen zu sagen hatte.

»Also, um es kurz zu machen«, begann der Investor endlich gemütlich: »Frau Föhr ist die Gewinnerin!«

»Frau Föhr? Wen meinen Sie jetzt?«, fragte Daniel, »ich bin Daniel Föhr und meine Partnerin heißt Moss.« Dem Klang seiner Stimme war jetzt nicht die Spur von Nervosität anzumerken, was Franziska Bewunderung abrang. Sie hielt die Luft an und wartete auf Fritz Jansens Erklärung.

Der senkte den Blick auf die Unterlagen vor ihm, hob dann die Augen und sah Daniel streng an. »Entschuldigung!« Er richtete seinen Blick auf Franziska: »Ich meine natürlich Frau Moss.« Franziska setzte sich kerzengerade hin und hätte am liebsten laut gejubelt. »Ihr Projekt hat mich in allen Punkten überzeugt.« Sein anerkennender Blick ruhte beinahe väterlich auf ihr.

Franziska strahlte und spürte, dass ihre Hände feucht geworden waren.

»Sie haben sich genau meine Worte gemerkt. Respekt, kann ich da nur sagen. Wie Sie es geschafft haben, die Generationen zusammenzuführen und dennoch für jeden Freiräume zu schaffen – das hat mir überaus gut gefallen.«

»Danke«, entgegnete sie mit ungewohnt schwacher Stimme und spürte, wie sie vor Freude errötete. »Wie viele, wenn ich fragen darf, haben sich an der Ausschreibung beteiligt?«

»Insgesamt hatten sie noch neun weitere Konkurrenten und Sie waren mit Abstand die Beste.«

Franziska traute sich nicht Daniel anzusehen, aber sie spürte beinahe körperlich, wie er versteinerte, was ihr zwar in gewisser Weise Leid tat, ihre Freude jedoch nicht schmälerte. Sie hatte gute Arbeit geleistet und sie fand, dass sie den ersten Preis verdient hatte.

»Und nun zu Ihnen, Herr Föhr«, wandte er sich an ihn. »Sie sind natürlich nicht umsonst mit herbestellt worden. Wie ich sehen konnte – zu meinem Erstaunen, muss ich gestehen –, haben Sie und Frau Moss zwei verschiedene Modelle eingereicht. Handelt es sich nun bei Ihnen beiden um eine Architektengemeinschaft oder arbeiten Sie beide in eigener Regie?«

Franziska räusperte sich und wollte mit der Erklärung beginnen, als Daniel ihr zuvorkam. »Wir haben uns erst im vorigen Monat zusammengetan, diese Pläne jedoch unabhängig voneinander ausgearbeitet. Ab sofort sind wir ein Team, das heißt wir arbeiten gemeinschaftlich, egal, um welche Projekte es sich handelt. Unsere Referenzen liegen ja, wie Sie sicherlich bemerkten, unseren Arbeiten bei.«

»Und genau das wollte ich von Ihnen noch einmal bestätigt bekommen«, sagte Fritz Jansen. Er legte eine wirkungsvolle Pause ein und richtete seine scharfen Augen abwechselnd auf Franziska und Daniel. »Die Arbeit von Frau Moss hat mir zwar am besten gefallen, allerdings scheint mir Ihr Konzept, Herr Föhr, was die Kosten anbelangt, durchdachter, um es einmal so auszudrücken.« Wieder schwieg er eine Sekunde und Franziska konnte nicht umhin, seinen Sinn für Theatralik zu bewundern. Dennoch war ihr heiß vor Nervosität. Unruhig spielte sie mit den Ringen an ihrer rechten Hand.

»Mit anderen Worten, ich habe mich entschieden, Ihr Projekt, Frau Moss, zu bauen und Ihrer Firma ebenfalls den Bauauftrag zu erteilen – wenn auch unter einer Bedingung.«

Beinahe wäre Franziska vor Freude aufgesprungen. Wie immer seine Bedingungen sein mochten: Sie würde zustimmen, schließlich übertraf dieser Auftrag ihre kühnsten Träume. Endlich konnte sie zeigen, was in ihr steckte.

»Wir hören«, warf Daniel jetzt gelassen ein, was wiederum Franziskas Anerkennung hervorrief, denn zu einer solchen Ruhe war sie in diesem Moment nicht fähig. Gut so, dachte sie, so gab es wenigstens eine Person, die die Nerven behielt, schließlich handelte es sich hier nicht um Sandkastenspiele.

»Meine einzige Bedingung lautet, dass Sie dieses Projekt tatsächlich gemeinsam durchziehen!«

»Was selbstverständlich ist«, hörte Franziska sich sagen. »Wir sind schließlich ein Team und teilen uns die Arbeit gemeinschaftlich.«

»So ist es recht«, kam die zufriedene Feststellung. »Damit wäre dann das Wichtigste gesagt.«

»Ich bin sicher, dass wir voll und ganz in Ihrem Sinne die Bauausführung über die Bühne bringen werden«, sagte Daniel selbstbewusst und schlug lässig ein Bein über das andere.

»Wann sollen wir mit dem Bauen beginnen?«, erkundigte sich Franziska eifrig.

»Diese Frau kommt sofort auf den Punkt, das gefällt mir«, bemerkte Fritz Jansen, »Respekt, junge Frau!« Er stand auf: »Ich sehe, das Projekt ist bei Ihnen beiden in guten Händen.« Er reichte Franziska über den Schreibtisch hinweg die Hand: »Schlagen Sie ein! Baubeginn ist so schnell wie möglich. Um genau zu sein, ich will, dass Sie sich ab sofort an die Arbeit machen.« Dann reichte er Daniel ebenfalls die Hand und mit dem Hinweis, sich für alles Weitere mit seiner Assistentin in Verbindung zu setzen, waren sie entlassen.

Draußen konnte Franziska nicht anders: Sie fiel Daniel um den Hals – mitten auf dem Bürgersteig –, was zwei coolen Jungs, die sie mit ihren Rollerblades beinahe über den Haufen gefahren hätten, ein anerkennendes Pfeifen entlockte.

»Willkommen, Partner«, murmelte Daniel leise in ihr Ohr. »Ich hoffe, du freust dich ebenso wie ich auf unsere gemeinsame Aufgabe. Ich schwöre dir«, versprach er mit funkelnden Augen, »wir werden noch ein Superteam.«

»Sind wir doch schon – mit der Betonung auf Team!«

»Natürlich, was sonst«, entgegnete er sanft.

»Abgemacht«, murmelte sie mit belegter Stimme. Und dann küsste er sie so so, wie sie es sich gewünscht hatte. Es dauerte eine Ewigkeit, bis sie sich voneinander lösten.

»Und jetzt fahren wir nach Hause und feiern unseren Erfolg!« Wie sie es dann schaffte, die Rückfahrt heil und ohne Unfall über die Bühne zu bringen, entzog sich ihrer Erinnerung, denn sie schwebte über den Wolken.

Als sie zu Hause ankamen, ging Franziska sofort ans Telefon und berichtete Julia über den großen Erfolg, den sie erzielt hatten. »Und das möchten wir feiern. Habt ihr Zeit?«

Julia sagte sofort zu. Als nächste rief Franziska Eva an und auch sie nahm die Einladung sofort freudig an. Dann trugen Franziska und Daniel gemeinsam mit Josef alles Essbare auf den Tisch, das ihr Haushalt hergab, und sie feierten bis in die späte Nacht. Franziska genoss den Abend in vollen Zügen und fiel dann hundemüde ins Bett. Der Tag war wundervoll gewesen und der Abend ebenso.

Und ob nun der Sieg beim Wettbewerb oder der Kuss das Schönste gewesen war, konnte sie beim besten Willen nicht entscheiden!

17

»Franziska, hast du Zeit und Lust, mit mir rüber nach Frauenau zu fahren?«, fragte Daniel sie am folgenden Morgen beim Frühstück. »Ich will sehen, wie weit die Handwerker gekommen sind. Josef passt so lange auf Daniel auf.«

»O gern«, willigte sie freudig ein.

Daniel gab Junior in Josefs mittlerweile kundige Hände und dann fuhren sie los. Franziska hätte die ganze Welt umarmen können. Begeistert schmiedete sie während der Fahrt Pläne.

»Ein guter Anfang, findest du nicht?«, fragte Daniel und warf ihr einen undefinierbaren Seitenblick zu.

»Ja, es ist ein Anfang unseres neuen Lebens und er ist wundervoll«, erwiderte sie leise. »Dieser Auftrag ist ein Traum.«

»Seine Träume sollte man nie aus den Augen verlieren.«

»Du hast Recht. Hab ich auch nie getan.«

»Ich ebenfalls nicht«, sagte er und warf erneut einen raschen Blick in ihre Richtung. »Ein Traum allerdings bleibt mir noch.«

»Hm?«, murmelte sie in Gedanken versunken. »Welcher denn?«

»Dich zu erobern.«

Sie spürte, wie sich ihre Wangen röteten bei diesen sanften Worten, die weder gekünstelt noch übertrieben klangen. Noch nie hatte ihr jemand so offen und deutlich zu verstehen gegeben, sie erobern zu wollen. Sollte dies der besondere Fingerzeig sein, auf den sie gewartet hatte? Sie wusste es noch immer nicht. Aber sicher war auch dies ein neuer Anfang.

Sie schwiegen bis zu ihrer Ankunft in Frauenau. Als sie aus dem Auto stiegen, wurde Daniel sofort von einem der Handwerker in Beschlag genommen und Franziska hatte Muße sich umzusehen.

Die Renovierung tat dem Haus gut. Nichts von dem, was gerade noch erhalten werden konnte, war abgerissen worden, kein hässlicher moderner Anbau verunzierte dieses formschöne alte Gebäude und sie freute sich mit Daniel über die augenscheinlichen Fortschritte der Arbeiten. In fast jedem Raum arbeiteten die Handwerker. Die Möbel waren alle mit einer dünnen Plastikfolie überzogen, die Teppiche beiseite gerollt und es herrschte ein völliges Durcheinander, wie ihr schien. Daniel überprüfte einige Maße, dann verließen sie gemeinsam das Haus. Beim Hinausgehen legte er seinen Arm um ihre Schultern und sie ließ es geschehen.

»Kommst du noch mit in den Garten? Das Wetter ist so schön«, murmelte er leise und zärtlich in ihr Haar.

Sie schluckte. Intensiv nahm sie die Muskeln seines Körpers wahr und plötzlich erfüllte sie eine freudige Erregung. Jetzt und hier würde die Entscheidung über ihr künftiges Liebesleben – das bisher ja noch gar keines war – fallen, da war sie ganz sicher. Aber gerade, als sie aufgeregt das Gefühl überfiel, einen halben Meter über dem Boden zu schweben, wurden sie erneut unterbrochen. Wieder holte ein Handwerker Daniel auf den Boden der Tatsachen zurück.

»Es wird nicht lange dauern«, sagte er zärtlich zu ihr.

»Kein Problem, ich seh mich so lange noch ein bisschen um.«

Er ging zurück zum Haus und Franziska wandte sich dem Garten zu, in dem es an allen Ecken und Enden zu blühen begonnen hatte. Sie öffnete die liebevoll aus Eisen geschmiedete Gartenpforte und entdeckte eine bemooste Holzbank, die versteckt hinter Holunderbüschen stand. Sie setzte sich und betrachtete das Haus von diesem lauschigen Plätzchen aus.

Es war wirklich wunderschön gelegen, fernab der Durchgangsstraße. Von allen Seiten blickte man auf das Waldmeer. Im Westen waren die Hügel sanfter und von zahlreichen Weiden durchzogen, nach Osten hingegen wurden die Gipfel höher und die Wälder undurchdringlich. Sie lehnte sich entspannt zurück und kreuzte die ausgestreckten Beine. Von süßer Vorahnung nahezu überwältigt, schloss sie die Augen und lauschte auf das Gezwitscher der Vögel ringsum.

Plötzlich hörte sie ein Auto in den Hof fahren. Sie öffnete die Augen und blickte träge durch die Zweige, die in zartem Grün standen. Aus dem Wagen stieg eine Frau, die sie schon einmal gesehen hatte. Franziska reckte sich neugierig und erkannte alarmiert, dass es sich bei ihr um die Frau handelte, die sie mit Daniel zusammen in Passau beobachtet hatte – die Frau, die er geküsst hatte. Und wenn er sie auch nur auf die Wange geküsst hatte, so waren sie doch augenscheinlich sehr vertraut miteinander.

Daniel drehte sich um und blieb stehen. Die Frau eilte auf

ihn zu und Franziska konnte erkennen, wie sie erneut liebevoll die Arme umeinander legten, wobei Daniel begeistert auf die Frau einsprach. Franziska sprang fassungslos auf. Wahrscheinlich zeigte er ihr jetzt ihr gemeinsames neues Heim, durchfuhr es sie böse.

Vor kaum einer Woche hatte ihr dieser Mann einen Antrag – einen sonderbaren Antrag, aber immerhin einen Antrag – gemacht! Er hatte ihr Blumen ins Haus geschickt, sie zum Essen eingeladen, hatte begonnen, tatsächlich beinahe nett zu werden. Und nun das!

Franziska trat voller Wut gegen einen Stein und schoss ihn in hohem Bogen auf die andere Seite des Weges. Sie dumme Pute war unübersehbar fürs Grobe gedacht und die Lady dort unten wahrscheinlich fürs Vergnügen. Aber diese Suppe würde sie ihm versalzen!

Sie begann zu laufen. Sie mochte eine ausgesprochene Närrin sein, aber damit war nun Schluss! Sie riss das Gartentor auf und stürmte hinaus. Nichts wie weg! Sie hatte nicht vor, den beiden zu begegnen. Was sie ihm zu sagen hatte, würde sie ihm allein sagen! Jetzt war sie jedenfalls nicht in der Lage dazu, denn dazu brauchte sie all ihre Sinne, die sie jetzt nicht beieinander hatte. Wie blind lief sie den Kiesweg entlang, als sie seine Stimme hörte und das Erstaunen das darin lag, erboste sie enorm.

»He, Franziska, wo rennst du hin? Bleib hier!«

Sie schnaubte und dachte nicht daran.

»So warte doch einen Moment!«

»Verzieh dich du gemeiner Kerl!«, rief sie und rannte noch ein wenig schneller am Auto vorbei, durch das grüne Eisentor hinaus auf die schmale Allee, die die Zufahrt zum Haus bildete. Das Herz schlug ihr bis zum Hals.

»Was ist denn los mit dir!«, erklang seine Stimme jetzt deutlich erregt.

Voller Panik hörte sie, dass er ebenfalls zu laufen begann.

Ihre Absätze auf dem Kopfsteinpflaster hämmerten eine rasche Melodie. Daniel folgte ihr auf den Fersen. Er kam näher und näher und schließlich machte sein hörbarer Atem hinter ihrem Rücken klar, dass er sie eingeholt hatte. Im Laufen griff er nach ihrem Arm und hielt sie fest. Unbarmherzig drehte er sie zu sich herum. »Kannst du mir mal sagen, was in dich gefahren ist?«, funkelte er sie mit dunklen Augen an, wobei sein Atem ebenso schnell ging wie ihrer.

»Lass mich sofort los!«, japste sie – ein Befehl, den er völlig ignorierte.

»Was ist passiert, dass du plötzlich wie eine Verrückte davonläufst?«

»Nichts ist passiert«, keuchte sie, nach Atem ringend, »ich habe nur keine Lust mehr, dir weiterhin zur Verfügung zu stehen, das ist alles. Das kannst du in Zukunft ohne mich machen.«

Mit einer wilden Gebärde riss sie sich los und stürmte weiter. Wieder hechtete er ihr hinterher und sie verfluchte sich, dass sie nicht schneller sprinten konnte. Wieder holte er sie ein und diesmal hielt er ihren Arm noch fester.

Na, prima! Wahrscheinlich werde ich davon auch noch einen blauen Fleck zurückbehalten, dachte sie aufgebracht. »Fass mich nicht an!«, fauchte sie schwer atmend. »Begrapsche deine Freundinnen, aber mich lässt du gefälligst sofort los!«

Fassungslos blickte er sie an, ohne jedoch auch nur einen Moment locker zu lassen: »Könntest du mir bitte einmal erklären, was mit dir in den letzten zehn Minuten passiert ist? Was redest du für einen Unsinn und welche Freundinnen meinst du, bitte schön! Darf ich vielleicht meine Schwester nicht mehr in den Arm nehmen?«

Ihre Brust hob und senkte sich so schnell, dass sie kaum Luft bekam. Böse starrte sie an ihm vorbei: Sie würde ihm gar nicht erst zuhören, sie wollte nur einfach weg. Wild strich sie sich über die erhitzte Stirn, bis ihr plötzlich klar wurde, was er gerade gesagt hatte.

Langsam ließ sie den Arm sinken: »Deine Schwester? Willst du etwa damit sagen, diese Frau«, sie deutete mit der

Hand zum Haus, »ist deine Schwester?« Unangenehm wurde ihr bewusst, dass ihr Gesicht feuerrot wurde und sich kleine Schweißperlen auf ihrer Stirn bildeten. »Und ich dachte …«, weiter kam sie nicht. Ihre Stimme versagte ihren Dienst.

»Ich glaub's nicht!« Sein Gesicht, eben noch voller Entrüstung, verwandelte sich und seine Augen begannen zu leuchten. »Du bist ja eifersüchtig!« Wieder nahm er sie in den Arm, diesmal jedoch sehr sanft. »Wie wunderbar! Du bist tatsächlich eifersüchtig«, wiederholte er ungläubig und sichtlich erfreut.

»Wie konnte ich ahnen, dass sie deine Schwester ist«, hauchte Franziska matt und unternahm den aussichtslosen Versuch ruhig zu atmen. Es war schrecklich. Sie hatte das Gefühl, sich noch nie so blamiert zu haben.

»Ja, nicht wahr? Wo ich doch jeden Tag eine neue Freundin mit nach Hause bringe«, neckte er sie, wobei er sie immer noch festhielt und diesmal wehrte sie sich nicht.

»Jawohl, tust du ja auch und deine Umarmung in Passau, na, weißt du …«

»Ach, das meinst du«, fuhr es erleichtert aus ihm heraus, »sie hatte mir gerade mitgeteilt, dass sie schwanger ist. Sie wünschen sich schon so lange ein Kind.«

»O«, murmelte Franziska.

»Und du, mein Schatz, entkommst mir nicht mehr«, warnte er sie mit einer Stimme, die ihr einen Schauer über den Rücken rieseln ließ.

»Was soll das heißen?«, stotterte sie heiser.

»Ich möchte dich heiraten und ewig mit dir zusammenleben«, murmelte er und ehe sie Luft holen oder etwa protestieren konnte, küsste er sie.

»Wenn du mich nicht atmen lässt, kann ich niemals ja sagen,« keuchte sie endlich zärtlich.

»Ich liebe dich, das ist es doch, was du hören willst, nicht wahr?«, flüsterte er sehr leise in ihr Ohr.

»Was sonst?«

»Ich habe mich sofort in dich verliebt.«

»Wann genau?«, erkundigte sie sich wissbegierig.

»Seit du mit der Kaminzange vor mir gestanden hast und dich bemühtest, dir deine Angst nicht anmerken zu lassen – und beinahe hättest du es geschafft mich zu täuschen.«

»Ich brauchte dich nicht zu täuschen: Ich hatte keine Angst!«, protestierte sie gespielt empört.

»Oder in der Nacht, als ich mit Lisa das erste Mal ankam und du in der Küche standest«, fuhr er mit frechem Grinsen fort, ohne auf ihren Protest einzugehen, »und in diesem schwarzen Nachthemd …«

»Negligé«, murmelte sie dazwischen.

»… ausgerechnet Milch trankst. Du warst herrlich verlegen – ein Zustand, der an dir so fremd ist – und dabei die reinste Verführung, ich hätte dich glatt vernaschen können in diesem Moment.«

»Diese Gefühle hast du aber gut verbergen können.«

»Ja, ich war ziemlich cool«, bestätigte er, wieder ganz der Alte, »trotzdem, du kannst einen Mann ziemlich einschüchtern«, gestand er und seine Augen verengten sich ein wenig.

Franziska, die ihn wahnsinnig sexy fand, wenn er sie so anschaute, hätte ihn am liebsten gleich auf der Stelle vernascht.

»Und ziemlich widerspenstig kannst du auch sein, wie du weißt.«

»Nur in Notfällen«, widersprach sie.

»Also willst du mich jetzt heiraten oder nicht?«, fragte er schließlich mit leiser Stimme, aus der zu ihrer Freude eine leichte Unsicherheit herauszuhören war.

»Warum hast du das nicht gleich gefragt?«, neckte sie ihn übermütig und sehr glücklich.

Entrüstet hielt er sie eine Armeslänge von sich entfernt: »Was war das denn auf Skye? Du warst doch diejenige, die mich hat abfahren lassen.«

»Ein gescheiter Heiratsantrag ist doch wohl das Mindeste, was man als Frau fordern kann, bei einer solch weitreichenden Entscheidung. So etwas Fürchterliches wie ›Wir sollten uns auch privat zusammentun‹ kann ich natürlich nicht akzeptieren.«

Er stöhnte laut auf und sie bemerkte, dass er tatsächlich rot wurde. »Für diesen dämlichen Antrag hab ich mich ja wohl entschuldigt.«

»Welchen Antrag?«, fragte sie schelmisch und beschloss, ihn noch ein wenig zappeln zu lassen.

»Du musst mir verzeihen, wenn ich mich ungeschickt angestellt habe, das war schließlich mein erster Heiratsantrag und du gehörst nicht zu den Frauen, denen man sich so leicht zu Füßen wirft.«.

»Sei nicht so frech.«

»Also noch einmal: Willst du mich heiraten?«

Sie zwinkerte mit den Augen und holte tief Luft.

»Bitte!«

»Jawohl, mein Schatz, ich liebe dich und heirate dich gern, obwohl ich dich auch ohne Trauschein nehmen würde.«

»Ich war immer ein mutiger Mann, ich geh das Wagnis ein.« Erneut beugte er den Kopf – um sie zu küssen, vermutete sie ganz richtig.

»Mut wirst du brauchen«, warnte sie ihn mit einem schelmischen Lächeln und hielt ihn gerade noch zurück, »jedoch hab ich eine Bedingung.«

»Nenn sie rasch, ich bin momentan in der Stimmung, jede zu erfüllen«, murmelte er mit verhangenen Augen.

»Arbeitsteilung ist wie gehabt und Josef bleibt bei uns wohnen, so lange er will.«

»Ist das alles?«, erkundigte sich ihr Liebster und schob dann ein »ist doch selbstverständlich hinterher«, worauf diesmal sie seinen Kopf zu sich hinunterzog und ihn küsste.

»Übrigens, da wir nun mit insgesamt drei Häusern gesegnet sind«, sagte er irgendwann, während sie Pläne schmiedend auf und ab gingen: »Was hieltest du von meiner Idee, dieses Haus hier nicht für uns zu nutzen, sondern es so umzugestalten, dass es Raum für allein erziehende Frauen und

Männer böte. Genug Platz wäre vorhanden. Ich finde, für einen allein ist es viel zu groß und Vater wäre sicherlich von der Idee ebenso angetan.«

»Das wäre wunderbar«, begeisterte sie sich. »Aber sind die Arbeiten denn noch nicht zu weit fortgeschritten?«

»Nichts ist unmöglich, wozu sind wir schließlich ein so tolles Architektenteam«, zerstreute er mit einem leuchtenden Seitenblick ihre Bedenken.

»Du hast Recht: Wir sind ein Team und zwar eines der besten. Und wir werden uns nie trennen!«

»Ich will ja nicht stören«, unterbrach da eine fröhliche Stimme ihr Flüstern, »aber langsam werde ich ungeduldig. Ich sitze jetzt seit einer geschlagenen Stunde taktvoll im Wohnzimmer und trau mich nicht raus. Daniel, wenn du mir nicht endlich sagst, wen du da die ganze Zeit küsst, platze ich vor Neugierde.«

Daniel lachte und drehte sich um: »Franziska, darf ich dir meine Schwester Svenja vorstellen?« Und dann, ohne sie loszulassen: »Svenja, das ist Franziska, meine zukünftige Frau.«